光文社古典新訳文庫

マノン・レスコー

プレヴォ

野崎歓訳

kobunsha classics

JN166286

光文社

Title : HISTOIRE DU CHEVALIER DES GRIEUX ET DE MANON LESCAUT

1731

Author : Antoine François Prévost

目次

マノン・レスコー

『ある貴族の回想』の作者の言葉

シュヴァリエ・デ・グリュの冒険の物語を、わが『回想』に収録してもよかったのだが、両者のあいだに必然的な関係がない以上、二つを切り離したほうが読者に喜ばれるだろうと私は考えた。[1] 何しろこれだけの長さの物語となれば、私自身の身の上話があまりに長々と中断されることになっただろう。自分が立派な作家であるとは毛頭思わないものの、物語を重苦しく、わかりにくいものにしてしまうような余計な要素は取り除くべきだということは私も知らないわけではない。それがホラティウス[2]の教えである。

いますぐ述べておくべきことはいますぐ述べ、
他の多くはいま述べず、後にまわすこと。[3]

こんな単純な真実をあかしだてるために、これほど大げさな権威をもち出す必要もないだろう。なぜなら良識こそはこの教えの源泉なのだから。

わが生涯の物語に読者が何か面白く興味ぶかいところを見出《みいだ》されたならば、この追加の物語にも同様にご満足いただけるだろうと私はあえてお約束しよう。デ・グリュ氏の行状のうちに、読者は情熱の力の恐るべき実例をご覧になることだろう。私が描こうとするのは、恋に自分を見失った若者が、幸福になることを拒み、最悪の不幸のうちに自ら飛び込んでいく姿である。彼はあれほどの素質に恵まれていたのだからこのうえなく徳高い人間になれたはずなのに、運命と生まれのもたらすどんな特権よりも、惨めな放浪生活を進んで選ぶのだ。自分の不幸を予想しながらそれを避けようとせず、不幸を実感し、不幸に打ちひしがれながら、周囲から絶えずさしのべられる救いの手、すぐにでも不幸を終わらせてくれる助けにすがろうとしない。これは何とも性格のつかみにくい人物であり、彼のうちでは美徳と悪徳が入り混じり、善良な感情と悪しき行いがはてしなく対照をなすのである。以上が私の描こうとする絵画の背景である。良識ある人々ならばこうした作品を無益な仕事とみなしはしないだろう。この物語は心地よい読書の喜びをもたらすばかりでなく、品行の教化に役立たないような事件はほとんど含んでいない。そして私の意見では、楽しませながら教育するのはたいそう公衆の役に立つことである。

道徳の掟《おきて》について思いをめぐらせるとき、それが尊重されていると同時に軽《かろ》んじられてもいることに驚かないわけにはいかない。そして善と完全さの観念を高く評価しながら、いざ行動するとなるとそれらから遠ざかる人間の心の奇妙さはいったい何によるのかと考えさせられるのである。ある程度の知性と教養をもつ人間が、自分たちの会話や、あるいは孤独な瞑想の折にもっともよく題材にするのは何かと考えてみるならば、それはほとんどつねに何らかの道徳的考察をめぐるものであることがすぐにわかるだろう。彼らの人生のもっとも愉《たの》しいひとときとは、一人で、あるいは友人とともに、美徳の素晴らしさや友情の魅力、幸福に達するための方法や、われわれを幸

1　『マノン・レスコー』――もともとの表題は『シュヴァリエ・デ・グリュとマノン・レスコーの物語』――は、最初回想録仕立ての大長編小説『隠遁したある貴族の回想と冒険』全七巻の最終巻として刊行されたが、のちに独立した一冊として刊行された。
2　ホラティウス（前六五～前八年）。古代ローマの詩人。『詩論』（前一八年頃）により後世の文学に大きな影響を与えた。
3　原文ラテン語。ホラティウス『詩論』四十三～四十四行からの引用。

福から引き離す人間の本性の弱さ、それを矯正する手段について、打ちとけて対話するひとときである。ホラティウスとボワロー[4]はそうした会話を、幸福な生活の姿を示すもっとも美しい特徴の一つに数えている。そうだとしたら、人がそれらの高尚な思索からいとも簡単に転落して、たちまち凡俗の水準に戻ってしまうのはいったいなぜなのか？　私の間違いでなければ、以下に述べるような理由によって、われわれの観念と行動のあいだのそうした矛盾をうまく説明できるだろう。つまり、道徳の掟はすべて漠とした一般的原理にすぎないので、それを実生活や行動の個々のこまかな部分に適用するのは、じつは非常にむずかしいことなのではないか。例をあげて説明しよう。生まれのいい人間は、やさしさや思いやりは好ましい美徳であると感じて、自然とそれを実践してみたくなる。だが、いざ実践というときになってみるとどうか。しばしばためらいが生じる。はたして、いまが本当にそのときなのか？　どういうやり方を選ぶべきか、自分はわかっているのだろうか？　対象を間違ってはいないだろうか？　こうした難問が頭に浮かび、二の足を踏んでしまう。親切で寛大でありたいと願いながらも、相手にだまされることを心配する。あまりやさしく、感じやすいところを見せると、弱虫と思われるのではないかと心配する。つまり、やさしさや思いやりという一般的概念のうちにあまりに不明瞭な形で含まれているもろもろの義務を、自分が果たしすぎてしまうのではないか、あるいは十分に果たせないのではないかと心配するのだ。そんなふうに自信がもてないとき、心の向かう方向を道理にかなう形で決めてくれるのは、ただ経験や実例のみである。ところが、経験はだれでも自由に得られる特典ではない。それは個人が運命によって置かれているさまざまな状況に左右されるものである。それゆえ、多くの人々にとって美徳を実行するうえでの規範となりうるのは実例だけなのである。本書のような作品は、少なくともそれが名誉と良識を備えた人間によって書かれた場合、まさしくその種の悩める読者にとってきわめて有用なものとなりうる。そこで述べられる事柄の一つ一つが読者に光明をもたらし、教えとなって経験を補う。一つ一つの事件が手本となり、ひとはそれに従って自らを涵養《かんよう》できるだろう。あとはただ、自分の置かれた状況に応用してみればいいのである。この作品の全体が道徳論になっているのだが、ただしその実践編が面白く示されてい

4　ニコラ・ボワロー（一六三六～一七一一年）。フランスの詩人。『詩法』（一六七四年）により古典主義美学の原則を定式化した。

るのである。

謹厳実直な読者はおそらく、私がこんな年にもなって運命と恋愛の冒険を書くためにふたたび筆をとるのを見て眉をひそめるにちがいない。だが、以上の考察が正しいとすれば、私の企ては正当化される。もしこの考察自体が誤っているなら、そもそもの考えが間違っていたのだから仕方がないということになるだろう。

第一部

読者にはまず、私がシュヴァリエ・デ・グリュと初めて出会った時期までさかのぼってもらわなければならない。それは私がスペインに旅立つ半年ほど前のことだった。隠れ住む場所から外に出ることはめったになかったが、娘の力になってやるため、ときおり方々にちょっとした旅に出ることはあった。ただしその都度、できるだけ短く切り上げて帰るようにしていた。[1]

ある日、ルーアンから戻る途中のことだった。私はかねて娘に、母方の祖父から伝わる土地の相続権を与えてあったのだが、その土地に関係する手続きの件で娘から、ノルマンディー高等法院に請願に行くよう頼まれ、かの地に赴いた。エヴルー経由で帰ることにして、最初の夜はエヴルーで泊まったのち、翌日はエヴルーから五、六里[2]先のパシーで昼食をとることにした。町に入るや、住民たちが騒然とした様子なのに驚かされた。人々は家から飛び出し、群れをなしてみすぼらしい宿屋の戸口に押しかけていく。宿屋の前には幌つきの荷馬車が二台とまっている。つながれたままの馬は疲労と暑さで体から湯気を立てており、二台の馬車が到着したばかりであることを示していた。私はしばし足を止め、騒ぎの原因を知ろうとした。だが物見高い下層の民は私が尋ねても耳を貸そうとせず、ほとんど何の説明も得られなかった。連中はわれがちに宿屋をめざして押し合いへし合いの混乱ぶりである。ようやく、負い革[3]をかけマスケット銃を肩に負った警吏が戸口に現れたので、私はこちらに来るよう手招きした。いったい何の騒ぎかと尋ねたところ、警吏はこう答えた。「いえ、たいしたことではありません。売春婦たちを一ダースばかり、ル・アーヴル＝ド＝グラース[4]まで連れていくところでして。そこでアメリカ行きの船に乗せるのです。なかには別嬪《べっぴん》が何人かおりますんで、お人よしの百姓連中は好奇心をかきたてられているのでしょう」

この説明だけだったなら、私はそのまま通り過ぎたかもしれない——もしそのとき、老女の叫び声で引き止められなかったならば。宿屋から両手を組み合わせながら出てきた老女は、なんてひどいんだろう、これほどむごたらしい気の毒な話があるだろうかと訴えていたのである。

「いったいどうしたのだ」私は女に尋ねた。

「ああ、旦那さま。どうか中にお入りになって」女は答えた。「ご覧になってみてくださいな、あんな光景を見て胸が張り裂けずにいられるものかどうか」

私は好奇心を誘われて馬を下り、馬丁に馬をあずけた。人波をかきわけ、苦労して入っていくと、なるほどそこで目にしたのは何とも悲痛な光景だった。六人ずつ腰のところで鎖につながれた十二人の売春婦たちのうち、雰囲気も顔立ちもそんな身の上には似つかわしくない娘が一人いた。別の状況で出会ったなら上流の令嬢だと思ったにちがいない。悲しみに暮れ、また肌着も服も汚れていたとはいえ、美しさはほとんど損なわれておらず、一目見ただけで私は敬意と憐れみを覚えた。けれども娘は鎖の

1 『ある貴族の回想』の語り手であるルノンクール侯爵は愛する女に先立たれ、修道院に隠遁していたが、若い貴族の家庭教師となり、一七一五年の夏、スペイン旅行に同行する。
2 一里（リュー）は約四キロ。
3 犯罪者の逮捕および護送にたずさわる警吏はマスケット銃で武装し、肩から斜めに負い革をかけてそこに火薬をつるしていた。
4 現在のル・アーヴル。フランス北西部の大西洋に面した港町。

許すかぎり体を横にねじって、人々の視線から顔をそむけようとしていた。身を隠そうと努める様子には何の作為も感じられず、慎み深い心の持ち主であることをうかがわせた。哀れな一団を護送する六人の警吏たちも同じ部屋にいたので、私は隊長を呼びよせ、美しい娘の身の上について教えてもらえないかと頼んだ。返ってきたのはごく大雑把な説明だけだった。

「あれは警視総監閣下のご命令によって」と隊長はいった。「救護院《オピタル》[5]から連れてきた娘でございます。善行をつんだおかげで入れられていたとは思えませんな。道中、何度か尋ねてみましたが頑として答えようとしません。ほかの女たちよりも大事に扱えと命じられたわけではありませんが、それでもあの娘には目をかけてやらずにはいられないのです。他の連中よりはいくぶんまともなように思えますから。ご覧なさい、あの若者なら」と隊長は付け加えた。「娘の不幸の理由について、私よりももっとくわしくご説明できるのではないでしょうか。パリから娘についてきたのですが、そのあいだほとんど泣きどおしなのです。兄弟か恋人にちがいありません」

振り返ってみると、部屋の隅にその青年がすわっていた。何か深刻に煩悶しているらしかった。これほど激しい苦悩のさまを、私はかつて見たことがなかった。身なりはごく質素だったが、名門の生まれで教育を受けた人物であることは一目で見て取れた。私が近づくと、青年は立ち上がった。その眼差《まなざ》し、顔立ち、そして動作のすべてに、きわめて上品で高貴な様子がうかがえたので、私はおのずから好意を抱かずにはいられなかった。

「お邪魔でないといいのですが」私は彼の隣に腰を下ろしながらそういった。「あの美しいご婦人について知りたいという私の好奇心を、満たしてはいただけませんか。このような気の毒な目にあうべきお方とは見えませんが」

青年は、あのひとがだれかをお教えするには自分が何者かも明かさないわけにはいかないが、自分にはどうしても名前を明かさずにおきたい理由があるのですと誠実な口ぶりで答えた。

「とはいえ、これだけは申し上げられます。あの下劣なやつらも気づいていることですが」と彼は警吏たちを指さしながら続けた。「私はあのひとをあまりに激しく情熱

5　一六五六年、ルイ十四世が創設した「総合救護院《オピタル・ジェネラル》」をさす。実際には懲罰施設としての役割が大きく、貧困者や浮浪者、売春婦、犯罪者が劣悪な衛生状態で幽閉生活を送っていた。

的に愛しているせいで、この世でもっとも不幸な男になってしまったのです。私はパリで、彼女を自由の身にするためにあらゆる手を尽くしました。人に頼み、計略を用い、暴力にまで訴えたのですが無駄でした。そこで私も彼女についていくことにしたのです。たとえこの世の果てまでも。あのひとと一緒に船に乗って、アメリカに渡るつもりです。ところがあの卑劣な連中ときたら、まったく無情にも」と彼は警吏たちのことに触れた。「私が彼女に近づくことを許そうとしないのです。じつはパリから数里の地点で、あいつらに正面切って襲撃をかけるというのが私の計画でした。四人の男を仲間に引き入れ、その男たちはかなりの報酬と引きかえに助太刀を約束しました。ところが裏切り者どもは、いざ戦闘というときになって私一人を残し、金だけ持って逃げたのです。力の差はどうしようもなく、私は武器を捨てました。そして警吏たちに、お礼はするから、せめて一緒に行くことを許してほしいともちかけたのです。連中は金欲しさから承知しました。そして私が恋人に話しかけるのを許可するたびに、代金を要求するのです。私の財布はたちまちからになりました。そしてこちらが一文無しになったと見て取るや、あの残酷なやつらは、一歩でも彼女に近づこうとするると乱暴に押しのけるのです。つい先ほども、脅しを無視して近づこうとした私に対し、無礼にも銃の先を向けるではありませんか。彼らの強欲を満足させるため、そしてこの先は歩いてでもついていくためには、ここまで乗ってきたみすぼらしい馬を売りに出すしかありません」

　青年はつとめて穏やかな口調で話そうとする様子だったが、話を終えるとはらはらと涙をこぼした。私には、これは世にも異様で悲痛な話であると思えた。

「事件の秘密を打ち明けるよう、あなたに強《し》いるつもりはありません」私はいった。「とにかく、もし何かお役に立てることがあれば、喜んでお力になりましょう」

「ああ！」青年はいった。「私にはかすかな希望さえ見出せません。運命の過酷さに従うほかはないのです。私はアメリカに行きます。あそこでなら少なくとも、愛するひとと一緒に自由の身でいられるでしょう。友人に手紙を書きましたから、ル・アーヴル＝ド＝グラースで多少の援助を受け取れるはずです。困っているのはただ、そこまでどうやって行こうか、そしてあの気の毒なひとに」と彼は恋人のほうを悲しげに見やりながらいった。「道中の慰めになるものをどうやって与えてあげようかということなのです」

「よろしい」私はいった。「そのお悩みは私が何とかしましょう。ここにいくらかありますから、どうぞ受け取ってください。こんな形でしかお力になれないのは残念ですが」

私は金貨[6]で四ルイを手渡したが、そのことを警吏たちに悟られないよう気をつけた。青年がこの金をもっていると知ったなら、警吏たちは何を許可するにもさらに高値を吹っかけるに違いないと思ったからである。さらに私は、恋する青年がル・アーヴルまでのあいだいつでも自由に恋人に話しかけられるよう、警吏たち相手に取引してやろうと考えた。隊長を手招きして、提案をもちかけた。隊長はずうずうしいくせに、恥じ入ったような顔をした。

「旦那さま」隊長は気まずそうに答えた。「別にわしらは、あの娘に話しかけてはいかんというのではないのです。ただ、何しろあの男は絶えず娘のそばにいたがりますので、それがわしらとしては迷惑なんです。迷惑料を払ってもらうのは当然でしょう」

「それならば」私はいった。「君たちが迷惑を忘れるにはどれほど必要なのかね」

隊長は厚かましく二ルイを要求してきた。私は即座に支払った。

「だが心得ておけ」私は念を押した。「ずるいまねをしてはならんぞ。あの若者には何かあったら知らせるように私の住所を渡しておく。私には君たちに罰を受けさせるだけの権限があるのだということを覚えておくがいい」

結果として私にとっては六ルイの出費となった。見ず知らずの青年ではあったが、私に向かっていかにも嬉しそうに心から礼を述べるその様子から、かなりの名家の生まれだろう、恩恵をほどこすに値する人物にちがいないと確信した。立ち去る前に私は彼の恋人に声をかけた。娘が何ともやさしく、魅力あふれる慎ましい様子で返事をしたので、私はその場を去りながら、女というものの理解しがたさについて思案にふけらずにはいられなかった。

隠居生活に戻ってから、この話の続きを知る機会はなかった。二年ほどが過ぎ、あの出来事もすっかり忘れてしまったころになって、偶然のおかげで事《こと》の顚末《てんまつ》を何から

6　一ルイ金貨は二十四フランに相当。なお以下、通貨単位としてリーヴル＝フラン、一ピストル＝十フラン、一エキュ＝三フラン。当時の一リーヴル＝フランの価値については一九九〇年代の二十フラン程度とする説や百フラン程度とする説がある。あくまで目安だが、前者とすれば九〇年代の日本円で約五百四十円（一ルイは約一万三千円）、後者とすれば約二千七百円（一ルイは約六万五千円）ということになる。

何まですっかり知る機会が訪れたのである。

私はロンドンからカレに、弟子の某侯爵といっしょに戻ってきた。記憶に間違いがなければ、泊まった宿は金獅子亭といった。何かの都合で丸一日そこですごし、その夜一泊しなければならなかったのだ。午後、町を歩いていると、パシーで知り合ったあの青年らしき人物を見かけたような気がした。ひどい身なりで、以前会ったときよりもずいぶん顔が蒼《あお》ざめていた。古びた布製の旅行鞄《かばん》を下げて、ちょうど町に着いたところらしかった。何しろ際立った美男ぶりなのですぐさま目にとまり、容易に彼のことを思い出したのである。「ぜひともあの若者に話しかけてみなければ」と私は侯爵にいった。

先方も私のことを思い出して、言葉で表わせないほどの喜びを覚えたらしかった。「ああ、あのときのおかたでしたか」彼は私の手に口づけしながらいった。「こうしてまたお会いして、生涯変わらない感謝の気持ちをお伝えすることができるとは！」

どこから来たのかと私は尋ねた。アメリカから戻ってきたところで、ル・アーヴル＝ド＝グラースから船でこの町にやってきたのだという。

「どうやらお金にお困りのご様子ですね」私はいった。「金獅子亭にいらっしゃい。

私の宿です。私もすぐに戻りますから」

実際、私はすぐ宿に戻った。一刻も早く彼の不幸についてくわしく知りたかったし、アメリカへの旅についても聞きたかったのだ。私はあれこれと世話を焼き、宿の者には、このかたに何も不自由のないようにせよと命じた。彼はこちらが急《せ》かすまでもなく身の上を語り始めた。

「私に対してこれほど気高くふるまってくださるかたに対して、恩知らずにも何か隠し立てなどしたら、自分でも我慢がならないでしょう。私の不運や苦しみのことだけでなく、自堕落な行いや、恥ずかしいかぎりの弱さについても知っていただきたいのです。きっと私を非難しながらも、同情せずにはいられないでしょう」

ここで読者にいっておかなければならないが、私は青年に話をきくとほとんど間をおかずにそれを書きしるしたのである。したがってこの物語ほど正確かつ忠実なものはほかにないと思っていただいてまちがいない。忠実というのは、この若き恋の冒険者がこのうえなく魅力的に語ってくれたさまざまな思いや感情にいたるまで、忠実にしるしてあるということだ。それでは以下に、彼の物語を示そう。私は最後まで、彼の口から出た言葉以外には何ひとつまじえることはないだろう。

私は十七歳、アミアンで哲学の課程を終えるところでした。両親はP[7]でも指折りの家柄で、私をアミアンの学校《コレージュ》に行かせたのです。私はとても真面目に、規律正しく暮らしていましたから、先生方は私を全学の模範として推薦するほどでした。そんなおほめにあずかるために、特段の努力をしたわけではなく、ただ生まれながらに温和で落ち着いた性格だったのです。勉強に身を入れたのもそういうたちだったからのことで、悪徳に対する生来の嫌悪を、人びとは私の美徳と思い込んだのです。生まれのよさ、学業優秀、そして多少の見た目のよさも手伝って、私はアミアンの紳士たちのだれからも知られ、尊敬を受けていました。論文の公開審査[8]でも満場の賞賛を浴び、出席なさっていた司教様から、聖職の道を志してはどうかとすすめられました。そうすれば必ずや、マルタ騎士団[9]に入る以上の栄誉を受けられるだろうとおっしゃるのです。両親は私をマルタ騎士団に入れるつもりで、すでに十字騎士章を佩用《はいよう》させ、シュヴァリエ・デ・グリュ[10]を名乗らせていました。

休暇になり、私は父の家に戻るしたくをしていました。父は近々アカデミー[11]に進学させてやろうと私に約束していたのです。アミアンを去るにあたって唯一の心残りは、いつも深い友情で結ばれていた友人をあとに残していくことでした。彼は私より何歳か年上でした。ともに学んだ仲ですが、実家の財産が乏しかったので、そのまま聖職につくほかありません。そして私がいなくなったあともアミアンにとどまり、必要な勉強をすることになっていました。彼は長所をふんだんにそなえた人物でした。この話の続きをお聞きになれば、それらの長所の中でも特にすぐれた点はどのようなものだったかがおわかりになるでしょう。とりわけ、熱烈で高邁《こうまい》な友情にかけては、古代のもっとも有名な例をもしのぐほどなのです。もしあのとき彼の忠告に従っていたなら、私はいつまでも賢く、幸せでいられたでしょう。せめて、情熱に引きずられて破滅に瀕したそのとき、彼の叱責をまともに受けとめていたならば、私の運命と評判を

7 フランス北部の都市アミアンの東五十キロの町ペロンヌを指すか。
8 アミアンのコレージュでは卒業論文の審査を一般の人々に公開し、ときには何日もかけて行うほど力を入れていた。
9 十字軍の時代に創設され、十六世紀からマルタ島を本拠地とした宗教的・軍事的騎士団。貴族の子弟（特に第二子以下）が多く属した。
10 シュヴァリエは騎士団騎士の称号。
11 貴族の子弟が教育の仕上げに、乗馬や剣術などを習う学院。

いくらかは救うことができたでしょうに。ところが彼は、私のためにあれほど心を砕いてくれながら、その結果として得たのはそれが無益に終わるという痛恨の思いばかりだったのです。それどころか、恩知らずな相手はかえって腹を立て、迷惑がったりすることもあったのですから報われない話です。

私はアミアンからの出発の日を決めてありました。ああ！　あと一日、その日を早くしていたなら！　そうすればまったく無垢な自分のまま父のもとに戻れたことでしょう。この町を去る予定になっていた日のちょうど前日、その友人――名前はティベルジュというのですが――と一緒に散歩をしていたとき、アラスからの乗合馬車がやってくるのが目に入りました。そこで私たちは、馬車の停留所になっている宿屋までついていったのです。単なる好奇心からのことでした。何人かの女性客が降りてきて、いずれもすぐに立ち去りました。けれども、とても若い女がひとりだけ残り、中庭にぽつんと立っていました。どうやらそのお目付け役らしい年配の男が、馬車後部の荷籠からせっせと荷物を下ろしていました。彼女があまりに魅力的に見えたので、それまで異性のことなど考えたこともなく、若い娘に少しの注意も払ったことがなかった私なのに、そしてだれからも賢さと自制心をほめられていた私なのに、たちまちのうちに恋の炎を燃え上がらせ、我を忘れてしまったのです。あまりに臆病で、すぐにどぎまぎしてしまうのが私の欠点だったのですが、このときばかりはそんな弱さに押しとどめられるどころか、わが心の恋人のほうへと歩み出たのでした。私よりもなお年下だったとはいえ、彼女は困惑した様子もなく私の挨拶《あいさつ》に耳を傾けました。アミアンに来たのはなぜなのか、だれか知り合いでもいるのかと私は尋ねました。修道女にさせようという両親の意向で来たのだと彼女は正直に答えました。恋が心に宿ったそのときから、私はすでにとても察しがよくなっていたので、そうした両親の計画が自分の願いにとって致命的な一撃となることを見て取ったのです。私の口調から、彼女にはこちらの気持ちがありありとわかったようでした。というのも彼女のほうが私などよりはるかに経験豊富だったのです。彼女は意に反して修道院に送られようとしていたのですが、それはおそらく彼女の楽しみばかり求める気質がすでに明らかになっていて、それを食い止めようとしてのことだったのでしょう。そうした気質が、のちのち彼女の、そして私自身のあらゆる不幸の原因となるのです。私は芽生えたばかりの恋心と、学校で習った雄弁術とが思いつかせるあらゆる理屈を繰り出して、彼女の両親の残酷な意図に打ち勝とうとしました。彼女はすげない態度も、軽蔑した様子も見せませんでした。しばらく黙っていてから彼女は、このままでは自分はどうしたって不幸になるに決まっている、とはいえそれが神のご意志なのだろう、それを避ける手立てを何も残してくださらないのだからといいました。

そう述べる彼女のやさしい眼差しや、悲しげな風情《ふぜい》の魅力ゆえに、あるいはむしろ、私を破滅へ引きずりこもうとしていた運命の力ゆえに、私は一瞬たりとも答えをためらうことができませんでした。私の誠意と、あなたが私の心に植えつけた無限の愛を少しでも信じてくれるなら、命にかけてもあなたを両親の横暴から解き放ち、幸せにしてみせると私は断言したのです。あのときあれほど大胆に、しかもやすやすと自分の気持ちを述べられたのはなぜだったのかと、それ以来、思い返すだに驚かずにはいられませんでした。とはいえ、愛がしばしば奇跡を生み出すからこそ、人は愛を神と崇《あが》めたりするのでしょう。私はさらにあれこれと理屈を並べたてました。私の年齢では女を騙《だま》したりできるものではないと、初対面の美少女はよく知っていました。もし自分を自由の身にしてくれることができるなら、あなたは命の恩人という以上の人になるだろうと彼女はいいました。私は、どんなことだってするつもりだと繰り返しました。とはいえ、役に立つことをすぐさま思いつくほどの経験はなかったのですから、あてもなしに請けあうばかりで、それでは彼女にとっても私にとっても大して助けにはならないのでした。

彼女の年取ったお目付け役が戻ってきて、私の希望もそこでついえるところでした——もし彼女が機転を利かせて私の気の利かなさを補ってくれなかったなら。驚いたことに、お目付け役がやってくると、彼女は私を従兄《いとこ》と呼び、あわてる様子を少しも見せずに、アミアンであなたにばったりお会いできるなんて嬉しい、修道院に入るのは明日に延ばして、夕食をご一緒したいというのでした。私もうまく話を合わせました。私は彼女に一軒の宿を勧めました。そこの主人は長いあいだ父の御者を務めたのちにアミアンで宿屋を開いた人物で、私のいうことならば何でも聞いてくれるはずでした。

私は彼女を自ら宿屋に案内しました。年取ったお目付け役は何かぶつぶついっているようでした。友人のティベルジュも成り行きが皆目理解できないまま、何もいわずについてきました。彼は私たちのやりとりを聞いていませんでした。私が美しい恋人に愛を語っているあいだ、中庭を歩きまわっていたのです。私は彼の賢明さを恐れていたので、用事を頼んで厄介払いしてしまいました。こうして宿に着くと、嬉しいことにわが心の女王とさしむかいで話ができたのです。

まもなく私は、自分が思っていたほど子どもではないことに気がつきました。私の心はそれまで想像したこともなかった無数の喜びに目覚めたのです。体じゅうの血管に甘美な熱気が広がりました。一種、陶酔したようになって、しばらくのあいだは声も思うように出せず、目でそれを表すばかりでした。マドモワゼル・マノン・レスコーは――自分はそう呼ばれているのだと彼女はいいました――自分の魅力がそうした効果をあげたことにご満悦の様子でした。彼女自身、私に劣らず心を動かされているのが見て取れるように思いました。あなたは親切な方です、あなたのおかげで自由の身になれるとしたら本当に嬉しいと彼女はいいました。私が何者なのかを知りたがり、私の身分を知るといっそう好意も増したようでした。平民の生まれだったので、私のような恋人の心をつかんだのが嬉しかったのです。私たちは二人きりでいるための方法を話しあいました。あれこれと考えてはみたものの、駆け落ちする以外に道は見つかりませんでした。お目付け役の監視の裏をかかなければなりません。使用人にすぎないとはいえ、油断ならない相手です。夜のあいだに私が駅馬車を手配し、朝早く、お目付け役が目を覚ます前に宿に戻ってくるから、そっと抜け出そう。そして一路、パリに向かい、着いたら結婚しようということになりました。私には少しずつ貯めていたお金が五十エキュほどありました。彼女はその二倍ほどもっていました。私たちは世の中を知らない子どもだったので、それだけのお金がなくなることはないだろうと思ったのです。そして他の計画についてもきっとうまくいくと考えました。

かつてないほどの満足感に浸りながら夕食を終えて、計画を実行に移すため、私は席を立ちました。翌日父のもとに戻るつもりで、すでにわずかな荷物をまとめてあったのですから、手はずを整えるのはたやすいことでした。私は何の苦もなく、荷物を運ばせて朝五時に馬車を用意しておくよう命じることができました。その時刻になれば町の門は開いているはずでした。ところが私の前には思いもよらぬ障害が現れ、そのせいで計画は危うく台なしになるところでした。

ティベルジュは私より三歳年上にすぎないとはいえ、分別のある、いたって品行方正な青年でした。彼は私に対し並はずれた好意を抱いてくれていました。マノン嬢のような美しい娘を目《ま》の当たりにしたこと、そして私が彼女をいそいそと案内し、自分を遠ざけて厄介払いしようとしたことから、彼は私の恋心にうすうす気づいたのでした。私を宿屋に残して立ち去ったきり、戻ってきませんでしたが、それは私の機嫌を損なうまいと考えてのことでした。しかし彼は私の下宿で待っていました。帰宅してみると、もう夜の十時になっていましたが、彼がいました。その姿を見て私は困惑を覚えました。彼は私の気づまりな様子をすぐに見て取りました。

「きっときみは」と彼は単刀直入にいいました。「何か企んでいて、それをぼくに隠したがっているのだろう。きみの様子を見ればわかるよ」

私はかなりそっけなく、自分の計画を何もかもきみに報告する必要はないと答えました。彼はいいました。「それはそうだ。でもきみはこれまでずっと、ぼくを友人として扱ってきた。それならば少しは信頼し、胸襟《きょうきん》を開いてくれてもいいはずだろう」

秘密を明かすよう、強く、執拗《しつよう》に求められたせいで、それまで彼に決して隠し事をしたことのなかった私は、自分の情熱をすっかり打ち明けてしまったのです。それを聞いた彼の不満げな様子に、私はふるえあがりました。駆け落ちの計画を不用意に話してしまったことがとりわけ悔やまれました。ティベルジュは、きみの真の友として全力で反対しないわけにはいかないといいました。まずはきみに、そんな計画を思いとどまらせることができそうなあらゆる事柄を話して聞かせたい。それでもなおきみが、情けない決心を捨てないというのなら、それを確実に阻止できる人たちに知らせるつもりだと彼はいうのです。そして十五分以上にわたってまじめな説教を聞かせ、最後には、もっと思慮分別のあるふるまいをすると約束しないのなら、きみのことをいいつけるぞとまたしてもおどかしたのです。私は何とも不用意に打ち明け話をしてしまったことがつくづく悔やまれました。しかしながらほんの二、三時間前から、恋のおかげで私の頭はきわめてよく働くようになっていたので、計画を翌日に実行するつもりであるとはまだ明かしていないことに気づき、あいまいな言葉で彼をあざむくことに決めました。

「ティベルジュ」と私はいいました。「ぼくはこれまでずっと、きみがぼくの友人だと信じてきた。だからこんな打ち明け話をしたのもきみの考えを確かめてみるためだったのさ。たしかにぼくは恋をしている。それは嘘じゃない。とはいえ駆け落ちなどというのは軽々しく企てるものではない。明日九時に迎えに来てくれ。できるなら、ぼくの恋人に会ってもらいたい。そしてそれだけのことをする値打ちのある女性かどうか、きみに判断してもらおう」

彼はさんざん友情を誓ったのち、ようやく私を一人にしてくれたのでした。私は夜のうちに荷物をまとめました。そして明け方、宿屋に迎えにいくとマノン嬢は私を待っていました。道に面した窓辺に佇《たたず》んでいた彼女は、私の姿を認めるや自ら扉を開けに来たのでした。私たちは音も立てずに宿屋を抜け出しました。彼女の荷物としては肌着類があるだけで、私がそれを持ちました。馬車は出発準備が整っており、私たちはすぐさま町を離れたのです。

私にだまされたと知ったとき、ティベルジュがどのような行動に出たかはあとでお話しいたしましょう。だまされたからといって彼の熱烈な友情はいささかも衰えませんでした。彼がその友情をいかに激しく燃え上がらせたか、それがいつものような報いを受けたかを反省して私がどれほど涙を流すことになるかは、のちにおわかりになるでしょう。

ひたすら先を急いだ結果、私たちは夜になる前にサン＝ドニ[12]に到着しました。私は馬車の横を馬で駆けていったので、互いに話ができるのは馬を替えるときだけでした。とはいえ、パリのすぐ近く、もう大丈夫だろうというところまで来て、ひと息入れることにしました。アミアンを出てから何も食べていなかったのです。私がどれほどマノンに夢中だったにせよ、マノンは自分だってそれに負けないくらい夢中なのだと私に信じさせてくれました。私たちは慎みを忘れて愛撫をかわし、二人きりになるのが待ちきれないというありさまでした。御者や宿の主人たちは私たちの様子に目をみはりました。私たちのような年齢の子ども二人が熱烈に愛しあっているのを見てびっくりしているのがわかりました。結婚の計画は、サン＝ドニまで来ると忘れられてしまいました。私たちは教会の権利をかすめとり[13]、よく考えもせずに夫婦同然の身となったのです。

私は生まれつきやさしく誠実なたちですから、マノンさえ忠実でいてくれたなら私は生涯しあわせであったに違いありません。マノンを知れば知るほど、さらに新たな愛すべき美点が見つかりました。彼女の才気、心根、やさしさ、そして美しさはあまりに強く魅惑的な鎖を作り上げていたので、私はたとえ自分の幸福すべてを賭けても、決してそこから出たくないと思ったのです。何と恐るべき変わりようでしょう！　いまの私を絶望させているることが、かつては至福であったとは。私がすべての人間のうちでもっとも不幸な者となったのはひとえに、私の変わらぬ心ゆえにですが、以前は

12　アミアンから約百四十キロ。パリ北郊。
13　カトリック信者の結婚は秘蹟（サクラメント）とみなされ、教会法に従ってとり行われるものと定められている。

そのおかげであらゆる運命のうちでもっとも甘美な運命、もっとも完璧な愛の報いに恵まれるものとばかり思っていたのでした。

私たちはパリで家具付きのアパルトマンを借りました。住所はV通りでしたが、私にとって不幸なことに、有名な徴税請負人[14]であるB氏の家のすぐそばでした。三週間がたちましたが、そのあいだ私はすっかり情熱に満たされていたので、家族のことなど気にかけず、私が姿を消して父が感じているはずの苦しみを思いやることもありませんでした。しかしながら、私の行動は放蕩《ほうとう》ゆえのことではなく、マノンもとても慎み深く過ごしていましたから、平穏に暮らすうち、私は少しずつ義務の観念を取り戻していきました。できるなら父と和解しようと決心しました。なにしろわが恋人はこんなにも愛らしいのだから、彼女の賢さや美点を知ってもらうための方法さえ見つけられれば、父の気に入らないはずはないと信じていました。つまり、父の同意なしに結婚の自由を得られるなどという考えの甘さに気づいた私は、きっと父から結婚の許しを得られるだろうと期待したのです。私はこの計画をマノンに伝え、それが愛と義務から出たことであるだけではなく、必要に迫られてという面も多少あるのだと話して聞かせました。私たちの蓄えは底をつきかけており、お金がなくなることなどないと思っていた私もさすがに考えを改めなければならなくなっていたのです。マノンは私の説明を冷淡に受けとめました。とはいえ、彼女が反対するのも私への愛情から、そして父が私たちの居場所を知ったうえで計画に同意しないとしたら私を失うのではないかという怖れゆえのことでしたから、私はこのとき、自分に対して残酷な一撃が用意されつつあるなどとは夢にも思わなかったのです。私がお金の必要を説くと、まだ何週間か暮らしていくだけのお金は残っている、そのあとは田舎にいる自分の親戚に手紙を書いてその情けにすがればいいと彼女はいいました。そうした反対意見を、実にやさしく情熱のこもった愛撫に包んで伝えるので、彼女だけが生きがいでそのまごころを少しも疑わない私は、彼女の返答や決心のことごとくに賛成してしまうのでした。

私はマノンに財布を預け、日々の出費の支払いを任せていました。まもなく私は、食卓が前よりも豊かになり、彼女が何だかお金のかかった服を着ていることに気づき

14　フランス革命以前の王政下で、間接税徴収の権利を独占的に与えられ、四十人から六十人の徴税請負人団体を形成した。

ました。お金はせいぜい十二ないし十五ピストルしか残っていないとわかっていたので、私は暮らしが豊かになったように見えることの驚きを口にせずにはいられませんでした。すると彼女は笑いながら、心配しないでと答えました。

「お金はわたしが工面しますって、約束したでしょう」と彼女はいうのでした。

私はあまりに無邪気に彼女を愛していたので、多少のことでは不安など抱かなかったのです。

ある日の午後、私はマノンに帰りはいつもより遅くなりそうだと言い残して外出しました。戻ってみると驚いたことに、扉の外で二、三分待たされたのです。私たちには雇い人としては、ほとんど同じ年齢の娘がいるだけでした。ようやく扉を開けにきたその娘に、どうしてこんなに手間がかかったのかと尋ねました。彼女は困った顔をして、扉を叩く音が聞こえなかったからといいました。私が扉を叩いたのは一度だけでした。そこで私は尋ねました。

「でも、聞こえなかったなら、どうして扉を開けにきたのだい？」

この質問に彼女はすっかりうろたえ、機転をきかせてうまい言い訳を見つけることもできずに、泣き出してしまいました。そして自分のせいではありません、奥さまが、控えの間につながっているもう一つの階段からBさまが出ていくまでは扉を開けてはいけないとおっしゃったので、というのです。私はわけがわからず、アパルトマンに入っていく気にもなれませんでした。用事を口実にまた外に下りていくことにし、小間使いにはすぐに戻るからと奥様に伝えるよう、ただしB氏のことを話したのは内緒にしておくよう言い含めました。

私は茫然となって、涙を流しながら階段を下りたのですが、しかもそれがどういう感情ゆえの涙なのかもまだわからないのでした。近所のカフェに入り、テーブルの席に腰を下ろすと、両手で頭を抱え、自分の心の動きを見きわめようとしました。先ほど聞かされたことはあえて思い出す気になれませんでした。あれは何かの聞き間違いだったのだと自分に言い聞かせ、何も気にしない様子で家に戻ろうかと、二、三度腰を上げかけました。マノンが私を裏切ったとは到底思えず、疑いをかけるだけでも彼女を侮辱することになるのではないかと恐れました。私は彼女を熱愛している、それは確かでした。しかし彼女から受け取った愛のあかしを超えるだけのものを、私はまだ彼女に与えていませんでした。自分より誠実でないとか、貞節でないなどといって彼女を責める理由が、私にあったでしょうか？　私を裏切るどんな理由が彼女にあったでしょう？　ほんの三時間前にも、彼女はこのうえなくやさしい愛撫で私を満たしてくれたのでしたし、また私の愛撫をうっとりと受け入れていたのです。私は彼女の心も自分の心もよくわからなくなってしまいました。

「そうだ、そんなはずはない」と私は思いました。「マノンがぼくを裏切るだなんて。ぼくが彼女のためだけに生きていることくらい、彼女はよくわかっている。ぼくが心から愛しているということは、知りすぎるほど知っている。それなのにぼくを嫌うはずはない」

けれども、B氏が訪ねてきてこっそりと立ち去ったという事実には困惑させられました。マノンが私たちのそのときの財力を超えるような買い物をあれこれしていることも思い出されました。それは新しい愛人からの贈りものではなかったのか。そして私にはわからないやり方で、きっとお金を調達してみせると彼女は自信ありげだったではないか。こうした謎の数々に、私は自分の心が望むような都合のいい答えを見つけることがなかなかできませんでした。一方では、パリに来て以来、私はほとんど片時も彼女から目を離したことはありません。用事、散歩、気晴らし、何をするときでも私たちはいつも一緒でした。ああ！　一瞬でも別れ別れになるとしたら私たちは悲しみに打ちひしがれたでしょう。愛しているとお互いに絶えず口にしていなければならなかったのです。そうしなければ私たちは不安で死んでしまいそうでした。ですから、マノンが私以外のだれかに心を奪われるなどとは想像もつかないことでした。やがて私はこうした謎の答えを見つけたように思いました。「B氏は大実業家であり、交際も広い。マノンの親戚はB氏を介して彼女にいくらかのお金を渡したのではないか」と考えたのです。「きっとマノンはもうお金を受け取っていたのだろう。そして今日、B氏はさらに持ってきたのに違いない。それをぼくに隠したのはいたずら心からで、驚かせてやろうと思ってのことだろう。こんなところで悲嘆に暮れているかわりにいつもどおりに帰っていたなら、きっと話してくれていたはずだ。少なくとも、ぼくから切り出せば隠そうとはしないだろう」

そう自分に強く言い聞かせたおかげで、悲しい気持ちは大いに和らげられました。そこで直《ただ》ちに家に戻り、普段どおりやさしくマノンにキスをしました。彼女は嬉しそうに私を迎えました。私は自分の推測をすぐさま披露したくなりました。その正しさをいよいよ確信できたからです。しかし何があったのかを彼女から先に話してくれるかもしれないと期待して思いとどまりました。

夕食の準備が整いました。私は上機嫌でテーブルにつきました。けれども、彼女と私のあいだに置かれたろうそくの明かりのもと、私には大切な恋人の顔や目に悲しみの色が見て取れるように思えました。そう思うと私も悲しくなりました。彼女がただならぬ様子で私に目をそそいでいるのに気がつきました。甘く切ない気持ちの表れではあるにせよ、愛情によるものか、それとも憐れみによるものか、私には見わけられませんでした。私もじっと彼女を見つめました。彼女としても、私のまなざしから胸中まで読み取るのはむずかしかったでしょう。私たちは口をきこうとも、食べようともしませんでした。とうとう私は、彼女の美しい目から涙がこぼれるのを見ました。不実の涙よ！

「ああ、神さま！」私は叫びました。「泣いているんだね、可愛いマノン。泣くほど苦しみながら、それでも自分の苦しみについてひとことも話してくれないのだね！」

彼女はただため息をつくばかりだったので、私の不安はいっそう強まりました。私はふるえながら立ち上がり、涙の理由を教えてくれるよう、愛すればこそ熱意を尽くして頼みました。彼女の涙をぬぐってやりながら私自身、涙をこぼしました。もはや生きた心地もしませんでした。私の苦悩し心配するさまを見たなら、どんな野蛮な人間でも心を動かされたことでしょう。

こうしてすっかり彼女に注意を奪われていたそのとき、何人かの人々が階段を上ってくる足音が聞こえました。そして扉がそっと叩かれました。マノンは私にキスすると、私の腕から身を離し、あわてて控えの間に駆け込んで、すぐに戸を閉めました。取り乱したところを、扉を叩いた客人に見られたくないと思ったのだろうと私は考えました。私は自分で扉を開けにいきました。開けるやいなや、私は三人の男たちに捕らえられました。顔を見ればいずれも父の使用人です。乱暴な真似はしませんでしたが、二人が私の腕をつかみ、三人目が私のポケットを探って、そこに入っていた小型ナイフを取り出しました。私が身に帯びていた唯一の武器でした。彼らは私に、やむをえずとはいえ無礼なふるまいに及んだことを詫びました。そして、これは父上の命令によるものであり、兄上がおもての馬車の中で待っておられますと正直に説明しました。私はあまりに動転していたので、抵抗も抗議もせずに運ばれていきました。なるほど馬車には兄が私を待っていました。私は兄の隣に座らされました。兄の命令を受けていた御者はわれわれを全速力でサン＝ドニまで運んでいきました。兄は私をやさしく抱擁しましたが、何もいわずにいたので、私は自分の不幸にじっくりと思いをめぐらすことができたのです。

　最初のうちはわけがわからず、どんな推理の糸口もつかめませんでした。私は手ひどく裏切られたのです。とはいえ、いったいだれに？　すぐ頭に浮かんだのはティベルジュです。「裏切り者め！」と私は思いました。「もしぼくの推量が正しかったなら、おまえの命はないぞ」しかし、考えてみれば彼はこちらの住所を知らないのですから、それを他人に教えることもできなかったはずです。マノンのせいにするなどという罪深いことは、私の心が許しませんでした。悲しみに打ちひしがれたようなあの様子、涙、そして控えの間に行く前に私にしてくれたやさしいキス、それらはたしかに謎でした。とはいえ私としては、それも彼女が虫の知らせで私たち二人の不幸を予感したからではなかったかと思いたかったのです。そして自分を彼女から引き離したできごとに絶望しながら、お人よしにも、彼女のほうがもっと気の毒だなどと思っていたのです。熟考した結果、パリの街でだれか知り合いに姿を見られ、父に連絡がいったのだろうと確信するに至りました。そう考えると心が慰められました。父権というものがある以上、父に叱られたり、こらしめられたりはするだろうが、それだけのことだと私は高を括《くく》っていました。それをじっと辛抱して耐え、こうしろといわれることは何でも約束しようと決心しました。そうすればそれだけ早くパリに戻り、いとしいマノンに生きがいと喜びを取り戻させてやる機会を得やすくなるだろうと考えたのです。

やがて私たちはサン＝ドニに着きました。私が押し黙っているのを見て驚いた兄は、おびえているせいだろうと考えました。そこで私を慰めようとして、父の厳格さを恐れる必要はない、おまえさえ大人しく本分に立ち返り、父の愛情にふさわしい人間になろうとすればそれでいいのだとうけあいました。その夜、兄は私をサン＝ドニで一泊させました。兄は用心して三人の使用人も私の部屋で一緒に寝かせました。マノンと一緒にアミアンからパリへ向かう途中に立ち寄ったのと同じ宿屋だったのは、私にとってひどくつらいことでした。宿の主人や使用人たちは私に気づき、すぐさま事情を見抜きました。主人が話すのが耳に入りました。

「おやおや！　あれは六週間前にも来た美男子じゃないか。お連れのかわいいお嬢さんにぞっこんの様子だった。実にかわいらしいお嬢さんだったがなあ。可哀想に、あんなに仲良くくっついていたのに、引き離されたとは気の毒だね」

私は何も聞こえないふりをし、できるだけ顔を見られないようにしていました。兄はサン＝ドニに二人乗り馬車を用意しており、私たちは朝早くに発って、翌日の夜、家に着きました。兄は私より先に父に会い、私がどんなに大人しく連れてこられたかを伝えて私の弁護をしてくれました。そのおかげで、私を迎える父の態度は覚悟していたほど厳しいものではありませんでした。許しもなしに行方をくらました私の罪に対し、父は型どおりのお説教をしただけでした。私の恋人について父は、おまえは見ず知らずの女におぼれたりしたのだから、こんなことになったのも自業自得だといいました。もう少し慎重な人間かと思っていたが、ともあれこのささいな出来事に学んでもっと賢くなってもらいたいともいわれました。私はそうしたお説教を、自分の考えに都合のいいようにしか受け止めませんでした。父が寛大にも許してくれたことに感謝し、これからはもっと従順で品行方正になると約束しましたが、心の底では万歳を叫んでいました。こういう具合に事が収まるならば、夜が明ける前にでも家から抜け出せるだろうと疑わなかったのです。

私たちは夕食の席につきました。私がアミアンで女を口説き落とし、忠実なるその恋人と出奔したことがからかいの的となりました。私はにこやかにその攻撃を受け流しました。絶えず心を占めている事柄を話題にできて、私としては嬉しくさえあったのです。ところが、父親がもらした二言三言に私はひどく注意を引かれ、耳をそばだてました。不実な裏切りだの、B氏もB氏で欲に駆られて協力してくれただのといった話なのです。父がB氏の名前を口にしたので私はびっくりし、もっとくわしく話してくれるよう懇願しました。父は兄の方をふりむいて、いきさつをすっかり話さなかったのかと尋ねました。兄は、私が道中とても大人しくしていたので、乱心から立ち直らせるのにそんな薬は必要ないと判断したのだといいました。父はすっかり説明したものかどうか迷っている様子でしたが、私がしきりに頼んだので、ようやく私の願いをかなえてくれました。というよりもむしろ、このうえなく恐ろしい話を聞かせて残酷にも私の心を痛めつけてくれたのです。

父はまず、おまえはずっとあの恋人に愛されていると、無邪気に信じ切っていたのかと私に尋ねました。私は、そのことはまったく確かで疑う余地はありませんと臆面もなく答えました。

「はっ、はっ、は！」父は大笑いしながら叫びました。「こいつは傑作だ！　まったくおまえはおめでたい。そんなふうに思い込んでいるとはかわいいやつだ。気の毒なシュヴァリエよ、おまえをマルタ騎士団に入れるのが惜しくなってくる。何しろおまえには寛大でお人よしの亭主になれる素質が大ありなのだからな」

さらに父のいう私の間抜けぶり、信じやすさについて、同じく痛烈なあざけりが山ほど浴びせられました。とうとう、私が黙ったままでいるので、父は話を続けて、私がアミアンから出奔してからの時間を計算してみるなら、マノンが私を愛したのはおよそ十二日間だといいました。「おまえがアミアンを出たのは先月の二十八日だったな。今日は二十九日だ。B氏が私に手紙を書いてきたのは今から十一日前のこと。彼がおまえの恋人とすっかり打ち解けるまでに八日ほどはかかったろう。というわけで、先月の二十八日から今月の二十九日までの三十一日から十一日と八日を引けば、残りは十二日ということになる。だいたいそのくらいのものだろう」

そこでまた、笑い声がはじけました。私は話の一切に激しいショックを受け、この悲しい喜劇の結末まで自分の胸が耐えられるだろうかと不安になりました。

「知らないのだから教えてやるが」と父は続けました。「B氏はおまえの姫君の心をつかんだのだぞ。ふざけた男だ、あの女をおまえから奪おうと思ったのはもっぱら欲得ぬきの誠意からで、私のためを思ってのことだ、などと私に信じさせようとするのだからな。あんな種類の男、しかも私の知りあいでもない男に、そんなご立派な気持ちをお寄せいただかなければならんとはな！　あの男はおまえが私の息子だということを女の口から聞いた。そしておまえを厄介払いするために、おまえの住所と、おまえの乱れた暮らしを私に書き送ってきた。そしておまえを捕まえるには援軍が必要だろうというのだ。おまえの襟首をたやすくつかめるよう、自分も協力しようというわけさ。兄さんがうまくおまえの不意を襲うことができたのは、あの男と、そしておまえの恋人の手引によるものだ。だからおまえは、自分の勝利がどれだけ続いたかを誇るがいい。シュヴァリエ、おまえは征服するのはなかなかすばやいが、獲物を守るすべを知らないのだ」

一語一語、胸を突き刺すようなその話に、私はそれ以上耐える力がありませんでした。私は食卓から立ち上がり、食堂から出ようと四歩進んだきり、気を失って床に倒れたのです。すぐさま手当が施されたおかげで意識が戻りました。私の目からは滝のような涙が流れ、口からは世にも哀れな、胸を打つ嘆きの言葉を発しました。いつも慈愛深い父は、まごころ込めて慰めようとしました。私はその言葉を聞きながらも何ひとつ耳に入りません。父の膝元に身を投げ、手を合わせて、Bを刺し殺すためにどうかパリに戻らせてくださいと懇願しました。

「そんな馬鹿な」私はいいました。「あいつがマノンの心をつかんだはずはありません。無理強いしたか、それとも魔法か媚薬でも使ってまどわしたのでしょう。ひょっとすると力ずくで自分のものにしたのかもしれない。マノンはぼくを愛しています。それをぼくが知らないとでもいうのですか。あいつはぼくを捨てさせるために短刀を片手にマノンを脅したのでしょう。あんなに可愛い恋人を奪い取るためならば、あいつは何でもやったに違いない。ああ、神さま！　神さま！　マノンが裏切ったとか、もうぼくを愛していないとか、そんなことがありうるでしょうか！」

私がパリに戻りたいといいつのり、たえず立ち上がっては出ていこうとさえするので、こんな興奮状態では到底押しとどめられないと父は判断しました。そこで父は私を上階の部屋に連れていき、二人の使用人を部屋に残して私を見張らせました。私はすっかり取り乱していました。十五分でもパリに戻れるならば、何度でも命を投げ出したでしょう。ここまで胸の内を明かしてしまっては、やすやすとはこの部屋から出してもらえないだろうと悟りました。私は窓の高さを目測しました。そこから逃げるのは不可能だと知って、私は二人の使用人に声をひそめて話しかけました。もし脱走を見逃してくれるなら、将来必ず恵まれた地位につけてやろうと、幾度も誓って約束しました。しつこく頼み、おだてたり脅したりしました。しかしそんなたくらみも無駄に終わりました。もはや希望は完全に失われました。私は死のうと決心し、ベッドに身を投げ出すと、死ぬまでここから出るまいと思いつめました。

　そうやってその夜と翌日を過ごしました。翌日運ばれてきた食事は拒みました。午後、父が様子を見に来ました。息子思いの父は、私の苦しみをこのうえなくやさしい慰めの言葉で和らげてくれました。どうしても何か口に入れなければいけないといわれたので、父の言いつけを尊重してそのとおりにしました。幾日かが過ぎましたが、私は父がいる前で、父に従うため以外には何も食べませんでした。父は私に良識を取り戻させ、不実なマノンへの軽蔑を抱かせようとして、たえず道理を説くのでした。私がもはや彼女を尊敬していないのは確かでした。あらゆる女のうちもっとも浮気で不実な女を、どうして尊敬などできるでしょう。とはいえ心の底にきざまれた彼女の面影、愛らしい顔立ちは依然、消えていません。そのことがひしひしと感じられました。「ぼくは死んだってかまいません」と私はいいました。「これほどの屈辱を受け苦しんだからには、死を選ぶべきなのでしょう。しかし何度死んだって、あの恩知らずなマノンを忘れることはできません」

　父は私がこれほど深く傷ついたままでいるのを見て驚きました。私が名誉を重んじる人間であることは父も承知しています。私が自分を裏切った相手を軽蔑していることは疑いえない以上、それでも想い続けているのは、特にこの相手に対しての愛というより、要するに女好きなのだろうと父は想像しました。そう思い込んだ父は、もっぱら息子へのやさしい愛情から、ある日自分の考えを打ち明けに来ました。

「シュヴァリエ、私は今日まで、おまえにマルタ騎士団の十字章をつけさせようと思ってきたが、どうやらおまえの気性は少しもそれに向いていないようだ。おまえはきれいな女が好きなのだな。だれか、おまえの気に入るような女を見つけてやることにしよう。おまえはどう思う、正直に話してみるがいい」

私は、自分にとって女はどれも同じであり、こんな不幸な目にあってからは女という女がいやになったと答えました。

「それでもだれか」父は笑っていいました。「マノンに似ていて、もっと身持ちのいい女を見つけてやろう」

「ああ、ぼくのために何かしてやろうとお思いなら」私はいいました。「どうかマノンを返してください。信じてください、彼女はぼくを裏切ったわけでは少しもありません。そんな邪悪でむごい、卑劣なことのできる女ではありません。腹黒いBがぼくらを、父上や彼女やぼくをだましているのです。彼女がどれほどやさしくて誠実か、もし父上がご存知だったなら、もし彼女のことをご存知だったなら、父上もあのひとを好きになるでしょう」

「おまえは子どもだな」父は答えました。「あの女についてさんざん聞かせてやったのに、よくもそこまで愚かになれるものだ。おまえを兄さんに引き渡したのはほかでもない、あの女なのだぞ。あの女のことなど名前も忘れてしまいなさい。そしてもしおまえが利口なら、私の寛大さに甘えたらどうだ」

私には父が正しいことがよくわかっていました。それでも、自分の意志ではどうにもならない心の動きによって、不実な女の肩を持とうとするのでした。

「ああ!」私はしばらく黙っていたあとでいいました。「ぼくが世にも卑劣な裏切りの犠牲となったことに疑いの余地はありません。そうです」私は悔し涙を流しながら続けました。「自分が子どもでしかないことはよくわかっています。ぼくがお人よしなのにつけこんで、あいつらはやすやすとぼくをだましたのです。でも、どうやって復讐するべきかはよくわかっています」

父は私の計画を知りたがりました。

「パリに行って、Bの屋敷に火をつけ、不実なマノンともども生きたまま焼き殺してやるのです」

私の興奮ぶりに父は苦笑し、結局私はいっそう厳重に監視されることとなりました。監禁されたまま六カ月を過ごしました。最初のひと月、私の感情にはほとんど変化がありませんでした。マノンをどう考えるか次第で、気持ちは憎しみと愛情、希望と絶望のあいだを絶えず揺れ続けました。あるときは、あらゆる女たちのうちでもっとも愛すべき女とばかり思えて、また会いたいという欲望にさいなまれます。またあるときは卑怯で不実な愛人としか思えず、あいつを探し出してきっと罰を与えてやるぞと何度も自分に誓うのでした。本を差し入れてもらったおかげで、心が少し落ち着きました。かつて親しんだ著者たちの本をすべて読み返し、新しい知識を得ました。とことんまで勉強したいという気持ちがよみがえってきました。それがどのように役立ったかは、やがておわかりになるでしょう。恋によって得た知恵のおかげで、ホラティウスやウェルギリウスの以前は意味が取りづらく思えた多くの箇所が明らかになりました。私は『アエネーイス』第四巻[15]に描かれた恋について注釈を書きました。いつか公刊しようと思っていますが、きっと読者に喜ばれるだろうという自信があります。

それを書きながら私は思ったものでした。「ああ！　忠実なディードーに必要だったのは、ぼくのような心の持ち主だったのだ」

ある日ティベルジュが、囚われの身の私に会いにきました。彼が感極まった様子で私を抱擁するのでびっくりしました。それまでは、ほぼ同い年の若者のあいだに結ばれる、学友としての友情以上のものを感じさせるような愛情のしるしを彼に示されたことはありませんでした。五、六カ月会わずにいるあいだに彼はすっかり変貌し、成熟したように見え、その顔つきにも言葉にも尊敬の念をかきたてられました。彼は学友というより賢明な相談役として私に語りかけました。私が道を踏みはずしたことを嘆きつつ、すでにかなり立ち直ったものと信じて祝福してくれました。そしてこの若気の過ちをいい薬として、快楽のむなしさに目を開くよう励ますのでした。私は驚きの目で彼を見つめ、彼もそれに気づきました。

「ねえ、シュヴァリエ」彼はいいました。「ぼくはきみに、正しいとはっきりわかっ

15　古代ローマの詩人ウェルギリウスの叙事詩『アエネーイス』第四巻では、流れ者アエネイアースに対するカルタゴの女王ディードーの情熱的な恋、アエネイアースの旅立ち、そして残されたディードーの自殺が描かれる。

ていること、真剣に検討したうえで自分で納得したことしかいわないよ。ぼくにだってきみと同様、官能の喜びを求める気持ちはあったさ。だが神は、徳を好む心も同時に与えてくれた。ぼくは理性を働かせて、それぞれがもたらす結果を比較した。その違いを見出すまでに時間はかからなかったよ。神もそうした反省に力を貸してくださった。だからぼくは俗世に対して、たとえようもないほどの軽蔑を覚えた。それなのになぜ俗世に留《とど》まっているのか、わかるかい」彼は付け加えました。「なぜすぐさま隠遁《いんとん》生活に入らないのか？　それはひとえに、きみに対する深い友情のためなんだよ。ぼくはきみがどれほど抜きん出た心と精神の持ち主であるかを知っている。どんな善行であれ、きみにできないことなど何ひとつない。ところが快楽の毒がきみに道を踏みはずさせた。美徳にとって何という損失だろう！　きみがアミアンから逃げていったことでぼくはあまりに苦しんだから、それ以来、一瞬も満足を味わっていないくらいだよ。まあ、それからぼくがどんなに奔走したかを知れば、きみもわかってくれるだろう」

私にだまされたこと、私が恋人と出奔したことに気がつくや、彼は馬に乗ってあとを追ったのだそうです。しかし私のほうが四、五時間先んじていたため、追いつくことはできませんでした。それでもサン＝ドニに到着したのは私が発ってから三十分後でした。私がパリにいることは確実だと思えたので、彼は六週間パリに滞在して、むなしく探しまわりました。私が見つかるのではないかと思うあらゆる場所に行ってみたあげく、とうとうある日、コメディー座[16]で私の恋人を見かけたのです。彼女が派手な装いをしていたので、新しい愛人のおかげで贅沢をしているのだろうと考えたそうです。馬車のあとをつけて家まで行き、そこで使用人から、彼女がB氏に囲われていることを聞いたのでした。

「それで引き下がりはしなかった」彼は話を続けました。「翌日また家を訪れて、きみがどうなったのかを彼女自身の口から知ろうとしたのだ。きみの話をもちだすと、彼女はいきなり席を立ってしまい、ぼくはそれ以上何も知ることができないまま田舎に戻らざるをえなかった。帰ってきてからきみの事件のこと、そのせいできみが悲嘆に暮れていることを知った。だがぼくは、きみの気持ちがもっと落ち着いたとわかるまではきみに会いたくなかったんだよ」

16　コメディ－・フランセーズのこと。

「それじゃ、きみはマノンに会ったんだね？」私はため息をつきながらいいました。「ああ！　ぼくに引きかえ、きみは幸せだ。ぼくはもう二度と彼女に会えない定めなのだから」

彼は私のため息にまだ未練がある証拠を見て取って、私を非難しました。そして私の性格や気質の善良さをじつに巧みにほめそやしたので、彼はこの最初の面会からすでにして、彼のように浮世のあらゆる快楽を断って聖職につきたいという強い願いを私に抱かせたのでした。

私はその考えがすっかり気に入ったので、一人になったときには、もはや他のことを考えられないくらいでした。私はアミアンの司教の言葉を思い出しました。かつて司教も同じ助言をしてくださり、もしその道を選ぶならきっと成功するだろうといってくださったのでした。信心深い気持ちもまた、私の考えには加わっていました。「研究と信仰に専念しよう。そうすれば恋愛の危険な快楽のことなど考えられなくなる。世間の人たちの賛美するものなど軽蔑してやろう。ぼくの心は尊敬できるものしか欲しないはずだから、今後は欲望にも不安にも悩まされなくなるだろう」

そこで私は前もって、平安で孤独な暮らしのあり方を考えてみました。まず、人里離れた一軒家を思い描きました。庭のはずれには小さな森と小川があり、本棚には選りすぐった本が並び、徳高く良識あるわずかな友人がいて、質素でつつましくとも清潔な食卓がある。そしてそこにパリで暮らす友との文通も付け加えました。彼が世の中のニュースを知らせてくれるのですが、それは好奇心を満たすためというよりも、人々が愚かに騒ぎ立てる様子を知って気晴らしをするためなのです。「そうすれば、幸せになれるのではないだろうか」と私は思いました。「あらゆる望みは満たされるのではないか？」こうした計画が私の意に添うものであることは確かでした。ところが、そうやって賢明な計画を立ててはみても、私は自分の心がなお何かを待ち望んでいるのを感じたのです。どんなに魅力的な隠遁生活のうちにあっても、もはや他に何も望むものがないといえるには、マノンと一緒に暮らすのでなければならないのでした。

そのあいだにもティベルジュが、自分の吹き込んだ計画のことでしょっちゅう会いにきてくれていたので、私は折を見て、父にその件について打ち明けました。自分の意向は子どもたちに自由に職業を選ばせることだと父は明言し、おまえが将来どうするつもりであろうが、私の権利といえばおまえの助けになるような忠告をさせてもらうことだけだといいました。父の与えてくれた助言はじつに賢明なもので、自分の計画に嫌気が差すようにしむけるのではなく、しっかり知識をもったうえで計画を進めさせようとするものでした。新学期が近づいていました。私はティベルジュと一緒にサン=シュルピスの神学校[17]に入ることにしました。彼はそこで神学の勉強の仕上げをし、私は自分の勉強を始めるのです。ティベルジュの優れた資質は教区の司教もご存知で、わたしたちの出発前に彼は司教から相当の額の聖職禄[18]を授けられました。

父は私のマノンへの情熱がすっかり冷めたものと思い、出発に対して少しも難色を示しませんでした。私たちはパリに到着しました。マルタ騎士団の十字章には聖職者の服が、シュヴァリエの称号には神父《アベ》デ・グリュの名が取って代わりました。私は一心不乱に勉強したので、数カ月のうちに驚くほどの進歩をとげました。夜も勉強にあて、昼間は一瞬たりとも無駄にしませんでした。私の評判は大変なもので、将来は高位につくことまちがいなしと早くもお祝いをいわれるほどでした。そして請願したわけでもないのに、聖職禄名簿[19]に名前が載ったのです。信仰のほうもなおざりにはしませんでした。私はあらゆる勤行《ごんぎょう》を熱心に果たしました。ティベルジュは、自分も努力した甲斐があったと大喜びで、私の改心と彼の呼ぶものを嬉しがり、幾度も涙を流したのでした。

ひとの決心は覆えるものだということに、私はいまだかつて驚いたことはありません。ひとつの情熱が決心を生み出し、別の情熱がそれを破壊するのです。とはいえ、私をサン＝シュルピスへと導いた決心の神聖さ、それを実行に移すことで神が私に味わわせてくれた内なる喜びを思うとき、その決心を自分がいともたやすく破棄できたことに慄然《りつぜん》とします。神の救いはつねに情熱と同じだけの力を及ぼすというのが本当なら、いかなる不吉な運命の力によってひとが突然、抵抗もできずにおのれの義務から遠く連れ去られ、何の後悔も覚えないなどという事態が引き起こされるのか、教えてほしいものです。私は恋のあやまちから自分は完全に解放されたのだと思っていました。聖アウグスティヌスの書物を一ページ読むか、キリスト教徒らしく十五分瞑想

17　一六四二年に創設されたパリの神学校。二百数十名の学生が学ぶ、当時もっとも有力な神学校だった。
18　教会所有の領地等からの収入をもとに神父に与えられる給料。
19　聖職禄を授けられるべき聖職者の名簿。国王の管理下にあった。

するほうが、マノンが与えてくれたはずの快楽さえも含めて、どんな官能の快楽よりも好ましいと思っていました。ところが、災いが一瞬にして私をふたたび深淵に突き落としたのです。自分が這い出たはずの深みと同じ地点まで一気に連れ戻され、新たな放埒のうちにはまり込んで、さらなる奥底へと引きずられていったため、私の転落はもはやどうにも取り返しのつかぬものとなったのでした。

　私は一年近くパリで暮らしながら、マノンのその後については知ろうとせずにいました。最初のうち、自分の気持ちを抑えるのにはずいぶん苦労しました。しかしティベルジュがつねに忠告を怠らなかったし、私自身もよく反省したため、打ち勝つことができたのです。数カ月はいたって平穏に過ぎたので、私はあの魅力はあるが不実な女のことなどこれっきり忘れられるものと思っていました。やがて神学部で公開審査[20]を受けなければならない時期がやってきました。私は何人もの名士に臨席の栄を仰ぐ招待状を出してもらいました。そうやって私の名はパリの町じゅうに広まりました。それが不実な女の耳にも届いたのです。神父《アベ》という肩書のため、彼女には私のことかどうか確信がもてませんでした。しかし私に対する好奇心がまだ残っていたためか、あるいはひょっとすると私を裏切ったことへの後悔の念からか（そのいずれだったのか、ついに知ることはできませんでした）、私とよく似た名前に興味をもちました。そして何人かの婦人と一緒にソルボンヌにやってきました。公開審査に出席して、おそらくすぐさま私だとわかったのでしょう。

私は彼女が来ていることを少しも知らずにいました。ご承知のように、ああいう場所には婦人用の個室があり、よろい戸越しに見ているのです。私は栄光に包まれ、賛辞を浴びてサン＝シュルピスに戻りました。夕方の六時でした。戻ってから少しすると、ご婦人が訪ねてきていると告げられました。私はすぐさま面会室に向かいました。ああ！　何と驚くべきひとの姿があったことか！　そこにいたのはマノンだったのです。まさしく彼女、ただしかつて見たことがないほど愛らしく、まばゆい姿でした。彼女は十八歳になっていました。その魅力たるや、筆舌に尽くしがたいものでした。じつに繊細で、やさしく、何とも心を惹きつける風情は、愛の神そのものという様子でした。彼女の姿全体が私にとってはひとつの魔法のように思えました。

20　サン＝シュルピス神学校の学生は三学年目に教会法学位を取得する際、パリ大学神学部（＝ソルボンヌ）で公開審査を受けるならわしだった。一、二年生もそれまでの勉学をもとに論文を書き公開審査を受けた。その際には招待状が印刷されかなりの聴衆が集まった。

彼女を前にして私はあっけにとられました。訪問の意図を推し測ることもできず、目を伏せ、体をふるわせながら説明を待ちました。彼女のほうもしばらくは、私と同じくらい困惑した様子でした。しかし私が黙ったままでいるのを見て、彼女は目に手を当てて涙を隠そうとしました。そしておずおずと、自分の裏切りのせいであなたに憎まれるのは当然のむくいですといいました。とはいえ、かつてあなたがもし本当にわたしのことを少しでも好いてくれたのならば、二年間もわたしの消息を知ろうとしないままでいたのはずいぶん冷たい仕打ちだし、いまもあなたの前に出てわたしがこんなありさまなのを見ながら言葉ひとつかけてくれないなんてなおさら冷たいというのでした。その言葉を聞くうちにこちらの心がどれほど乱れたか、それはとても言い表すことができません。

彼女は腰を下ろしました。私は半ば体をねじるようにして立ったまま、彼女をまともに見る勇気が出ないのでした。何度か返事をしかけては、しまいまでいうことができません。とうとう力をふりしぼって、苦しい叫びを上げました。

「不実なマノン！　ああ！　裏切り者、裏切り者！」

彼女は涙にかきくれながら、不実の弁解をしようとは思わないと繰り返しました。

「それならどうしようというのだ？」私はまた叫びました。

「死のうと思います」彼女は答えました。「もしあなたの心をわたしに返してくださらないのなら。あなたの心なしでは、わたしは生きてはいけません」

「それなら、ぼくの命をよこせというがいい、不実な女め！」私もまたこらえきれずに涙を流しながら答えました。「命をよこせというがいい。ぼくがきみに捧げることのできる、ただひとつのものさ。なぜなら、ぼくの心はいつだってきみのものだったのだから」

私が最後の言葉を言い終わるやいなや、彼女はわれを忘れて立ち上がり、飛んできて私を抱きしめました。私を千もの情熱的な愛撫で覆いました。そしてこのうえなく激しい愛情を示すため、恋が作り出すあらゆる呼び名で私を呼んだのです。それに対して私はいまだ力弱く応えるのみでした。実際、何という変化だったでしょうか。それまでの平穏な境遇から一転して、いままた熱く滾《たぎ》るような激情がよみがえってくるのが感じられるのです！　そう思うと私は怖くなって、夜、人里離れた野原にいるときのように身をふるわせました。そんなときには、まるで知らない世界に連れてこられたかのような心地がし、ひそかな恐怖にとらわれるのです。そして長いあいだ周囲を見まわしてからでなければ、安心できないのです。

私たちは身を寄せあって座りました。私は彼女の手を取り、悲しい目で彼女を見つめながらいいました。「ああ、マノン。ぼくの愛が、あんなひどい裏切りでむくわれようとは、予想もしていなかったよ。きみを絶対的な支配者として崇めていた心、きみを喜ばせ、きみに従うのに無上の喜びを感じていた心をあざむくのは、いともたやすいことだったろうね。さあ、これほどやさしく、従順な心をほかに見つけられたかどうか、聞かせておくれ。いや、そんなはずはないさ。自然はぼくと同じような気質の人間をめったには作らないのだから。せめて聞かせてほしい、そんなぼくの心を、きみはときどき懐かしんでくれたのかどうか? 今日きみはその心を慰めに戻ってきてくれたけれど、やさしい気持ちがよみがえったのだなんて、どこまで信じていいのだろう? きみが前よりもっと魅力的になったことは見ればわかる。でも、きみのためにぼくが味わったあらゆる苦しみの名において、答えてもらいたい。美しいマノン、これからはもっと貞淑になってくれるのだろうか?」

彼女は何とも胸を打つ言葉を並べたて、自分が後悔していることを訴えました。今後の貞淑を繰り返し誓ったので、私はいうにいわれぬほど感動してしまいました。

「いとしいマノン！」私は罰あたりなことに恋の言葉と神学の言葉を混ぜあわせていいました。「きみは被造物としてはあまりに素晴らしすぎる。[21] ぼくは勝利に輝く歓喜に心を奪われていくような気がする。自由について神学校でいわれているような事柄は全部、幻想だ。ぼくはきみのために栄達も名声も失おうとしている。そうなることはわかっている。きみの美しい目の中に自分の運命がはっきり読み取れるのだ。でも、きみの愛さえあればすべてを失っても癒《いや》されないことがあるだろうか。恵まれた未来なんかぼくにはどうだっていい。栄光など煙のようにはかなく思える。聖職者として生きていこうという計画は、何もかも愚かな空想でしかなかった。結局、きみと一緒にそれを願うのでなければ、どんな幸福も取るに足らないものでしかない。そんなものはぼくの心のうちでは、きみのまなざしひとつを前にして、たちまち崩れ去ってしまうのだからね」

彼女のあやまちはすべて忘れようと約束したものの、私は彼女がどんなふうにして

21　キリスト教では神の被造物である人間は不完全で汚れた存在とされる。続く「勝利に輝く歓喜」は本来、神の恩寵について用いられる表現。

Bに誘惑されたのかは知っておきたいと思いました。彼女がいうには、Bは彼女が窓辺に立つ姿を見て熱を上げ、徴税請負人ならではのやり方で恋を打ち明けた、つまり好意のしるしを示してくれるならそれに釣りあうだけの報酬を出そうと手紙でいってきたのでした。彼女が最初、その申し出に応じたときには、私たちが快適に暮らしていけるだけのまとまった金額を男から引き出してやろうという意図しかなかったのです。ところが彼が次々にたいそうな約束をもちかけるのに目がくらみ、次第に心がぐらつき始めたのでした。ただし、ふたりが別れ別れになる直前、自分の態度に表れた苦しみこそ、良心の呵責《かしゃく》だったとわかってほしいと彼女はいうのです。そして囲われ者となって贅沢な暮らしをしていても、Bと一緒にいて幸福だと思ったことは一度だってなかった。それは、彼女がいうには、私のこまやかな思いやりや気品のある態度がBになかったばかりでなく、たえず楽しみごとを与えてもらいはしても、心の底には私の愛の思い出と、自分の裏切りへの悔恨があったからなのでした。彼女はティベルジュのこと、彼の訪問によってひどく困惑したことも語ってくれました。

「たとえ心臓を剣でひと突きされたとしても」と彼女はいいました。「あれほど血の流れをかき乱されはしなかったでしょう。わたしはあの人の前にいるのが一刻も耐えられずに、席を立ってしまったのです」

彼女はさらに続けて、私がパリにいることや身分が変わったこと、そしてソルボンヌで公開審査があることを知ったいきさつを話しました。討論のあいだはとても落ち着いて聞いてなどいられず、涙ばかりか、あやうくうめき声や叫び声さえ洩らしそうになって抑えるのに苦労したといいました。そして、取り乱した様子を人に見られないよう、最後に会場を立ち去り、心の向かうがまま、激しい願望の命じるがままますぐ神学校に来てしまった、もしあなたに許すつもりがないとわかったら死ぬ覚悟だったというのです。

これほど激しく、そしてやさしい悔悛《かいしゅん》の情に心を動かされないような野蛮な人間がどこにいるでしょう？　私はこの瞬間、マノンのためならばキリスト教世界のあらゆる司教職をなげうってもかまわないと思いました。私は彼女に、ぼくらのことはどう整理をつけるのがいいだろうと尋ねました。彼女は、すぐに神学校を抜け出して、どこかもっと安全なところで今後のことを相談すべきだといいました。私は彼女の意見に一も二もなく賛成しました。彼女は自分の馬車に乗り込み、街角で私を待ちました。私はすぐあとから門番に気づかれずに抜け出しました。私たちは古着屋に立ち寄りました。そして私はふたたび飾り紐と剣をつけた姿[22]に戻りました。マノンが支払いをしてくれました。なぜなら私は一文なしだったからです。サン＝シュルピスから脱走するのに邪魔が入ってはいけないというので、彼女は私が一瞬のあいだ、自室に戻ってお金を取ってくることさえ望みませんでした。そもそも私の貯えはわずかなものでした。それに対し彼女はBの手当のおかげで裕福だったので、私にあきらめさせた金額など問題ではなかったのです。私たちはその古着屋で、これからどうするかを相談しました。私のためにBを捨てることを印象づけようとして、マノンはBに対していっさい容赦しないと決めました。

「家具はみんな残していくわ」彼女はいいました。「家具はあのひとのものだから。でもこの二年のあいだにあのひとからもらった宝石や六万フラン近いお金は、当然もっていきます。それにわたしはあのひとに指図されるいわれなんかないのよ」と彼女は続けました。「だからわたしたちはパリで何の心配もなく暮らせるわ。手ごろな家を借りて、幸せに暮らしましょう」

　私は彼女に、きみに何も危険はないとしても、ぼくのほうは大ありだ、早晩、見つかってしまうだろうし、すでに味わったような不幸な目にあう危険に今後もたえずさらされるに違いないと反論しました。自分としてはパリを離れるのはつらいと彼女はいいました。彼女を悲しませることをひどく恐れていた私は、彼女を喜ばせるためならばどんな危険だって怖くないほどでした。しかし私たちはうまい妥協策を見つけました。それはパリ近郊の村に一軒家を借りることで、それならば娯楽や用事のためにパリに出るのも簡単でしょう。私たちはパリからほど遠からぬシャイヨを選びました。マノンはすぐ家に戻りました。私はチュイルリー庭園の小門まで行って、そこで彼女を待ちました。一時間後、彼女は貸馬車に乗ってやってきました。小間使いの娘と、衣装と貴重品全部を詰めたトランク数個が一緒でした。

私たちはまもなくシャイヨに到着しました。最初の夜は宿に泊まって、一軒家か、さもなければせめて手ごろなアパルトマンをじっくり探すことにしました。翌日にはもう、望みにかなう物件が見つかりました。

初めのうちは、幸福が揺るぎなく確立されたように思えました。マノンはやさしさと親切さの化身でした。私にとても細かく気を使ってくれるので、これまでの苦しみ

22 金ないし銀の飾り紐と剣は貴族のいでたち。

がすっかり報われたような気持ちになりました。二人とも少しは経験を積んでいましたから、お金がどれくらいもちそうか考えてみました。二人にいまあるのは実質六万フランでしたが、それだけでは長い人生を過ごしていくのに十分ではありません。それに二人には出費をあまり厳しく抑えるつもりもありませんでした。マノンにとっても私にとっても、倹約が最大の美徳というわけではなかったのです。そこで私の計画はこうでした。

「六万フランあれば、二人で十年暮らすことができる」私は彼女にいいました。「シャイヨで暮らしていくのなら、毎年、二千エキュあれば足りるだろう。シャイヨで、恥ずかしくないような、ただし簡素な暮らしをしようよ。お金がかかるのは馬車と芝居見物くらいのものさ。切り詰めていこう。きみはオペラ座に行くのが好きだから、週二回は出かけることにする。賭けごとについては、一回に二ピストル以上は損をしないように心がけよう。これから十年のあいだに、ぼくの家に何か変化が起こらないはずはない。父は年を取っているから、死ぬかもしれない。遺産が入るから、そうすればぼくらはよけいな心配はいっさいなしに暮らせるようになるさ」

こうした取り決めは、もし私たちが賢明にもそれをずっと守ることができたならば、わが生涯最大の愚行ということにはならなかったでしょう。しかし私たちの決心はせいぜい一カ月しかもたなかったのです。マノンは享楽に夢中でした。私はマノンに夢中でした。そこで私たちには絶えず新たな出費の必要が生じました。そして彼女がときおり派手にお金を使うことがあっても、私はそのお金を惜しむどころか、自分から率先して、彼女が喜びそうなものは何でも買い与えたのです。私たちがシャイヨで暮らしていることさえ、彼女にとっては面倒に思えてきました。

冬が近づき、だれもがパリに戻って、田舎はひと気がなくなりました。彼女は、またパリで一軒家を借りようといい出しました。私は賛成できませんでした。しかし何とか彼女を満足させるために、パリで家具付きのアパルトマンを借りてもいい、週に何度か出かけている社交の集いから帰るのがあまり遅くなるようなときは、そこに泊まればいいだろうといいました。なぜなら、彼女はシャイヨに戻るのが遅くなって不便だということを理由に、シャイヨから去りたがったからです。こうして私たちは住まいを二つ、つまりパリと田舎に一つずつ持つことになりました。この変化が、やがて私たちの暮らしをとんでもなく混乱させ、二つの出来事を引き起こして私たちの破滅を招いたのです。

マノンには近衛兵の兄がいました。あいにくこの男がパリの私たちと同じ通りに住んでいました。彼はある朝、窓辺に見えるのが自分の妹であることに気づきました。そしてすぐ私たちのアパルトマンに駆けこんできたのです。乱暴な、名誉の観念ももたない男でした。口汚くののしりながら部屋に入ってきました。そして妹の引き起こした事件を一部知っていたので、妹に向かって侮辱と非難の言葉を浴びせかけました。私はその少し前に外出していたのですが、それは彼にとっても私にとっても幸運だったかもしれません。何しろ私は侮辱をがまんできるような性格ではありませんでしたから。私がアパルトマンに戻ったのは彼が引き上げたあとでした。マノンの悲しげな様子から、何か変わったことがあったに違いないとわかりました。彼女は不愉快な目にあったこと、兄に乱暴に脅しつけられたことを話して聞かせました。私はすっかり憤慨し、彼女が泣いて止めなかったならすぐさま仕返しに駆けつけたところでした。この件について二人で話しあっていたとき、近衛兵が舞い戻ってきて、案内も請わずに私たちのいる部屋に入ってきました。これが初対面でなかったならば、私もあれほど丁重に迎えはしなかったでしょう。しかし、彼は私たちににこやかにあいさつしながら、マノンに、ついかっとなってしまったことを謝りにきたといったのです。妹が身を持ち崩してしまったのかと思い、怒りが抑えられなくなった。しかし、私が何者なのかこの家の使用人の一人に尋ねたところ、実に立派な人物であると聞かされた。それで、私たちと仲良くやっていきたい気持ちになったというのです。使用人の一人から情報を得たということには、何か奇妙な、気に障るものがありましたが、私は彼のお世辞に礼儀正しく応じました。そうすればマノンが喜ぶと思ったのです。彼女は兄が和解する気になったのが嬉しそうでした。私たちは彼を引きとめて昼食をともにしました。彼はたちまちすっかり打ち解けて、私たちがシャイヨに帰る話をしているのを聞くと、どうしても一緒に行きたいと言い張りました。馬車に彼の席を空けてやらなければなりませんでした。私たちは彼に占領されたも同然でした。なぜなら、いそいそと会いにやってくるのがまもなく彼の習慣となり、私たちの家を自分の家にし、私たちのものすべてを自分のものであるかのようにしてしまったのです。私のことを弟と呼び、兄弟なのだから遠慮はいらないといって、私たちのシャイヨの家に自分の友人たちをだれもかれも呼んできては、費用は私たち持ちでもてなすようになりました。私たちのお金で立派な服を仕立て、さらには自分の借金まで全部、私たちに払わせたのです。私はマノンの気持ちを損ねまいとしてこうした横暴に目をつぶり、ときどき彼がマノンにたかってかなりの額のお金をせしめていることも知らないふりをしました。彼は凄腕のばくち打ちで、運が向いたときには義理がたく借金の一部を返したのは事実です。しかし、私たちの財産など、彼の度はずれな出費を長いあいだ支えるにはあまりにささやかなものでした。しつこい無心を逃れるため、彼とはっきり話をつけようと思っていたその矢先に、悲惨な事件が起こってその必要はなくなりました。しかし同時に別の苦労が生じて、それが私たちをなすすべもなく破滅の淵に追い込んだのです。

私たちはある日パリに出て、そのままアパルトマンで一泊しました。しょっちゅうそうするようになっていたのです。そんなときにシャイヨで一人、留守番をさせていた使用人が、朝方やってきて、夜中に家が火事になり、消し止めるまで大変だったと知らせにきました。私は、家具にかなり被害があったのかと尋ねました。彼女は、よその人たちが大勢、助けに駆けつけて大混乱になっていたので、自分にははっきりしたことは何もいえないというのです。私は小型金庫に収めておいたわれわれのお金のことを思ってふるえあがりました。そこですぐさまシャイヨに戻りました。大急ぎで駆けつけたのもむなしく、金庫は消えていました。そのとき私は、けちな人間でなくともお金のことは愛しく思えるのだと実感しました。この損失によって激しい苦痛に胸をつらぬかれ、正気を失うかとさえ思いました。不意に、自分がこれからどんな新たな不幸に身をさらそうとしているのかを理解しました。貧乏自体は大したことではありません。私はマノンがどういう女か知っていました。金回りのいいあいだは私にどれほど忠実で愛着をもっているにせよ、貧《ひん》したとなればもう信頼できないことは、これまでの経験からいやというほどわかっていました。彼女は贅沢と遊興があまりに好きなので、私のためにそれらを犠牲にすることなどできないのです。

「ぼくは彼女を失ってしまう!」私は叫びました。「哀れなシュヴァリエ! こうしておまえはふたたび、おまえの愛するすべてを失ってしまうのだ」

そう考えると私は恐ろしい混乱に陥り、しばしのあいだ、いっそ死によってあらゆる不幸に決着をつけたほうがましではないかと思い迷うほどでした。けれどもその前に、本当に万策尽きてしまったのかどうか考えてみるだけの冷静さは残っていました。神のおかげで一つのアイデアを思いつき、絶望は収まりました。私たちの被《こうむ》った損失はマノンに隠しておいて、何かうまい手を使うなら、それとも運に恵まれれば、彼女が満足できるだけの暮らしをさせてやり、貧窮を悟らせずにいることができるのではないかと思ったのです。

「計算してみると」私は自分を慰めるためにいいました。「十年でぼくたちに必要なのは二万エキュだ。十年たって、期待していたような変化が郷里のぼくの家族に何も起こらなかったとしたらどうだろう？　そのとき、自分はどんな決心をするだろうか。それはわからない。でもそのときになってやることを、いまやっていけないはずがあるだろうか？　パリで暮らす人たちには、ぼくのような才気も生まれつきの素質もないくせに、自分の身一つで生計を立てている人間が、いったいどれほど大勢いることか！」そして私は、人々のさまざまな境遇に思いをめぐらせました。「神さまは万事にじつに賢い配慮をなさったのではないか？　たいていの高官や金持ちは愚か者だ。それは少しでも世間を知っている人間にはわかりきったことだ。ところが、そこには素晴らしい正義がはたらいている。もし連中が才気と富を兼ね備えていたなら、あまりに幸せすぎるし、残りの者たちはみじめすぎる。みじめな者たちには、みじめさや貧困から抜け出すための手立てとして、心身にすぐれた素質が与えられている。ある者はお偉方の楽しみに奉仕することで、富の分け前にあずかっている。つまりお偉方をたぶらかしているのだ。あるいは彼らの教育に奉仕する者もいる。彼らを立派な紳士にしようと骨折っているわけだ。でも実際のところ、それはめったに実を結ばない。とはいえ神の叡智《えいち》のねらいはそこにはない。そういう者たちもつねに、自分たちの骨折りから利益を引き出している。つまり教育を施している相手のお金で暮らしを立てるということだ。どういうやり方を選ぶにせよ、しがない者たちにとって金持ちやお偉方の愚かさは、ありがたい収入源なのだ」

こう考えるうち、多少は気持ちが落ち着き、冷静さを取り戻しました。そこでまず、マノンの兄のレスコー氏に相談にいくことに決めました。彼はパリのことなら何でも知っていました。そして彼が収入の大半を、自分の財産や国王の給金以外から得ていることを知る機会が、私にはそれまでにしょっちゅうあったのです。私には運よくポケットに入っていた二十ピストルが残っているだけでした。彼に財布を見せて、自分の不幸と不安を説明し、飢え死にするか、絶望に駆られて頭を打ち砕くか、それ以外に選択肢があるだろうかと尋ねました。頭を打ち砕くなどというのは愚か者のすることだと彼は答えました。飢え死ににについては、自分の才能を活用しようともせずにそうするほかなくなる才人が山ほどいるが、いったい何ができるか、きみ自身でよく考えてみなくてはいけないというのです。そして何であれ計画を立てるのなら、援助も助言も惜しまないとうけあいました。

「それだけではずいぶん漠然としているなあ、レスコーさん」私はいいました。「何しろぼくは困っているので、いますぐ手を打たなければならないんです。だって、マノンに何といえばいいんだろう?」

「マノンのことなら」と彼はいいました。「いったいどうしてあんたが気をもまなくちゃならないんだ? あいつが一緒にいるかぎり、必要なときにはいつだってあんたの心配を解消してくれる手立てがあるわけじゃないか。あいつみたいな女はわれわれを養ってくれるのが当然なんだ、あんたとあいつと、そしてこのおれをね」

この無礼な言葉に、私が反論しようとすると、彼はそれをさえぎって続けました。もし自分の提案に従うならば、今晩までに千エキュもってくるから、それを山分けしよう。知りあいに、道楽には金を惜しまない貴族がいる、マノンのような女の好意を得るためとあれば、千エキュくらい何でもないはずだというのです。私は彼をさえぎって答えました。

「きみはもっとまともな人かと思っていたよ。ぼくに友情を示してくれるのは、いまきみがいったのとは正反対の気持ちからだと思っていた」

彼はずうずうしくも、自分の考えはずっと同じだった、妹はたとえいちばん愛する男のためとはいえ、女としての道を踏みはずしたのだから、自分が妹と仲直りしたのはもっぱら、身持ちの悪い妹を食いものにしてやろうと思ってのことだったのだと白状しました。それまで私たちが彼にだまされていたことが、はっきりとわかりました。とはいえ、この話でどれほど動揺させられたにせよ、とにかく彼の助けが必要だったので、私は笑いながら、そんな手段は最後の最後まで取っておくべきだと答えなければなりませんでした。そして何かほかの手段を教えてくれるよう頼んだのです。

彼は私に、あんたの若さと、恵まれた容貌を生かして、だれか年寄りで気前のいい貴婦人と関係を結んだらどうかといいました。そんな提案もまた、マノンに対して不貞を働くことになるのですから、気に入りませんでした。いちばん手っ取り早く、私の状況にもっとも適した方法として、賭博はどうだろうと私は尋ねました。彼は、賭博というのも確かにひとつの手段だが、少し説明が必要だといいました。安易な望みを抱いて、考えもなく賭博に手を出すとしたら、まさにあんたの破滅を決定づけることになる。手練《てだ》れの男が運勢を変えるために用いるいかさまを、一人で、相棒なしにやろうとするのは、あまりに危険な商売だ。第三の道、つまり賭博師組合に入るというやり方があるが、あんたくらい若いと、まだ参加する資格はないと組合員諸氏に判断されるおそれがある。とはいえ、自分がうまく取りなしてやろうと彼は約束してくれました。そして、予期していなかったことに、必要に迫られたときのためにといっていくらかお金を提供してくれたのです。さしあたり、私が彼に願った唯一のことは、私がお金を失ったことやこの会話について、マノンには何もいわずにおいてほしいということでした。

私は来たときよりもさらに不満な気持ちで彼の家を出ました。自分の秘密を打ち明けてしまったことを後悔さえしました。あんな打ち明け話までしたのに、それと引きかえに期待したことを彼は何もしてくれなかったのです。マノンには一切知らせないという約束を彼が破るのではないかと、死ぬほど心配でした。また、彼の本音を聞かされた私としては、彼が自分でいったようにマノンを食いものにする計画を立てて、彼女を私の手から奪い去るか、そこまではしなくとも私のもとを去るよう彼女に言い聞かせて、もっと金持ちで安楽に暮らしている人物の愛人にさせるのではないかと恐れもしたのです。それについてさんざん考えてみても苦しいばかり、朝方の絶望がよみがえってくるばかりでした。父に手紙を書いて、もう一度改心したふりをし、お金を援助してもらおうかと何度か思いました。しかしすぐに、寛大な父でさえ、最初のあやまちに対して私を六カ月も狭い牢獄に閉じ込めたことを思い出しました。サン＝シュルピスからの脱走はスキャンダルを引き起こしたはずで、今となっては父は私をはるかに厳しく扱うに違いありません。思い迷ったあげく、ようやくひとつの考えが浮かんできて、私の心はすぐさま落ち着きました。なぜもっと早く思いつかなかったのかと不思議なくらいでした。それはわが友ティベルジュに助けを求めることでした。彼ならば変わらぬ熱意と友情を示してくれると私は確信していました。

誠実であると確信できる相手に対して抱く信頼の念ほど素晴らしいものはなく、また美徳にとって名誉となるものはありません。そんなとき、何の危険もないのだとひとは実感できます。たとえその相手に救いを与える準備がなかったとしても、少なくともやさしさと同情を得られることは確実です。他の人間たちには用心深く閉ざされている心も、そういう相手に対しては、太陽の光を浴びて花が開くように自然に開かれるものです。花は太陽からのやさしい励ましのみを待ちのぞむのです。

タイミングよくティベルジュについて思い出したことを、私は天のご加護のしるしと考えました。そして日の暮れないうちに彼に会うための手立てを講じることに決めました。すぐ家に戻って彼に手紙を書き、会って話すのにいい場所を指定しました。そして、私のいま置かれた状況では、沈黙と秘密厳守に努めてくれることが私にとって何よりも大切なのだと記しました。ティベルジュに会えるという希望がもたらす喜びによって、悲しみの跡は消し去られました。さもなければマノンは私の顔にそれを読みとっていたことでしょう。私はマノンにシャイヨでの災難について、心配する必要などない些細なことのように話しました。何しろ彼女にとってパリこそは世界でもっとも楽しく過ごせる場所でしたから、シャイヨの家の火事によるささやかな被害が修繕されるまではパリにいたほうがいいと私がいうのを聞いて、彼女はいやな顔はしませんでした。一時間後、私はティベルジュからの返事を受けとりました。彼は指定された場所にいくと約束してくれました。私は早く会いたい一心でその場所に駆けつけました。とはいえ、顔を合わせるだけでこちらの放蕩を非難されたような気分になるはずの相手の前におめおめと姿を現すことには恥ずかしさも感じていました。しかし、彼の善良な心を信じる気持ち、そしてマノンのためを思う気持ちに支えられて、勇気を出したのです。

彼にはパレ＝ロワイヤルの庭園に来てくれといってありました。彼のほうが先に着いていました。私の姿を認めるやいなや飛んできて、私を抱擁しました。そして長いあいだ両腕に私を抱きしめたまま放さず、私は彼の涙で自分の頰《ほお》がぬれるのを感じました。私は彼に、きみにはまったく合わせる顔がない、自分の恩知らずが悔やまれてならないといいました。そして、ぼくはきみの尊敬と愛情を失って当然のことをしでかしながら、それでもなおきみを親友と考えていいのかどうか、それをとにかくまず教えてほしい、といったのです。彼はこのうえなくやさしい口調で、何があってもきみの友だちという資格を自分が捨てることなどできないと答えました。きみの不幸でさえも、そしてこういわせてもらってよければきみの過ちや放蕩ですら、きみへの愛情をいっそう強めてくれた。しかしその愛情には、大切な相手が破滅しかかっているのを見ながら助けられずにいるときに感じるような、激しい苦しみが混じっているのだと彼はいいました。

私たちはベンチに腰を下ろしました。

「ああ!」私は彼に、心の底からため息をつきながらいいました。「ティベルジュ、もしぼくの苦しみと同じだけの同情を抱いてくれるというのなら、きみの同情は途方もなく大きいことになるよ! その苦しみをきみに知られてしまうのが恥ずかしい。

何しろ正直なところ、決して名誉ある理由によるものではないのだから。とはいえ、その結果はあまりに悲痛なので、きみほどぼくを愛してくれていない人間でさえ心動かされるに違いない」

彼は私に、それならば友情のあかしとして、サン＝シュルピスを脱走してからきみの身に起こった事柄を包み隠さず話してくれといいました。私はそのとおりにしました。真実の一部をゆがめたり、過ちを大目に見てもらえるよう手加減したりせずに、自分の激しい恋を、恋心に鼓舞されるがまま力を込めて物語りました。私はそれを、哀れな者を破滅させようとする運命のおそるべき一撃として示し、人間の知恵によってその一撃を予測することができないのと同様、徳によってそれから身を守ることもできないのだといいました。自分の動揺や恐怖、彼に会う二時間前に感じていた絶望や、もし運命のみならず友人からも無慈悲に見捨てられたならばふたたび陥るであろう絶望をまざまざと描いてみせました。こうしてついには人のいいティベルジュの心を激しく揺さぶったので、私が苦悩にさいなまれているのと同じくらい、彼が私を憐れんで胸を痛めているのがわかりました。彼は飽きることなく私を抱きしめては、勇気を出して気持ちをしっかりもつよう励ましました。しかし彼は相変わらず、私をマノンと別れさせなければならないと考えていたので、私ははっきりと、マノンと別れることこそは自分にとって最大の不幸であり、すべての苦しみを合わせたよりも耐えがたいそんな荒療治《あらりょうじ》を受けるくらいなら、極貧の身となるばかりか、世にもむごたらしい死に方をすることだって辞さないときっぱり断言しました。

「それならば説明してくれたまえ」彼はいいました。「ぼくの提案にことごとく逆らうのなら、いったいぼくにはどんな援助ができるというのだ?」

きみの財布が必要なのだとは、さすがにいいかねました。しかししまいには彼もそうと悟り、きみのいいたいことはわかった気がするといってから、しばし思い迷う様子でためらっていました。

「どうか誤解しないでくれよ」やがて彼はまた話し始めました。「ぼくが考え込んでいるのは、熱意や友情が冷めたからではない。それにしても、きみはいったい何という二者択一にぼくを追い込むのだろう。きみが望んでいる唯一の援助を拒むのか、それともきみにそれを与えることで自分の義務にそむくのか、どちらかを選ばなければならないとは。だって、きみの放蕩を続けさせておくとしたら、それはきみの放蕩に加担するも同然じゃないか? もっとも」と彼は一瞬考えてから続けました。「想像するに、お金がないせいできみはすっかり困り切っているから、それで最善の道を選ぶだけのゆとりがなくなっているのではないだろうか。知恵と真実を好むには安らかな精神が必要だ。きみがいくらかのお金を得られるような手段を考えるとしよう。ただし、シュヴァリエ」彼は私を抱きしめながらいいました。「ひとつだけ条件をつけさせてくれたまえ。それはきみの住所をぼくに教えることだ。そしてぼくがきみを徳に引き戻そうと努力することくらいは我慢してほしい。きみが徳を愛する人間であることはわかっている。ただ激しい恋の情熱ゆえにそこから引き離されているだけなんだ」

私は彼の要求すべてを心から受け入れ、ぼくの運命の悪辣《あくらつ》さを憐れんでくれ、そのせいでこんなにも徳の高い友人の忠告を素直にきくことができないのだといいました。彼はすぐ、知りあいの金貸しのところに私を連れていき、金貸しはティベルジュの手形を担保として、私に百ピストルを前貸ししてくれました。手形はまさに現金も同様だったのです。ティベルジュが裕福ではないことはすでに述べたとおりです。彼の聖職禄は千エキュに相当しました。しかし聖職禄にあずかるようになった最初の年でしたから、まだ自分の収入を何も手にしていませんでした。つまり彼は将来の収入を見越して私に前借りさせてくれたのです。

彼の寛大さを私は心からありがたく思いました。感激のあまり、自分にあらゆる義務をないがしろにさせる宿命の恋の無分別を嘆きさえしました。しばらくのあいだ、徳が力を得て、心のうちで情熱に対抗して立ち上がったので、少なくとも光明のさしたこのときは、自分をしばる恋の鎖の恥辱と下劣さが私の目にも見えたのです。しかしその葛藤《かっとう》もあっさりとしたもので、長くは続きませんでした。マノンの姿を一目みれば、私は天にいても転げ落ちたでしょう。そして彼女のそばに戻ってみると、これほど魅力的な対象に寄せるかくも当然の愛情を、一瞬とはいえ恥ずかしく思ったことにわれながら驚いたのでした。

マノンはとても変わった性格の女でした。彼女ほど金銭に執着しない女はほかには決していません。しかしお金がなくなる心配があると、彼女はひとときも気が休まらないのでした。彼女に必要なのは快楽と気晴らしでした。お金を使わずに楽しめるのであれば、一文たりとほしがらなかったでしょう。私たちの財産の残りがどれだけなのか尋ねもしませんでした。一日を楽しく過ごせればそれでよかったのです。むやみに賭博におぼれることもなく、湯水のように金を使って陶然となるわけでもなかったのですから、彼女の好みにあった娯楽を毎日作り出してさえやれば、彼女を満足させておくのはいともたやすいことでした。とはいえ、そうやって快楽に心を奪われているることが彼女にはとにかく必要だったので、それなしでは彼女の機嫌も愛情もおよそあてにはならないのでした。私をやさしく愛してくれていたとはいえ、また彼女も喜んで認めるとおり、私だけが彼女に恋の甘美さを心ゆくまで味わわせてやれるただ一人の人間だったとはいえ、彼女のやさしさがある種類の不安に抗しきれないことには私もほぼ確信がありました。私にほどほどの財産があれば、彼女はこの世のだれよりも私を選んだでしょう。とはいうものの、彼女に捧げるものが変わらぬ心と忠実さしか残っていないとなれば、彼女がまた新たなBのために私を捨てるだろうことに、疑いの余地はありませんでした。

そこで私は決心して、自分の支出はできるだけ切り詰め、彼女の使うお金をいつでも出せるようにしておこう、自分に必要なさまざまなものはあきらめよう、そして彼女が欲しがるならばたとえ余計なものでも制限せずにおこうと考えました。一番頭が痛いのは馬車でした。というのも数頭の馬と御者を養っていけるとは到底思えなかったからです。そんな悩みをレスコーに打ち明けました。友人に百ピストル都合してもらったことも話してありました。彼は、もし賭博という危ない橋を渡るつもりなら、気前よく百フランほど使って自分の仲間たちをもてなしてくれないか、そうすれば自分の推薦できっと同業者組合に入れてもらえること間違いなしだ、と繰り返すのでした。いかさまをするのはまったく気が進みませんでしたが、私は必要に迫られるがまま、誘いに乗ってしまいました。

レスコーはその晩すぐに、自分の親戚だといって私を仲間に紹介しました。そして、この男は運命の助けをたいそう必要としており、成功したいという気持ちは満々だと付け加えたのです。しかしながら、困窮しているといってもその辺のろくでなしが困っているのとはわけがちがうことをわかってもらうため、みなさんを夕食にご招待したがっているとも説明しました。みなは招待に応じ、私は盛大にもてなしました。私の顔立ちの愛らしさや、恵まれた資質がもっぱら話題になりました。貴君は大いに見込みがありそうだ、容貌にいかにも貴族らしいところがあるから、だれもいかさまを警戒しないだろうといわれました。そしてレスコーは、有望な新人を「騎士団[23]」に紹介してくれたといって感謝され、「騎士《シュヴァリエ》」の一人が数日間、私に必要な教育を施してくれることになりました。私の活躍の主な舞台はトランシルヴァニー館と定められました。そこの広間にはファラオンのテーブルがあり、回廊では他のトランプやサイコロの賭博が催されていました。この賭博クラブは当時クラニーに住んでいたR大公のために開かれていたもので、大公の家来の大半は私たちの組合に加わっていました。恥を忍んで申しあげましょう。私は師匠に教わったことをまたたく間に身につけました。とりわけ、素早くカードを裏返したり、すり替えたりする巧みなわざを習得しました。そして両袖についた長い袖飾りをうまく使って軽々といかさまをやってのけ、どんな熟練者の目も欺き、大勢の正直な賭博者たちを何食わぬ顔で破産させてやったのです。この並はずれた腕前のおかげでたちまち運が開け、ほんの数週間のうちに、約束どおり仲間たちと山分けした分を差し引いても、巨額の富を手にすることとなりました。そこで私はもう恐れる必要もなくなったので、マノンにシャイヨのお金がなくなった一件を打ち明けました。そしてこの残念なしらせを伝えると同時に、彼女を慰めるため、家具つきの一軒家を借りることにしました。私たちはそこで何不自由なく安心しきって暮らし始めたのです。

その間、ティベルジュは頻繁に私を訪ねてきました。彼のお説教はやむことを知りませんでした。口を開いては、きみは自分の良心、名誉、そして恵まれた地位を損ねるようなまねをしていると絶えず注意しました。私はその意見を友情をもって受け入れました。それに従うつもりは毛頭なかったとはいえ、彼の熱意はありがたく思いました。その熱意がどこから来ているのかわかっていたからです。ときには、マノンのいる前だというのに彼を冷やかして、司教や司祭の中には愛人と聖職禄と両方の折り合いをうまくつけている人たちが大勢いるのだから、きみだってそういう人たちより真面目になる必要はないだろうといったりしました。

「まあ見てごらんよ」私はわが愛人の瞳を指さしながらいったものです。「これほど美しいものが原因であるなら、どんな過ちだって許されるんじゃないだろうか」

彼は堪忍袋の緒が切れる寸前まで我慢していました。しかし、私の財産が増えて彼

23 当時、マルタ騎士団の組織に倣い、新人が修練を積んで騎士になるという階層制度をもついかさま賭博の同業者組合が実在した。

24 十七世紀末フランスで考案され大流行した賭けトランプの一種。銀行役一人とそれ以外の大勢の客で行う。

25 トランシルヴァニア公ラーコーツィ・フェレンツ二世を指す。ハプスブルク家と敵対し一七一三年フランスに亡命、その家臣たちが賭博場を開いた。

に借りていた百ピストルを返済したばかりか、新しい家を借りて金遣いもいよいよ荒くなり、これまで以上に遊蕩のうちに浸ろうとしている様子を見て、彼は口調も態度も一変させました。私がすっかり悪徳に染まってしまったことを嘆き、天罰は免れないと脅し、実際に遠からずわが身に降りかかることとなった災いの一部を予言したのです。

「きみの放蕩生活を支えている富が」彼はいいました。「まっとうなやり方で得られたものであるはずはない。きみはそれを不正な手段で得たのだ。そんな富は同じようにして奪われるに違いない。神の下す最も恐ろしい罰は、きみにその富を心安らかに享受させておくことなんだぞ」彼は続けました。「これまでぼくがしてきた忠告はことごとく無駄だった。やがてきみが忠告をうるさがるようになるのは目に見えている。さらば、恩知らずな、意志の弱い友よ。きみの罪深い快楽など、まぼろしのように消えてしまうがいい！　運もお金もあえなく尽きはてて、ただ一人、丸裸で残されたきみが、自分を愚かにも酔わせていた幸福の空しさに気づくことになりますように！そのときこそきみは、ぼくがきみを愛し、きみを助けようと待ちかまえているのに気づくだろう。でも今日のところは、ぼくはきみとの交際をいっさい断つ。きみの送っている暮らしがぼくには呪《のろ》わしい」

彼がこうした使徒のような説教をしたのは、私の部屋で、マノンのいる前でした。彼は立ち上がって帰ろうとしました。私は引きとめようとしましたが、マノンに止められました。あんな頭のおかしい人は、勝手に帰らせるがいいというのです。

彼の言葉は私にいくらかの影響を与えずにはいませんでした。思えば、自分の心が善のほうへ戻ろうとするのを感じることも折々あったのです。人生のもっとも不幸な境遇において耐える力が湧いてきたのは、ひとつにはこの思い出のおかげでした。しかしマノンの愛撫は、この場面が私に残した悲しみをたちまち消し去ってしまいました。私たちは快楽と恋だけからなる暮らしを送り続けました。財産が増したことで私たちの愛情も強まりました。愛の神と運命の女神が、私たちほど幸せでやさしさに満ちた奴隷をもったことはありません。神さま、人はなぜこの世を苦界《くがい》などと呼ぶのでしょう、これほど甘美な喜びを味わうことができるというのに！　とはいえ、ああ！　そんな喜びは残念ながら、あまりに早く過ぎ去ってしまうのです。もしいつまでも続くものであったなら、他にどんな喜びを求めたりするでしょう？　私たちの喜びもまた、世上一般と同じ運命にありました。つまり束の間しか続かず、あとには苦い後悔が残ったのです。私は賭博でかなりのもうけを得ていたので、その一部を投資しようと考えていました。使用人たち、とりわけ私の召使とマノンの小間使いは私の成功をよく知っていました。私たちは二人の前で警戒もせずにしょっちゅう金の話をしていたのです。小間使いは美人で、私の召使はその娘に惚《ほ》れていました。ご主人たちは若くて御しやすいから、簡単にだませるとでも思ったのでしょう。二人は計画を立て、私たちにとっては何とも不幸なことにそれを実行に移したのです。その結果、私たちは決して立ち直れない状態に突き落とされたのでした。

ある日、私たちはレスコーのところで夕食をご馳走《ちそう》になり、真夜中ごろになって家に戻ってきました。私は召使を、マノンは小間使いを呼びました。ところがどちらも現れません。使用人たちによると、八時以降、二人は姿を見せていない、私から命令されたといって、何箱か大箱を運び出させてから自分たちも出ていったというのです。私は何となく嫌な予感がしたものの、自分の部屋に入って私が目にしたのは、予想をはるかに超えた事態でした。簞笥《たんす》の錠前はこじあけられ、お金は衣服もろとも持ち去られていました。この災難について一人で考え込んでいるところに、マノンがおびえ切った様子で現れ、自分の部屋も同じように荒らされているといいました。これはあまりにむごい仕打ちだと、思わず泣き叫びたくなるのを、理性の力をふりしぼって何とかこらえました。自分の絶望がマノンに伝わるのを恐れて、平気な顔を装いました。そしてふざけた調子でマノンに、この埋め合わせをするにはトランシルヴァニー館でだれかカモを見つけなければならないといいました。しかしマノンにはこの災難がひどくこたえたらしく、いくら陽気なふりをして彼女を落ち込ませまいとしても、私のほうが彼女の悲しみように打ちひしがれてしまうのでした。

「わたしたち、もうおしまいだわ！」彼女は目に涙を浮かべていいました。愛撫によって慰めようとしてもむだでした。私自身の涙が、私の絶望と悲嘆をあらわにしていたのです。実際、私たちは完全に破産し、肌着一枚残っていないのでした。

私はただちにレスコーを呼び出しました。レスコーはすぐに警視総監とパリ大法官のところにいったほうがいいと助言しました。そこで私はさっそく出かけたのですが、これが私にとって最悪の不幸を招く結果となりました。なぜなら、そんな私の奔走も、それら二人の司法官にさせた骨折りもまったく実を結ばなかっただけでなく、私が留守であるのをいいことに、レスコーは妹であるマノンと話をし、おそろしい解決策を吹き込んでしまったのです。彼はＧ・Ｍ氏という、快楽のためなら金に糸目をつけない好色な老人のことをマノンに話し、その男の世話になったならどれほど楽ができるかを説いたのです。不幸なできごとですっかり動転してしまっていたマノンは、自分を説得しようとする兄の言葉をそっくり受け入れてしまったのです。そんなご立派な取り決めが、私が帰宅する前になされ、実行は翌日、レスコーがG・M氏に話をつけてからということになっていました。家に帰るとレスコーが私を待っていました。しかしマノンは自室でベッドに入っており、少し休みたいので、今夜は一人にさせてほしいと私に伝えるよう、召使に命じていました。レスコーは私に数ピストルめぐんでくれて、私がそれを受け取ると彼は立ち去りました。

私がベッドに入ったのは四時近くでした。しかも家計を立て直す方法をあれこれ考えていて、眠るのが非常に遅くなったため、翌日は十一時か十二時ごろまで目が覚めませんでした。すぐに起き出すと、マノンの具合を尋ねにいきました。すると召使が、一時間前に貸馬車で兄上がお迎えにいらして、一緒に外出なさいましたというのです。そんな風にレスコーと出かけるのは奇妙な気がしましたが、疑いの気持ちをぐっと抑えました。何時間か、読書をしてやり過ごしました。とうとう、不安でいたたまれなくなり、アパルトマンのなかを大股で歩きまわりました。そしてマノンの部屋で、テーブルの上に封をした手紙があるのを見つけたのです。私宛になっており、確かに彼女の筆跡でした。私は死ぬほどふるえながら封を切りました。そこには次のように書いてありました。

いとしいシュヴァリエ、誓っていいます。あなたはわたしの心の偶像、わたしにとってあなたを愛するように愛することのできる相手はこの世にほかにはいません。でもわかってくれるでしょう、いとしい、かわいそうなあなた、わたしたちのように追いつめられてしまっては、貞節などおろかな美徳でしかないのです。パンがなかったら、愛情ぶかくいられるかしら？　ひもじさから、わたしは何かとんでもない過ちをおかしてしまうかもしれません。そして自分では愛のため息をついたつもりで、ついにはそのまま息をしなくなるかもしれません。あなたを心から愛しています。そのことは信じてください。でもしばらくのあいだ、お金の工面をわたしにまかせてほしいのです。これからわたしの罠にかかる人に災いあれ！　わたしのシュヴァリエをお金持ちに、しあわせにするためにはたらくのです。あなたのマノンがどうしているかは兄が伝えてくれるでしょう。あなたと別れなければならなくなって泣いていたと教えてくれるでしょう。

手紙を読み終わって、自分がどんな状態に陥ったかは私には表現できそうもありません。なぜなら今日でもなお、あのとき自分がどのような種類の感情に揺り動かされたのかがわからないのです。それは人がかつて経験したためしのない、他に類を見ない状態の一つでした。他人に説明するのは無理でしょう、なぜなら他人には想像もつかないことなのですから。そして自分自身にとってもきちんと説明することが困難なのです。なぜなら他に類のない種類の事柄である以上、記憶のなかでそれはいかなるものとも結びつかず、既知のいかなる感情と比べることもできないからです。とはいえ、私のそのときの感情がどのような性質のものだったにせよ、そこに苦痛と恨み、嫉妬、恥辱が混じっていたことは確かです。しかし、それら以上に愛が勝《まさ》っていたのでなければ、まだしも幸いだったでしょうに！

「彼女はぼくを愛している、そう信じたい。ぼくを嫌うなどということは、彼女がよほどの人でなしでないかぎり無理な話ではないか？」と私は叫びました。「ぼくには彼女の心を求めるどんな権利だってあるはずだ。彼女のために何もかも犠牲にしてきたあとで、さらにすべきことが何か残っているだろうか？　それなのに、彼女はぼくを捨てようとしている！　そして恩知らずなあいつは、いまでもあなたを愛しているといいさえすればぼくの非難を免れられると思っているのだ！　ひもじい思いをするのが怖いだって！　愛の神よ！　何と下品な感情だろう、これまでのぼくのこまやかな心づかいにまったくふさわしくない！　ぼくは飢えなど恐れはしなかった。彼女のためにに出世も、父の家での幸せな暮らしも捨てて、彼女のためなら飢えたってかまわないという気持ちでいる。彼女のつまらない気まぐれや思いつきを満足させるために、自分は必要なものさえ節約してきた！　心から愛しているといっているが、もし愛しているのなら――恩知らずな女め、おまえがだれの忠告に従ったかはわかっているぞ――少なくとも、さよならもいわずに別れるようなことはしないはずだ。愛している相手と別れるのがどれほどむごく苦しいものか、このぼくに聞いてみればいいのだ。頭がどうかしてしまわないかぎり、そんな苦しみに進んで身をさらすことなどできない」

私の嘆きは、予想もしない人物が訪ねてきて中断されました。レスコーがやってきたのです。

「血も涙もないやつめ！」私は剣をつかんでいいました。「マノンはどこだ？　マノンをどうしたんだ？」

彼はこちらの剣幕におじけづきました。そして、自分にやれるだけのことはやったと報告しに来たのにこんな出迎えを受けるのなら、すぐ出て行って二度とこの家の敷居はまたがないといいました。私は部屋の扉のところに駆け寄り、しっかりと閉めました。

「わからないのか」私は彼のほうをふりかえるといいました。「またぼくをだまして、作り話を聞かせようとしたってそうはいかないぞ。さあ、命をかけて勝負しろ、さもなければマノンに会わせるのだ」

「いやはや、気の短いおひとだ」彼は答えました。「まさにその件で来たというのに。あんたの思ってもいないような吉報を知らせにね。それを聞いたらきっと、少しはおれに感謝しなけりゃならないことがわかるよ」

私はすぐさま説明するよう要求しました。彼の話によると、マノンは貧乏になることの恐怖に耐えられず、とりわけすぐに馬車を手放さなければならないと思うと我慢ならず、金離れがいいことで知られるG・M氏への紹介を彼に頼んだというのです。

レスコーは用心して、それが自分のもちかけたアイデアだったことや、自分が手筈を整えてから彼女を案内したことはいわずにいました。

「今朝、あいつを連れていったのさ」彼は説明を続けました。「するとあの紳士はあいつの魅力にすっかり夢中になって、さっそく田舎の別荘に行こうと誘ったんだ。何日間かそこで過ごすそうだよ」レスコーはさらに付け加えました。「おれはこれがあんたにとってどれほどうまい話か、すぐにわかったから、実はマノンはかなりの額のお金を損失したところなのですとうまいこと話をもっていったわけさ。あちらは気前のよさを見せるチャンスとばかりに、マノンにすぐさま二百ピストルをプレゼントしてくれた。おれは、これで当座は十分だとしても、将来のことを考えると妹はずいぶんお金が必要でしてといってやった。そもそも妹は、両親の死後われわれのもとに残された弟の面倒を見ておりまして、もし妹に目をかけてくださるのでしたら、自分の半身のように思っている哀れな弟のことで妹が苦労しなくていいようにしていただきたいといったんだ。この話で向こうはすっかり感動したよ。そして、あんたとマノンのために手ごろな家を借りてやろうと約束してくれた。つまり、親のない哀れな弟というのはあんたのことだからね。家具もちゃんと揃えて、毎月四百リーヴルも出してくれようというんだ。ということはおれの計算では、毎年四千八百リーヴルということになる。彼は執事に、家を探して、帰ってくるまでに準備を整えておくようにいいつけてから別荘に出発した。だからマノンに会えるよ。マノンは、あんたに自分からといって千回のキスを贈ってほしい、これまでよりもっと愛していると伝えてくれとおれに頼んだのさ」

私は腰を下ろして自分の運命の奇妙ななりゆきについて思いをめぐらしました。気持ちは乱れ、考えはどうにも定まらず、レスコーが次々に浴びせてくる質問に長いあいだ何も答えられないままでした。まさにこのとき、名誉心と徳が私になおも良心の痛みを感じさせたので、私はため息をつきながらアミアンや、父の家、サン＝シュルピスなど、自分が汚れなく暮らしていたあらゆる場所にまなざしを向けたのです。そんな幸せな境遇から、自分は何と遠く引き離されてしまったことか！　もはや私は、いまだに後悔と願望を呼びさましはするものの、気力をふるいおこさせるにはあまりにか弱い幻影のように、それをはるか彼方から眺めているだけなのでした。

「いったいどういう宿命によって」私は思いました。「これほど罪深い人間になってしまったのだろう。愛は無垢な情熱だ。それがぼくにとってはなぜ、災いと放蕩の源となってしまったのか。マノンと一緒に落ちついて立派に暮らすことを妨げたものは何だったのだろう。彼女の愛からまだ何も受けとらないうちに、どうして彼女と結婚しなかったのか。父はあんなにぼくを愛してくれていたのだから、正当な手順を踏んで結婚を強く願ったなら、同意してくれたはずではないか。ああ、父だって彼女のことを、可愛い娘、息子の妻にこのうえなくふさわしい娘として慈《いつく》しんでくれただろう。マノンの愛と父の愛情、紳士たちの敬意、運命の恵みと美徳がもたらす平安に包まれて、ぼくは幸福だったにちがいない。何と悲惨な運命の逆転だ！　ぼくに何というおぞましい役割を演じろというのか？　ああ！　ぼくも片棒をかつぐことになるのか……。だがためらう余地などあるまい、マノンがそう決めたのであり、ぼくが受け入れなければマノンを失ってしまうというのなら」

「レスコーさん」私はそんなつらい考えを振り払おうと目を閉じて叫びました。「ぼくを助けようという気持ちからであったのなら、感謝する。もっとまともなやり方を選ぶこともできたとは思うけれど。でも、もう決まったことなんだね？　それならば、きみの配慮を生かし、計画をまっとうすることだけを考えよう」

私が怒ったあと黙りこくったままでいるのに困惑していたレスコーは、私が彼の恐れていたはずの決心とは正反対の決心をしたので大喜びでした。レスコーにも勇敢なところはあったのですが、私がその証しを得たのはもっとあとになってからのことです。

「そう、そう」彼はあわてて答えました。「おれのしたことはたいそうあんたのためになることなんだよ。あんたの予想以上に利益を生み出すことがいまにわかるさ」

G・M氏は、想像していたよりも私の背が高く、おそらくは年齢も上であるのを見たら、マノンと私が姉弟であることに疑念を抱きかねないので、それを避けるにはどうすればいいかをわれわれは相談しました。結局のところ、G・M氏の前では素朴な田舎者をよそおい、私は聖職を志していて、毎日神学校に通っていると信じ込ませるほかないということになりました。また、初めてお目どおりを許されるときには、粗末ななりをしていくことに決めました。G・M氏は三、四日後に町に戻ってきました。そして執事が準備しておいた家に自らマノンを案内しました。マノンは自分が戻ってきたことをすぐレスコーに知らせ、レスコーから私に連絡がきて、われわれは二人で彼女の家に行きました。年寄りの愛人はすでに立ち去っていました。

あきらめてマノンの意志に従ったとはいえ、私は彼女の姿を見て胸中の不満を抑えることができませんでした。彼女には私が悲しげで元気のない様子に見えたことでしょう。彼女とふたたび会えた喜びも、不実を悲しむ気持ちに完全に打ち勝つことはできなかったのです。それとは反対に、彼女は私と再会できた嬉しさで有頂天になっているようでした。そして私の態度が冷たいといって非難しました。私はため息まじりに、裏切り者だの不実な女だのという言葉を洩らさずにはいられませんでした。最初、彼女は私の世間知らずを笑いました。しかし彼女は、私が悲しげに彼女を見つめるばかりで、私の気持ちや願いとは正反対の変化を受け入れかねているのに気づくと、一人で自室に行ってしまいました。少しして私はそのあとを追いました。彼女は涙に暮れていました。どうして泣いているのかと尋ねました。

「そんなことわかりきっているでしょう」彼女はいいました。「わたしに会ってもあなたが暗く沈んだ顔をするばかりだとしたら、わたしはどうして生きていけるというの？　あなたがここに来て一時間たつのに、一度だって抱きしめてくれないじゃない。そしてわたしが抱きついても、ハーレムのトルコ皇帝みたいにもったいぶった態度でいるのね」

「いいかい、マノン」私は彼女を抱きしめながら答えました。「ぼくは自分が死ぬほどつらい気持ちでいることを、きみに隠すことができないんだよ。きみが不意にいなくなってどれほど心配したか、きみが別のベッドで寝た翌日に、慰めの言葉一つかけずにぼくを置き去りにしたのがどんなに残酷だったかというようなことを今さらくどくどいうつもりはない。たとえそれよりつらい目にあったとしても、きみさえいてくれればたちまち忘れてしまうだろう。でも、きみの希望に合わせて、ぼくがこれからこの家で送る悲しく不幸な暮らしのことを思ったなら、どうしたってため息も出るし、涙だって流れるじゃないか」私は思わず涙をこぼしながらいいました。「ぼくの生まれや名誉のことなどは脇におこう。そんなのはもはや、ぼくの激しい恋に対抗するには、およそ薄弱な拠りどころでしかない。でもその恋そのものが、不実な、無情な恋人から報われるどころか、こんなにむごい扱いを受けてうめき声をあげているのが、きみにはわからないのか?……」

彼女は私をさえぎっていいました。「ねえ、わたしのシュヴァリエ、そんな非難でわたしを苦しめないで。あなたのそういう言葉は胸を刺すようです。あなたがどうして傷ついているのかはわかっているわ。わたしたちの暮らしを少しでも立て直すためにわたしが考えた計画に、あなたが賛成してくれるものと思っていたの。それをあなた抜きで実行に移したのも、あなたの繊細な心を傷つけないためだった。でも、もうやめます。だって、あなたが賛成してくれないのだから」

そして彼女は、今日一日だけは目をつぶってくれないか、年寄りの愛人からすでに二百ピストルもらってあるが、今夜さらに、立派な真珠の首飾りや他の宝石類、そして約束の一年分の手当の半額をもらうことになっていると付け加えました。

「せめて、プレゼントを受け取るまでは待ってほしいの」と彼女はいいました。「誓っていうけれど、あの人はわたしを自分のものにしたといって自慢するわけにはいかないわ。だって、わたしはそれを先延ばしにして、パリに戻ってからということにしたのだから。でも確かにあの人はわたしの手に百万回もキスしたわ。だからその喜びの報酬を払うのは当然だし、あの人の裕福さや年齢に見合った値段と考えれば、五、六千フランで高すぎることはないでしょう」

私にとって彼女の決心は、五千フランへの期待以上に嬉しいものでした。恥辱を免れたことでこれほど満足を覚えたのだから、自分の心は名誉の感覚をまだすっかり失ったわけではないと気づくことができたのです。しかし私という人間にとって、喜びは短く苦しみは長い定めなのでした。運命の女神が私を深淵から救い出したのは、別の深淵に突き落とすためでした。私はマノンを何度も愛撫して彼女の心変わりがどれほど嬉しいかを示してから、足並みそろえて行動するため、そのことをレスコーにも伝えなければならないといいました。彼は最初、不平をもらしました。しかし現金で四、五千フランと聞くと彼も喜んで賛同しました。そこで私たちはそろってG・M氏との夕食に同席することに決めました。それは二つの理由からでした。一つは、私をマノンの弟の学生であるということにして愉快な一場面を楽しむため。もう一つは年取った放蕩者が、気前よく前払いしたことでその権利を得たものと思い込んで、私の恋人相手に勝手なふるまいをするのを邪魔するためでした。老人が一夜を過ごすつもりの寝室に上っていったところでレスコーと私は立ち去る。マノンは老人のあとについていくかわりに家を抜け出し、夜は私と過ごすという約束をしました。レスコーは家の前に馬車を用意しておこうとうけあいました。

夕食の時間になると、さっそくG・M氏がやってきました。レスコーは妹とともに食堂にいました。老人は最初のあいさつとして真珠の首飾りや腕輪、耳飾りをマノンに贈りましたが、それらは少なくとも千エキュの値打ちがありました。それから手当の半額にあたる二千四百フランをぴかぴかのルイ金貨で支払いました。老人は古めかしい宮廷風の甘い言葉を並べ立ててプレゼントに趣を添えました。マノンは老人に何度かキスをさせないわけにはいきませんでした。それは老人が彼女に手渡したお金と引きかえに得た権利でした。私はレスコーから部屋に入るようにいわれるのを待ちながら、戸口で聞き耳を立てていました。マノンがお金と宝石をしまうと、レスコーがやってきて私の手を取りました。そしてG・M氏のほうへ引っ張っていき、お辞儀するよう命じました。私は二度三度、深々とお辞儀をしました。

「旦那さま、お許しください」レスコーがいいました。「まったくうぶな子どもでして。ご覧のとおり、パリ流を身につけるには程遠いのです。しかし多少経験を積めばしっかりしてくるだろうと思っております。おまえはここで、光栄にも旦那さまにしょっちゅうお目にかかれるのだから」レスコーは私を振り向いていいました。「立派なお手本として、せいぜい学ばせていただくのだぞ」

年寄りの愛人は私を見て嬉しそうな顔をしました。私の頰《ほお》を二三度軽くたたきながら、きみは美少年だな、しかしパリでは若者たちがたやすく身を持ち崩してしまうのだから、用心しなければいかんよといいました。レスコーは、これは生まれつきとても思慮深い子でして、司祭になりたいとばかりいっています、楽しみはおもちゃの祭壇をこしらえることだけでしてと紹介しました。

「マノンに似たところがあるな」老人は片手で私のあごをもちあげながらいいました。私はいかにも間抜けな調子で答えました。

「旦那さま、それはぼくたちがぴったりとくっついて暮らしているからなんです。ぼくは、マノン姉さんのことがもう一人の自分みたいに大好きなんです」

「聞いたかね」老人はレスコーにいいました。「この子は気がきいてるじゃないか。もう少し世間の作法に通じていたらなおいいんだが」

「いいえ、旦那さま」私は答えました。「世間ならば故郷の教会で、たっぷり見ましたよ。それにパリではきっと、ぼくなんかよりもっと馬鹿な人たちに会えるんじゃないでしょうか」

「ほほう、田舎の子としては上出来だ」と老人はいいました。

食事のあいだ、会話はだいたいそんな調子で進んでいきました。すっかりはしゃいだマノンは、何度も噴き出して、すべてを台なしにしかねないところでした。私は食事をしながら機会をとらえて、老人に彼自身の身の上、迫りつつある災難について物語ってやりました。レスコーとマノンはその話のあいだ、とりわけ私が老人の姿をありのままに描き出すくだりを聞いて、はらはらしていました。しかしうぬぼれの強い老人はそれが自分のことだとは気がつかず、私が巧みに物語を終えると、まっさきにその話をおかしがりました。この滑稽な一幕についてなぜくわしくお話ししたのかはすぐおわかりになるでしょう。とうとう、寝る時刻となって、老人は愛の想いや待ちきれない気持ちを口にしました。レスコーと私は退出しました。老人が寝室に案内されると、マノンは用事を口実に抜け出して、門のところで私たちと合流しました。三、四軒先で待っていた馬車が近づいてきて私たちを乗せました。私たちはあっという間にその界隈《かいわい》から遠ざかりました。

私の目から見てもこの行為は正真正銘の詐欺でしたが、とはいえこれを最悪の行いと考えてわが身を責めたわけではありません。賭け事のいかさまで得たお金のほうにもっと良心の呵責を覚えていました。しかしながら結局そのいずれも、ほとんど私たちの利益とはならなかったし、神の思し召しによって、二つの悪事のうちより軽いほうがより厳格に罰せられることとなったのでした。G・M氏がだまされたことに気づくまで長くはかかりませんでした。彼がその夜すぐに、私たちを見つけるための策を講じたのかどうかは知りません。しかし非常に影響力をもった人物でしたから、手をこまねいているはずもありませんでした。しかも私たちときたら軽率にも、パリの町の広さや、私たちの住む界隈とG・M氏の家の界隈の距離を過信していたのです。彼は私たちの住所と現在の状況について情報を得ただけでなく、私が何者で、パリでどのような暮らしを送ってきたか、マノンとBとのかつての関係、そして彼女がBにはたらいた詐欺行為など、要するに私たちの経歴のもっとも破廉恥な部分をすっかり知ってしまったのです。そこで彼は私たちを逮捕させ、犯罪者というよりも札つきの放蕩者として扱うことに決めました。

　六人ほどの衛兵を引き連れた憲兵が寝室に入ってきて私たちの寝込みを襲いました。彼らはまず私たちのお金、というよりもG・M氏のお金を押収しました。そして私たちを叩き起こし、家の門まで連れていきました。二台の四輪馬車が待っていました。哀れなマノンは説明もなしに片方の馬車に乗せられ、私はもう一台のほうに乗せられてサン＝ラザール[26]に連行されました。こうした運命の逆転を経験したことがない人には、それがどのような絶望を味わわせるものか想像もつかないでしょう。薄情な衛兵たちは、その時私がマノンを抱きしめることも、マノンに言葉をかけることも許しませんでした。彼女がどうなったのか、私は長いあいだ知らずにいました。おそらく、それをすぐに知らされなかったのは私にとって幸いだったのでしょう。あまりに恐ろしい破滅によって、私は正気ばかりか、ひょっとしたら命まで失ってしまったかもしれないのですから。

わが不幸な恋人はこうして私の目の前で奪い去られ、その名を口にするのも恐ろしい収容施設に送られたのです。あれほど魅力的な女性、だれもが私のような目と心をもっていたならば世界の王座を占めただろう女性にとって、何とむごい運命だったことか！　そこで乱暴な扱いを受けたわけではありません。しかし彼女は狭い獄につながれ、たった一人、日々決められた労役を果たさなければなりませんでした。それが胸のむかつくような食事を得るための必要条件だったのです。私がそんな悲しい事実を知ったのはずっとあとになって、私自身が何カ月か、厳しく退屈な苦役に服してからでした。私の衛兵もまた、どこに連行せよと命令を受けているのか少しも説明せず、私が自分の運命を知ったのはサン＝ラザールの門に到着したときでした。これからど

26　サン＝ラザール修道院をさす。貴族の子弟の矯正および聖職者の懲罰を目的とする事実上の監獄として用いられていた。

ういうことになるのかを思うと、今この瞬間に死んだほうがましだという気がしました。この施設をさぞや恐ろしいところに違いないと思っていたのです。中に入ったとき、衛兵が今一度私のポケットを探り、武器や、護身具をもっていないかどうか確かめたので、私の恐怖はいや増しました。修道院長がすぐに姿を見せました。私の到着を知らされていたのです。修道院長はずいぶんやさしい態度で私にあいさつしました。

「院長さま」私はいいました。「辱しめ[27]だけはお許しください。一度でも辱しめを受けるくらいなら、何度でも命を失ったほうがましです」

「いや、そんなことはしません」院長はいいました。「あなたが分別ある行動をしてくださるなら、私たちのどちらも安心していられますよ」

　修道院長は階上の部屋までついてくるようにいいました。私は素直に従いました。衛兵が扉まで同行しましたが、院長は私と一緒に部屋に入ると、彼らに下がるよう合図しました。

「ぼくは囚人になったわけですね」私はいいました。「院長さま、これからぼくをどうなさるおつもりですか」

　あなたが道理をわきまえた様子なのは何よりだと彼はいいました。そして自分の義務はあなたに徳と宗教を大切に思う気持ちを抱かせること、あなたの義務は私の励ましや忠告を生かすことであり、あなたが少しでも私の配慮に応《こた》えようと望むなら、孤独な暮らしも喜びでしかなくなるだろうといいました。

「ああ！　喜びですって！」私はいいました。「院長さま、あなたはぼくに喜びを感じさせることのできる唯一のものをご存知ないのです」

「知っていますとも」彼はいいました。「だがあなたの気持ちが変わることを願っていますよ」

その答えから、彼が私の事件について知らされており、私の名前もおそらく聞いているのだろうとわかりました。その点についてはっきりいってくれるよう尋ねました。彼は何もかも聞いていると率直に答えました。

すべてを知られているというのは、私にとってどんな罰よりもつらいことでした。私は恐ろしい絶望を示して、滂沱の涙を流しました。知りあいみんなの物笑いの種と

27　鞭打ちの刑のこと。サン＝ラザールに収監された未成年者はまず鞭打ちの洗礼を受けるのが習わしだったという。

なり、家族の恥となるような屈辱には、とうてい我慢ができませんでした。こうしてそれから一週間というもの、私は完全に打ちひしがれた状態で、何も耳に入らず、自分の恥辱以外には何を考えることもできませんでした。マノンを思い出してさえ、もはや苦しみが増しはしませんでした。少なくとも、マノンへの気持ちは、この新たな苦しみを味わう以前の感情としてしか思い浮かばず、私の心を支配する情念はもっぱら恥と混乱だったのでした。

こうした特別な心の動きを知っている人はほとんどいません。一般の人間は五つか六つの情念[28]しか感じることがなく、彼らの人生はその範囲内で過ぎていき、彼らの心のどのような興奮状態もそのなかに留まります。彼らから愛と憎しみ、喜びと苦しみ、希望と恐怖を取り去ってごらんなさい。あとはもう何も感じないことでしょう。ところが、より高貴な性格の人間は幾多の異なったやり方で心を揺さぶられ得るのです。彼らには五感以上のものがあり、自然の通常の範囲を超えた観念や刺激を受け取ることができるかのようです。しかも彼らは自分を凡俗から高みに引き上げるそうした偉大さを意識しているので、何よりもその偉大さに執着するのです。それゆえに高貴な人間は軽蔑や嘲笑を受けると我慢できないほど苦しむのだし、恥が彼らにとってはもっとも激烈な情念のひとつとなるのです。

私はサン＝ラザールでそんな悲しい特権に恵まれていたのでした。私があまりに悲しんでいるのを見て、どうなることかと心配した修道院長は、たいそうやさしく、寛大に接しなければならないと思ったようで、一日に二度、三度と訪ねてきました。しばしば私を連れ出して庭を散歩しながら、励ましやためになる忠告を実に熱心に授けてくれるのでした。私はおとなしく耳を傾け、感謝の気持ちさえ示しました。そこで院長は、私が改心するものと期待したのです。

「あなたは本来こんなにやさしく、愛すべき人柄なのに」院長はある日私にいいました。「なぜ不品行のかどで非難されているのか、私には理解できない。二つのことがどうにも不思議なのです。一つは、これほど立派な長所をもっているのに度外れな放蕩にふけったのはなぜなのか。もう一つ、さらに感嘆してしまうのは、何年ものあいだ［実際にはサン＝シュルピス神学校から逃げ出して以来数カ月］乱れた暮らしに浸って

28　デカルトの『情念論』（一六四九年）によれば人間の基本的な情念は六つ（愛、憎しみ、欲望、喜び、悲しみ、驚き）である。しかし貴族はそれよりもはるかに多くの種類の情念を味わうことができ、そこにこそ凡人に対する貴族の卓越の理由があるとデ・グリュは主張する。

きたのに、私の忠告や教えをそんなに喜んで受け入れるのはなぜなのかということです。もし悔い改めているのだとすれば、あなたは神の慈悲の目覚ましい例ということになる。あるいは、生まれながらの善良さによるものだとしても、少なくともあなたには卓越した資質が備わっているわけなのだから、ここに長いあいだ引き留めておかなくとも、まっとうな、規律正しい暮らしに戻ることができるのではないかと期待させられるのです」

修道院長が私をそんな風に評価してくれているのは何とも嬉しいことでした。こうなったら院長を完全に満足させるようにふるまってその評価をさらに高めてやろうと決心しました。それが刑期を縮めるもっとも確実な方法にちがいないと思ったからです。私は院長に本を頼みました。読みたい本の選択を私にまかせた院長は、私がまじめな作者ばかり選ぶのを見て驚きました。私はひたむきに勉強に精を出すふりをし、そうやってあらゆる機会に、院長が望むような変化のしるしを見せてやりました。

しかし、それはうわべだけのことでした。恥を忍んで打ち明けなければなりません。私はサン゠ラザールで、偽善者を演じたのです。一人になると、勉強するどころか自分の運命を嘆くばかりでした。監獄を呪い、そこに私を閉じ込めている暴虐を呪いました。混乱のうちに絶望に突き落とされながらも少し立ち直ると、私はすぐにまた愛欲のもたらす苦悶に陥りました。マノンがいないこと、彼女の運命がわからず、ふたたび会えるかどうかもわからないことばかりをくよくよと思い悩みました。彼女はG・Mの腕に抱かれているのではないかというのが、私のすぐさま考えたことでした。老人がまさか私に対してしたのと同じ仕打ちを彼女にもしたとは思わず、私を遠ざけたのは思う存分彼女をわがものにするためなのだろうと信じ込んでいたのです。そうやって私は永遠と思われるほど長い昼と夜を過ごしました。自分の偽善者ぶりが功を奏することに期待をかけるほかなかったのです。院長がどう考えているのかを確かめるために、院長の表情と言葉を注意深く観察していました。そして自分の運命の支配者を相手にしているかのように、院長の機嫌を取るよう努めました。私がすっかり気に入られていることは容易に見て取れました。院長が私のために尽力してくれるだろうということは、もう疑いようがありませんでした。

ある日、私は思い切って、私の釈放を決める権限は院長さまがおもちなのですかと尋ねました。自分がその権限をすべて握っているわけではないという答えでした。とはいえ、警視総監があなたを監禁したのはG・M氏の請願によるものだが、自分が証言すれば氏もきっとあなたの釈放に賛成してくれるだろうというのです。

「もう二カ月、獄中で過ごしてきました」私はおだやかに尋ねました。「あの方も、罪の償いとしてはこれで十分だと思ってくださるでしょうか？」

お望みなら、G・M氏に話してみようと院長は約束しました。ぜひそうしていただければありがたいと私は懇願しました。二日後、院長は私に、G・M氏はあなたの立派な様子を聞いて非常に感銘を受け、自由にしてあげるつもりになったようだ、それだけでなくぜひともあなたのことをもっとよく知りたいといって、監獄に面会に来るつもりらしいと教えてくれました。彼と対面するのが愉快なはずもありませんが、それが自由になるための近道なのだと考えました。

G・M氏は本当にサン＝ラザールにやってきました。マノンの家で会ったときよりも重々しい様子で、あのときほど間抜けには見えませんでした。彼は私の悪事についてて説教じみたことをいいました。そして明らかに自らの放蕩を正当化しようとして、人間はその弱さゆえ、自然の要求するある種の快楽を満たそうとすることは許されるが、詐欺や恥ずべき策略は罰せられてしかるべきだと付け加えました。私が従順な態度で聞いていたので彼は満足そうでした。私がレスコーとマノンの弟だといったことについて彼が冷やかしたり、「おもちゃの祭壇」はサン＝ラザールではたくさん作ったのだろうね、きみはそういう敬虔な趣味をおもちなのだからとからかわれたりしても、私はがまんして腹を立てずにいました。しかし、彼にとっても私自身にとっても不幸なことに、マノンもきっと救護院《オピタル》できれいな礼拝堂をこしらえたことだろうと口をすべらせたのです。私はオピタルという言葉にふるえあがりましたが、それでもまだ、どういうことか説明してほしいと穏やかな調子で頼むだけの余裕が残っていました。

「それなら教えてやろう」彼はいいました。「二カ月このかた、あの女は総合救護院《オピタル・ジェネラル》で貞淑とは何かを学んでいるのさ。きみがサン＝ラザールで得たのと同じだけの教訓を得ているといいがね」

たとえ終身刑を申し渡されても、あるいは目の前に死が差し迫ったとしても、このおぞましい事実を知って私が激昂するのを抑えることはできなかったでしょう。私は激烈な怒りに駆られて彼に飛びかかり、それだけでもう力を半ば使い果たしたくらいでした。それでもなお彼を床に押し倒し、喉元《のどもと》につかみかかりました。そうやって彼の首を絞めあげたのですが、転倒したときの物音と、叫び声を上げさせまいとしたたにもかかわらず彼がかろうじて発した甲高《かんだか》い悲鳴のせいで、院長と何人かの修道士が部屋に入ってきました。そして彼は私の手から救い出されたのです。私はほとんど力尽きて、息もできないありさまでした。

「ああ、神よ！」私は幾度もため息をつきながらいいました。「天の正義よ！　これほどの屈辱を受けながら、なおしばらくは生き延びなければならないのでしょうか！」

　私は自分に死ぬほどの思いを味わわせた人でなしになおもつかみかかろうとしましたが、止められました。私の絶望、叫び、涙がどれほどのものだったかはどんな想像も及ばないでしょう。私のしでかしたことがあまりに予想外だったので、そこに居合わせた人たちはみな事情もわからず、驚きかつおびえて、互いに顔を見合わせていました。その間にG・M氏はかつらとクラヴァット[29]を直していました。彼はひどい目にあった腹いせに、私をこれまでよりずっと厳しく監禁し、サン＝ラザールならではのありとあらゆる罰を加えてこらしめるよう院長に命令しました。

「いえ、それはできません」院長はいいました。「シュヴァリエさんのような生まれのお方にそのような手段を用いるわけにはいきません。それにいつもはとてもおだやかで真面目なお方なのに、このように我を忘れるというのはよほどの理由があったとしか思えません」

この答えにG・M氏はすっかり面食らってしまいました。院長にしろ私にしろ、自分にたてつくやつらはみんな屈服させてやると言い残して出ていきました。

院長は修道士たちに彼を見送るように命じて、私と一緒に残りました。そしてこの騒ぎの理由をすぐさま教えてほしいといいました。

「院長さま！」私は子どものように泣きじゃくりながらいいました。「世にも恐ろしい残忍な行い、もっとも憎むべき暴虐を想像してください。それこそは下劣なG・Mが卑怯にもやってのけたことなのです。ああ！あいつはぼくの心臓を突き刺しました。ぼくは二度と立ち直れないでしょう。洗いざらい、お話しします」私はすすりなきながら付け加えました。「院長さまはいい方です。どうかぼくを憐れんでください」

私は院長に、自分がマノンに対して長いあいだ抱き続けている抑えようのない情熱のこと、羽振りよく恵まれた暮らしを送っていたのに使用人たちに身ぐるみはがれたこと、そしてG・Mからマノンに申し出があり、取引が成立したかと思ったらたちま

29 当時の男性が首に巻いたスカーフ状の飾り。ネクタイの原型。

ち破綻《はたん》したいきさつをかいつまんで話しました。正直にいえば、私はできるだけ自分たちに都合のいいように事態を描き出したのです。

「これでおわかりでしょう」私は続けました。「G・M氏がぼくを改心させようと熱心なのはどういう理由によるものなのかが。自分の影響力をかさにきてぼくをここに閉じ込めさせたのは、単にぼくに復讐したかったからなのです。そのことは許しましょう。でも、院長さま、それだけではないのです。あの男は残酷にもぼくの最愛の半身を奪い去ったのです。そして恥知らずにもオピタルに送り込みました。それを今日、うっかり自分の口からぼくに打ち明けたのです。オピタルにですよ、院長さま！ああ、神よ！　ぼくのかわいい恋人、ぼくのいとしい女王が、あらゆる女のうちでもっとも下劣な女であるかのように、オピタルに入れられているんです。苦痛と恥で死なずにいるための力を、いったいぼくはどこに見出せるでしょう？」

善良な院長は、私がこのような悲嘆のきわみにいるのを見て、慰めようとしました。自分はあなたの一件を、あなたが話してくれたような見方では理解していなかった。放蕩生活を送っていたことは知っていたが、G・M氏が関心を寄せたのはあなたの一家への敬意か友情によるものかと思っていた。てっきりそうに違いないと考えていた。

ところがあなたに聞かされた説明によると、事情はずいぶん変わってくる。そのことを警視総監に忠実に伝えるつもりだから、それがあなたの釈放のために役立つにちがいないというのでした。それから院長は、家族があなたの投獄に関わっていないのなら、なぜ家族に消息を知らせようと思わなかったのかと尋ねました。それに対して私は、父に心配をかけるのがいやだったし、私自身もひどく恥ずかしい思いをするといったことを理由にあげました。そこで院長は、これからすぐ警視総監のところに出向こうと約束しました。「それもせいぜい」と院長は付け加えました。「G・M氏からもっと悪い報告がされるのに先んじる程度のことでしかありませんが。何しろすっかり気を悪くして帰っていったし、人々に恐れられている重要人物ですからね」

私は審判を待つ不幸な男が感じるようなあらゆる不安を覚えつつ、院長の帰りを待ちました。オピタルにいるマノンを想像するのはいいしれぬ責め苦でした。そこがおぞましい場所だということ以外、彼女がどのような待遇を受けているのかは知りませんでした。その恐怖の館についてかつて聞いた事柄を思い出すだに、私の憤激はかきたてられるのでした。どんな代価を払おうが、どんな手段を用いようが彼女を救い出すと固く決心していたので、それ以外に方法がないとしたら私はサン＝ラザールに火を放つことだって辞さなかったでしょう。とにかく私は、警視総監が私の意志に反して勾留を続けたときに自分が取るべき手段について考えました。思いついた策略を徹底的に検討し、すべての可能性を探りました。しかし逃亡を確実にするやり方は何も思い浮かびませんでしたし、もし失敗に終わったならばいま以上に厳しく監禁されてしまうおそれもありました。助力を頼めそうな友人数名の名前も頭に浮かびましたが、いまの状況をどうやって知らせればいいのでしょう。とうとう私は、これなら成功するだろうという妙案を思いついた気がしました。そしてその案については、院長がもどってきて、彼の奔走も無駄に終わり、計画の実行もやむなしとなったときに、あらためて練り上げることにしました。まもなく院長が帰ってきました。その表情には吉報をもってきたという喜びのしるしは見られませんでした。

「警視総監に話してきましたよ」と彼はいいました。「しかしすでに遅かった。G・M氏はここを出るとその足で総監に会いにいき、あなたの悪口をさんざん吹き込んだので、総監はあなたをいっそう厳重に監禁せよという命令を私に伝えさせようとしていたところだったのです。とはいえ、あなたの一件について内実を話すと、総監はかなり態度を和らげたように見えました。そしてG・M氏の年甲斐《としがい》もないご乱行《らんぎょう》に苦笑しながら、G・M氏を満足させるためにあと六カ月はあなたを閉じ込めておかなければならない、さいわいこの場所にいることはあなたにとって無駄ではないようだしといいました。あなたを丁重に扱うよう申し渡されましたよ。あなたが私の扱いに不満を覚えるようなことは決してないだろうと保証します」

善良な院長の説明はずいぶん長くかかったので、そのあいだに私は賢明に頭をはたらかせることができました。ここであまり性急に自由を求めたならば、計画が水泡に帰すおそれがあることに気がついたのです。そこで院長に、ここにまだいなければならない以上、いくらかでも院長さまの評価を得られるとすれば、それが自分にとっては深い慰めとなるといいました。そしてさりげない調子で院長に頼みました。ひとつお情けをかけていただきたい、ほかのだれにもかかわりのない事柄だが、しかしぼくの心の平穏にとっては非常に役立つことなのです、と。つまり友人の一人で、サン＝シュルピスにいる立派な聖職者に、ぼくがサン＝ラザールにいると伝えていただきたい、そしてときどき彼の訪問を受けることをお許しいただきたいと頼んだのです。この願いはあっさりと認められました。それはわが友ティベルジュのことでした。自由になるために必要な助けを彼に期待したわけではありません。そうではなく、彼自身にも悟られないように、間接的に役立ってもらおうと思ったのです。手短にいえば、私の計画はこのようなものでした。レスコーに手紙を書き、私を釈放するためにレスコー、および私たちの共通の友人たちの協力をあおぐのです。第一の問題は、彼に私の手紙をどうやって渡すかということでした。それをティベルジュに頼むのです。しかし、レスコーが私の恋人の兄であることは彼も知っているので、この役目を引き受けたがらないおそれがありました。そこで、レスコー宛の手紙を私の知りあいの貴族宛の別の手紙に同封し、その貴族にすみやかに手紙を転送してくれるよう頼もうと考えたのです。とにかく段取りを打ちあわせるためにレスコーに会う必要があったので、彼にサン＝ラザールまで来て、私の兄だと名乗り、今回の事件について知るためにわざわざパリに出てきたといって面会を求めるよう指示したかったのです。もっとも手っ取り早く、しかも確実だと思われる方法を、彼と相談するつもりでした。院長は私が会いたがっていることをティベルジュに知らせました。忠実な友はしばらく会っていなかったとはいえ、私の事件についてちゃんと知っていました。私がサン＝ラザールにいることも知っていたのです。そしてどうやら彼はこの不名誉な事件にそれほど腹を立ててはおらず、自分には私を本分に立ち返らせることができると思っているようでした。彼はすぐさま私の部屋にやってきました。

私たちの会話は友情あふれるものでした。彼は私の気持ちを知りたがりました。私は脱走の意図を除いて、心のうちを隠さず話しました。

「親愛なる友よ、ほかならぬきみに対して」と私はいいました。「自分の正体をいつわろうとは思わない。もしきみがここに賢明な、欲望を抑えることのできる友人、天罰によって目が覚めた放蕩者、つまり恋から解き放たれてマノンの魅力に迷わなくなった心の持ち主がいるなどと思うなら、それはぼくを買いかぶりすぎだ。このぼくは四カ月前にきみが見捨てていったときと同じさ。相変わらず恋を求め、宿命の恋のおかげで不幸なのに、しかも飽きもせずその恋に自分の幸福を求めようとしているのさ」

そんな告白を聞かされると、きみを許すわけにはいかなくなると彼は答えました。悪徳のもたらす偽りの幸福に酔いしれるあまり、美徳よりも悪徳を大っぴらに好む罪人はたくさんいるが、しかし少なくとも彼らが執着しているのは幸福のまぼろしに過ぎず、うわべにだまされているだけのことだ。しかしきみのように、その対象に執着することで自分が罪深く不幸になるばかりだと認めながら、それでも喜んで不運と罪悪のうちに突き進んでいくとしたら、それは思想と行動が矛盾を起こしているのであって、きみの理性の名誉にはならないと彼はいうのでした。

「ティベルジュ」私はいいました。「きみの攻撃に対して相手が何の抵抗もしないなら、きみが勝つのは簡単だろう。でも、ぼくの意見も聞いてくれないか。きみが美徳の幸福と呼ぶものが、苦しみや困難、不安を免れていると本当に主張できるのだろうか？ それならば投獄されたり、十字架を負わされたり、責苦にさいなまれたり、暴君に拷問されたりといったことをきみは何と呼ぶ？ 肉体を苦しめるものは魂にとっての幸福だなどと、神秘家のようなことをいうのか？ そんなことはいわないだろう。そんなのは鼻持ちならない逆説だ。つまり、きみがそれほどまでほめ称《たた》える幸福にだって、幾多の苦しみが混じっている。あるいはもっと正確にいえば、幸福は不幸の連続なのであり、人はそれをとおりぬけて至福に向かうのだ。しかし、不幸が最後には人の望む幸福へと導いてくれるのだとすれば、想像力さえはたらかせるなら不幸のうちにだって喜びを見出せるはずだ。それなのにきみはぼくの行動のうちにある、それとまったく同じ傾向を、なぜ矛盾しているだの無分別だのといって非難するのだ？ ぼくはマノンを愛している。幾千もの苦しみをとおりぬけて、彼女のそばで穏やかに幸福に暮らしたいと願っている。ぼくの行く道は不幸な道だ。でも目標に到達するという希望のおかげで、そこにはつねに喜びがある。彼女とひととき過ごすだけで、そのひとときを得るために自分の味わったあらゆる苦しみは、十分すぎるほどむくわれたと思うことだろう。こうして考えると、結局のところきみの側もぼくの側も、まったく同じなのだとぼくには思える。違いがあるとしても、それもまたぼくにとって有利なのだ。ぼくの望む幸福は近くにあるが、きみの幸福は遠い。ぼくの幸福は苦痛と同じ性質を帯びている。つまり体で感じることができる。きみのいう幸福は未知の幸福であり、信仰によってしか確かなものとならない」

ティベルジュはこうした論法におそれをなしたようでした。二歩あとずさると、真剣そのものの口調で、きみのいったことは良識にそむくだけでなく、不信心きわまりない嘆かわしい詭弁だといいました。「なぜなら、そんなふうに」と彼は付け加えました。「きみの苦しみの結果と宗教が指し示している結果を比べるのは、およそ不道徳な、恐るべき考えだからだ」

「適切な比較ではないことはぼくも認めるさ」私はいいました。「でも、注意してくれよ。ぼくの理屈はそんな比較の上に成り立っているわけじゃない。ただぼくとしては、不幸な恋に執着していることについて、きみが矛盾とみなす部分を説明したかったのだ。そしてそこに矛盾があるとしても、きみにだってそれを解決できないことを、ぼくはみごとに証明してみせたつもりだよ。ぼくがどちらも同じことだといったのはただその点に関してだけだし、それについてはそう主張し続けるつもりさ。

徳は恋よりもはるかにすぐれたものだときみはいうだろうか？　それに反対する者はいないだろう。でも、問題はその点だろうか？　むしろ、徳や恋にそなわった、苦しみをこらえさせる力こそが重要なのではないのか？　結果から考えてみよう。どれほど多くの者が、厳格な徳から脱落していくことだろう。そして恋から逃げ出す者はどれほどわずかであることか。

さらにきみはいうだろうか、善をなすことに苦しみがともなうとしても、それは必要不可欠な苦しみではないのだと。暴君や十字架はいまではもう存在しないし、徳の高い多くの人々が幸福で平穏な暮らしを送っているではないかと。それならぼくも、安らかで幸福な恋だってあると答えたいね。しかも、これまたぼくにとってきわめて有利な違いということになるけれど、恋はしょっちゅう人をあざむくにしろ、少なくとも満足と喜びしか生み出さないのに対し、宗教は人に陰鬱な苦行を強いるではないかと付け加えたい」

　私は宗教的熱情にあふれる彼の顔に悲しみが浮かぶのを見て取るとこういいました。

「とはいえ、恐れる必要はないさ。結論としてぼくはただ、恋に嫌悪を抱かせるために、恋の甘美さを非難したり、徳を実践するほうがより多くの喜びが得られると約束したりすることほどまずいやり方はないといいたいのだ。われわれ人間の性分として、われわれの幸福が喜びのうちにあることは間違いない。そうとしか考えられないじゃないか。ところで自分の心に尋ねてみれば、あらゆる喜びのうちもっとも甘美なものは恋の喜びであるとすぐわかるだろう。ほかにもっと魅力的な喜びがあるからなどと約束されても、それが嘘だということをたちまち感じとってしまう。そしてそんな嘘のせいで、もっと信じるに足る約束も信じられなくなってしまうのさ。

　ぼくを徳に引き戻そうとする説教師たちよ、徳がぜひとも必要なものであるというのはいいが、それが厳しくつらいものであることを隠さないでほしい。そして恋の喜びは束の間の、禁じられたものであり、そのあとに続くのは永遠の苦しみだと証明してみせてくれ。恋の喜びが甘美で魅惑的であればあるだけ、神は恋を捨てるという大きな犠牲に対していっそう気前よく報いてくださるということをはっきり示してほしい。そうすればぼくはいっそう深い感銘を受けるだろう。それでも、われわれのような心の持ち主にとって、恋の喜びがこの地上ではもっとも完璧な至福であることは認めてほしいのだ」

私がそんなふうに話をしめくくったので、ティベルジュは機嫌を直しました。きみの考えにも道理のとおったところはあると彼はいいました。彼の付け加えた唯一の反論は、神の報いをそれだけ重視するならば、なぜきみ自身が、神の報いに希望を託し、恋を犠牲にしないのかということでした。

「ああ、親愛なる友よ」私は答えました。「それこそがぼくのみじめで、弱い点なんだよ。そのとおりさ、自分の理屈のとおりに行動するのがぼくの義務だ。ところがこのぼくに、自分の行動を律する力があるだろうか？　マノンの魅力を忘れるために、ぼくにはいったいどれほどの助けが必要だろう？」

「あえていわせてもらうが」ティベルジュが答えました。「どうやらここにまた一人、ジャンセニスト[30]がいるらしい」

「自分が何者なのか、ぼくにはわからない」私はいいました。「そして何者であるべきかもはっきりとはわからないのだ。しかし、ジャンセニストたちがいっていることの正しさは、ぼくにはひしひしと感じられる」

この会話は少なくとも、わが友の同情を取り戻すのには役立ちました。彼は私の不品行が邪悪さという以上に弱さによるものであることを理解しました。そこで彼は友情から、いっそう熱心に援助の手を差しのべようとしてくれたのです。彼の助けがなかったなら、私はまちがいなく貧困のうちに死んでしまったでしょう。とはいえ私は、サン=ラザールからの脱走計画については何ひとつ彼に打ち明けませんでした。単に、手紙をもっていってくれるよう頼んだのです。手紙は彼がくる前に書いておきました。手紙を出す必要があるのだと説明する口実には事欠きませんでした。彼は私のいうとおりきちんと手紙を届けてくれました。そしてレスコーはその日の夜には彼宛の手紙を受け取ったのです。

30 オランダの神学者コルネリウス・ヤンセニウス（一五八五〜一六三八年）の影響下、人間の意志とは無関係に、神の意志によって予め選ばれた人間のみが救われるとするジャンセニスムが十七世紀から十八世紀にかけてフランスで大きな潮流をなした。その信奉者がジャンセニストで、これを異端視する教会勢力と激しく対立した。ここでは自らの意志の無力をたてにとって宗教的な徳からの脱落を正当化しようとするデ・グリュの姿勢をジャンセニストといっている。

レスコーは翌日面会にやってきて、私の兄の名でまんまと中に入れてもらいました。彼が部屋に入ってくるのを見たときの私の喜びは大変なものでした。私はしっかりと扉を閉めました。「一刻も無駄にはできない」私は彼にいいました。「まず、マノンがどうしているのか教えてくれ。そして、ここから出るためのいい知恵を授けてほしい」

レスコーは、あんたが投獄される前日に会って以来、妹には会っていないといいました。マノンの運命もあんたの運命も、さんざん苦労して情報を集めてようやく知った。そして二、三度オピタルに行ってみたものの、マノンと話をする許可は得られなかったというのです。

「G・Mのやつめ！」私は叫びました。「このお返しはきっとさせてもらうぞ！」

「あんたを自由の身にするのは」レスコーが続けました。「思っているほどたやすくないぞ。昨日の晩、友人二人と一緒にこの建物の外側をすっかり見てまわったんだがね。あんたも手紙に書いていたように、この部屋の窓は建物に囲まれた中庭に面している。窓からあんたを助け出すのはかなりむずかしいだろう。しかもこの部屋は四階にある。綱も梯子《はしご》も持ち込むことはできない。だから外側からは取っつきようがない。

建物の内部から逃げる策を何か考えなければならない」

「それは無理だ」私はいいました。「すっかり調べてみたんだ。とりわけ、院長が寛大なおかげで監視がゆるんで以来はね。部屋の扉には鍵がかけられなくなったのさ。修道士たちのいる廊下を自由に散歩もできる。でも、階段は全部、分厚い扉でふさがれていて、扉は昼も夜も閉まっている。だから、どんな策を練っても内部から逃げるのは不可能だ。いや、ちょっと待てよ」私は素晴らしいアイデアを思いつき、少しばかり考えてからいいました。「ぼくにピストルをもってくることはできるか」

「お安い御用さ」レスコーはいいました。「でも、だれかを殺すつもりなのか?」

そんなつもりは少しもないから、弾を込めておかなくてもいいくらいだと私は答えました。

「明日もってきてくれ」私はさらにいいました。「そして夜の十一時に、この建物の正門の向かいで待っていてほしい。仲間を二、三人連れてきてくれ。きっとぼくも合流できると思う」

彼は私に、くわしく説明してほしいと頼みましたが、私は教えませんでした。自分がいま考えているのは、成功して初めて妥当なものだったと思えるような種類の計画だからと私はいいました。そして明日簡単に面会が許されるよう、今日の面会はここまでにしようと促しました。翌日、彼は前日同様、すぐに面会を許されました。彼はまじめな様子を装っていました。だれもが彼のことを立派な紳士だと思ったことでしょう。

自分を解放してくれる道具を手に入れて、私はもはや計画の成功を疑いませんでした。それは奇抜で大胆な計画でした。とはいえ、確たる動機にはげまされている私にできないことなどあったでしょうか？　部屋を出て廊下を散歩できるようになって以来、私は門番が毎晩、あらゆる扉の鍵を院長のところにもっていくことに気がついていました。そのあと建物内は全員が自室に引き下がったことを示す深い沈黙に包まれます。そうなれば渡り廊下をとおって、院長の部屋まで何の妨げもなく行くことができます。院長が渡すまいとしたならピストルで脅してでも鍵を奪い取り、それを使って外に出るというのが私の決めた計画でした。私は実行のときをいまかいまかと待ちました。門番は通常の時刻、つまり九時少し過ぎにやってきました。修道士や使用人たちがみな寝静まるまで、さらに一時間待ちました。ついに私は、武器と火を点したろうそくをもって部屋を出ました。物音を立てずに院長を起こそうと、部屋の扉をそっと叩きました。二度叩いたところで院長は気づきました。おそらく修道士のだれかが具合が悪くなって助けを求めていると思ったのでしょう、院長は起きてきて扉を開きました。ただし用心深く扉越しに、どなたかな、何の用事ですと尋ねました。私は名乗らざるを得ませんでした。しかし具合が悪いのだと思わせるため、つらそうな口調を装いました。

「ああ、あなたでしたか。わが息子よ」院長は扉を開けながらいいました。「こんな遅くにいったいどうしたのです？」

私は部屋に入り、扉と反対の隅まで院長をひっぱっていくと、自分はもうこれ以上サン＝ラザールにいるわけにはいかないと宣言しました。夜のあいだならば人に見られずに出ていける、だからどうか友情に免じて、門の扉を開けるか、それとも自分で扉を開けられるよう、鍵を渡してもらえないかと頼んだのです。

この挨拶に院長は驚愕したに違いありません。しばらく何も答えずに私を見つめていました。一刻も無駄にできませんでしたから、私は言葉をついで、ご親切すべてに心から感謝している、でも自由こそはどんな財産よりもっと大切なもので、それを不正に奪われたぼくにとってはとりわけそうなのだ、今夜はどんな代償を払ってでも自由を取り戻す決意だといいました。そして院長が声を上げて助けを呼ぶのを恐れ、上着の下に忍ばせたものを示して、黙っていた方が身のためだとわからせました。「ピストルか！」院長はいいました。「何ということだ。わが息子よ、きみは私が目をかけてやったことのお礼に、私の命を奪おうというのか？」「とんでもありません」私は答えました。「才知も理性も備えた院長さまが、私にそんなことをさせるはずがない。でも、ぼくは自由になりたいのです。そう固く心に決めています。だからもし院長さまのせいで計画が失敗したら、お命を落とすことになりますよ」「だが、息子よ」院長は蒼ざめておびえた表情でいいました。「私がいったい何をしたというのだ？　どうして私を殺そうとするのだ？」「とんでもない」私は苛立《いらだ》って答えました。「殺すつもりなどありません。生きていたいのならどうか、扉を開けて下さい。そうすればぼくはあなたの最良の友です」鍵束が机の上にあるのが目に入りました。それをつかんで、できるだけ物音を立てずに一緒にくるよう院長に頼みました。院長としても従わざるを得ませんでした。われわれはともに歩を進め、院長は扉を開けるたびに、ため息まじりにくりかえしました。

「ああ、わが息子よ！　ああ、こんなことになるとは！」

「お静かに、院長さま」私もそのたびにくりかえしました。

とうとうわれわれは柵の前までやってきました。その向こうは通りに面した正門です。私はもう自由の身になったような気分で、片手にろうそく、もう片手にピストルをもって院長の背後に立っていました。院長が急いで柵を開けようとしているとき、近くの小部屋で寝ていた使用人がかんぬきの音を聞きつけて起き出し、戸口から顔をのぞかせました。人のいい院長は、この男なら私をつかまえられると考えたにちがいありません。何とも軽率なことに、使用人に向かって助けてくれと叫びました。使用人は腕っぷしの強いやつで、ためらうことなく私に飛びかかってきました。私もぐずぐずせず、相手の胸元に一発お見舞いしたのです。

「こんなことになったのも、あなたのせいですよ、院長さま」私は高飛車にいいました。「さあ、最後までやってもらいましょう」私はそうつけくわえて、院長を最後の扉のほうに押しやりました。院長には拒む勇気はありませんでした。私は晴れて外に出ました。そしてすぐそばで待っていたレスコーと再会したのです。彼は約束どおり仲間二人と一緒でした。

われわれはその場をあとにしました。レスコーは私に、ピストルの音が聞こえたようだったがと尋ねました。

「きみのせいだぞ」私は答えました。「どうして弾を込めてもってきたんだ」

とはいえ、彼が用心のためそうしておいてくれたことには感謝しました。さもなければ私はサン゠ラザールに長いあいだ閉じ込められるはめになったでしょう。われわれはその夜、とある食堂に行ってすごしました。そこで私は三カ月近くにわたる粗食のうっぷんを多少晴らすことができました。しかし心からそれを楽しめたわけではありません。マノンがいないことが死ぬほどこたえました。

「彼女を助け出さなければならない」私は三人の仲間たちにいいました。「ぼくが脱出を望んだのはただそのためなんだ。どうかうまいやり方を考えて助けてくれ。ぼくも命をかけて頑張るつもりだ」

レスコーは才気も慎重さももちあわせた男で、ここは気を引き締めてかからなければならないと意見しました。あんたがサン゠ラザールから脱走したこと、そしてその際にへまをしでかしたことで間違いなく騒ぎが起こるだろう。警視総監はあんたを探させるだろうし、その捜査を逃れるのはむずかしい。つまり、もしサン＝ラザールよりもっとひどい目にあいたくないのなら、ほとぼりが冷めるのを待って、何日かは隠れているのがいいだろうというのです。たしかに賢明な忠告でしたが、それに従うのにもまた、賢明でなければならなかったでしょう。情熱に駆られた私にとって、そんなに慎重な振る舞いは無理でした。譲歩できるのはせいぜい、翌日は寝てすごすと約束することくらいでした。レスコーは私を彼の部屋に閉じ込め、私はそこで夜まですごしました。

私はその時間を利用してマノンを救出するための計画や方策を練りました。彼女のいる牢獄は私のいた場所よりもなおいっそう侵入が難しいに違いありません。力ずくではどうにもならず、計略が必要でした。しかし発明の女神といえども、どうしたらいいのか見当もつかなかったことでしょう。まったく光明が見出せなかったので、オピタル内部の配置について多少情報が得られるときまで、考えるのをあとまわしにすることにしました。

夜になって自由が得られるやいなや、私はレスコーに同行を頼み、オピタルの門番の一人と会話を交わしました。まっとうな人物のようでした。私はオピタルと、その内部の規律についてすばらしい評判を聞いた外国人というふりをして、ごく細かな点まで質問しました。そしていろいろとくわしく聞くうちに、オピタルを管理している委員会の話になりました。私は委員の名前や身分を教えてくれるよう頼みました。それに対する答えを聞くうちに、われながら名案と思えるアイデアが浮かんできて、すぐさまそれを実行に移しました。つまり私の計画にとってきわめて重要な点として、委員たちには子どもがいるのかどうか尋ねたのです。門番は、確かなことはいえないが、主要メンバーの一人であるT氏にはそろそろ結婚相手を見つけてもいい年齢の息子が一人いて、父親と一緒に何度もオピタルにやってきたことがあるといいました。それだけわかれば十分でした。私はそそくさと会話を打ち切り、レスコーの家に戻ると、自分の思いついた計画を彼に打ち明けました。

「T氏の息子は金持ちで家柄もいいのだから」私はいいました。「その年ごろの若者がたいていそうであるように、きっといくらかは快楽を好むにちがいない。女の敵であるはずはないし、色恋に手を貸すのを拒むほど野暮でもないだろう。彼をマノンの釈放に協力させるというのがぼくの計画だ。紳士で情のある人物ならば、寛容な気持ちで救いの手を差しのべてくれるだろう。たとえそういう動機によって動かされるような人物ではなくても、魅力ある娘のためなら、少なくとも彼女に気に入られようとして、何かしてくれるはずさ。ぐずぐずしてはいられない」私は付け加えました。「明日には彼に会おう。この計画のおかげで元気を取り戻したよ。きっとうまくいく気がする」

レスコーも、あんたの考えにはうなずけるところがある、うまくいくのではないかと認めてくれました。おかげでその夜は悲しみも和らぎました。

朝になり、私は苦しいふところが許す範囲で身なりを整え、辻馬車でT氏の家に向かいました。彼は見知らぬ者の訪問に驚いた様子でした。彼の容貌や礼儀正しさに、私は吉兆を見て取りました。私は率直に事情を説明し、彼のもって生れた同情心をかきたてるため、自分の情熱と恋人の美点について、どちらもなみなみならぬものとして語りました。自分はマノンに会ったことはないが、老G・M氏の愛人だった女性のことならうわさを聞いたことはあると彼はいいました。彼はその一件で私が演じた役割についても知っているにちがいありませんでした。そこでいかにも相手を信じているかのようなふりをして訴えかけることで彼の心をつかもうと思い、マノンと自分の身の上に起こったすべてを事細かに語ってきかせました。

「これでおわかりでしょう」私は続けていいました。「ぼくの命とぼくの恋がどうなるかは、いまやあなたの手に委ねられているのです。どちらもぼくにとってはかけがえのないものです。ぼくはあなたには何も隠しません。なぜならあなたが寛大な方であると聞かされているからです。それにぼくらは同年代ですから、気持ちがわかってもらえるのではないかと期待しているのです」

こちらが胸襟を開き飾り気なく話す態度に彼は心を打たれたようでした。彼の答えはいかにも世間を知り、情けを知る人のものでした。それらは上流社会がいつも教えてくれるとは限らない、それどころかしばしば失わせてしまうものです。訪ねてきてくれて幸運に思う、あなたの友情を得られたことはこのうえない幸せであり、友情に報いるために力を尽くしたいと彼はいいました。ただし、マノンを返してやろうと約束はしませんでした。なぜなら自分にはまださほど影響力はなく、確実とはいえないからというのでした。しかし彼女との面会の喜びを与えてあげよう、自分の力を尽くして、彼女を抱擁できるようにしてあげようといってくれました。私にとっては、自分の力はあてにならないといわれるほうが、願いをすべてかなえようと保証されるよりも嬉しいことでした。慎ましい申し出に誠実さのしるしを見て喜んだのです。一言でいえば、これなら大丈夫と信用したのでした。マノンに会わせてやると約束してくれただけで、私は彼のためにどんなことでもやってのけたでしょう。そうした気持ちの一端を彼に示したので、彼もまた私が悪い人間ではないと確信したのでした。私たちはやさしく抱擁しあい、友だちになりました。それはもっぱらわれわれの心の善良さ、そしてやさしく寛大な人間が自分に似た別の人間を好きになるというごく自然な心の動きによるものでした。彼は私に対する敬意をさらにはっきりと示してくれました。つまり、私の数々の冒険を考えあわせて、サン＝ラザールを逃げ出したばかりではふところが乏しかろうと判断して、自分の財布を差し出し、どうか受け取ってくれといったのです。私は受け取らずにいいました。

「そうまでしていただくわけにはいきません。これほどの親切と友情をお示しくださったうえに、いとしいマノンに再会させてくださるのですから、ぼくは一生、感謝します。あのかわいい女をすっかりぼくのもとに返してくださったあかつきには、あなたのお役に立つためにぼくの血をすべて流してもなお足りないことでしょう」

私たちは次に会う時間と場所を決めてから別れました。なんと彼はその日の午後にはもう会ってくれるとのことでした。カフェで待っていると、彼は四時ごろにやってきました。そしてわれわれは一緒にオピタルに向かいました。中庭を横切っていくあいだ私の膝はふるえていました。

「恋の力よ！」私はいいました。「こうしていよいよまたぼくの心の偶像、これほどの涙と不安のもととなったひとに会えるのだ！　神よ！　彼女のもとにたどりつくまでぼくを生きながらえさせてください。そのあとは、ぼくの運命や人生をどうなさろうとかまいません。それ以外に慈悲を乞うことはもうありません」

T氏はオピタルの門番の何人かと話をし、門番たちはT氏のためならば自分たちにできることは何でもしようという態度でした。彼はマノンの部屋のある区画を尋ねました。われわれはマノンの部屋の扉を開ける恐ろしく大きい鍵をもった男に案内されてその区画に入りました。案内してくれた男はマノンの世話係だったので、私はその男に、彼女はここでどんな風にすごしているのかと尋ねました。男は、あのかたは天使のようにやさしいかたですと答えました。あのかたからはきつい言葉など一度もいわれたことがない、ここに来て最初の六週間はいつも涙を流していたが、最近は前よりも辛抱強く自分の不幸に耐えている様子で、朝から晩まで、何時間か読書する以外はずっと縫物をしているとのことでした。私はさらに、まともな待遇を受けているのかどうか尋ねました。彼は、少なくとも必要な品に困るようなことは決してありませんと答えました。

われわれは彼女の部屋の扉に近づきました。胸が高鳴ります。私はT氏にいいました。

「まずあなたが入って、ぼくが来たことを知らせてやってください。いきなりぼくの顔を見てびっくりしすぎるといけませんから」

扉が開きました。私は廊下に控えていました。それでも、二人の会話は聞こえてきました。T氏は、少しばかりの慰めをもたらすためにきました、自分はあの方の友人であり、おふたりの幸福をとても気にかけているのですといいました。彼女は、あのひとがどうなったか教えていただけますかと熱心に尋ねました。彼は、お望みのとおりやさしく、忠実なあの方をあなたの元にお連れしましょうと請けあいました。

「いつですか?」と彼女が尋ねました。

「今日にでも」と彼がいいました。「幸せな瞬間はまもなくやってきます。お望みなら、彼はいますぐ現れますよ」

彼女は私が戸口にいることを悟りました。彼女が扉に駆け寄ろうとしたとき、私が中に入りました。私たちはほとばしるような愛情をこめて抱きあいました。それは完璧な恋人[31]同士にとって、三カ月会わずにいたあとではあまりに魅惑的な瞬間でした。お互いの吐息、とぎれとぎれの叫び、悩ましげにいいかわす数々の愛の呼び名が十五分ほどのあいだ、ひとつの場面を形づくり、T氏はそれを見て感激していました。「あなたがうらやましい」彼は私たちを座らせながら私にいいました。「どれほど栄光に満ちた運命よりも、こんなに美しく情熱的な恋人のほうが私には望ましい」「だからぼくは、世界中を支配できるとしたってどうでもいいのです」私は答えました。「このひとに愛される幸福さえ守りとおせるのならば」

あれほど待ちのぞんだ末の会話でしたから、それからも限りなくやさしいやりとりが続きました。哀れなマノンは私に自分の体験を語り、私も同じように自分の体験を話しました。彼女のいまの境遇、そして私が抜け出したばかりの境遇をお互いに語りあい、つらさのあまり涙を流しました。T氏はあらためて、二人の不幸を終わらせるために尽力すると約束して私たちを慰めました。そして、これから面会の機会が容易に得られるよう、今日の最初の面会はあまり長引かせないほうがいいと忠告しました。私たちを従わせるのは一苦労でした。とりわけマノンは、なかなか私を行かせようとしません。私を幾度も椅子に座らせました。服や手をつかんで行かせまいとします。「ああ、わたしをこんな場所に置いて行ってしまうの?」と彼女は嘆きました。「あなたにまた会えると、だれが保証してくれるのでしょう?」

T氏は私を連れてたびたび会いにくると約束しました。「この場所のことは」彼は愛想よくいいました。「もうオピタルと呼ぶ必要はありません。あらゆる人の心を支配するにふさわしいお方が閉じ込められているのだから、ここはヴェルサイユですよ」

私は出がけに、マノンの世話を熱心にしてくれるよう、係の者にいくらか心づけを与えました。その若者は彼の同僚たちに比べれば下品でも冷酷でもない人物でした。若者は私たちの面会に立ち会い、その愛情あふれる光景に心を打たれていました。私がルイ金貨を一枚与えたことで、彼はすっかり私の味方になりました。彼は中庭に下りていく途中で、私を脇にひっぱりました。

31 十七世紀、オノレ・デュルフェの牧歌的恋愛小説『アストレ』が大流行し、愛読する貴族たちは「完璧な恋人たちのアカデミー」を結成した。ここでデ・グリュは自分とマノンを前世紀以来のそうした理想的恋人像になぞらえている。

「旦那さま」彼はいいました。「もし私を雇ってくださるのなら、あるいは私がここの仕事を失うとして、ちゃんとその埋め合わせをしてくださるのなら、マノンさまを自由にしてさしあげるのはたやすいことです」

私はこの提案に耳を傾けました。そしてまったくの無一文だったにもかかわらず、男の望みをはるかに超える報酬を約束しました。この程度の身分の男に報いるのはいつだってたやすいことだと思っていたからです。

「安心していい」私はいいました。「おまえには何だってしてやろう。おまえの将来はぼくの将来同様、心配なしだと思ってくれ」

私は男がどういう方法を用いるつもりなのか知ろうとしました。

「たやすいことです」彼はいいました。「夜、部屋の扉を開けて道に面した門までお連れします。そこであなたに引き取っていただくという寸法でして」

廊下や中庭をとおるときに見つかる心配はないのかと私は尋ねました。多少の危険はあるにせよ、それは覚悟のうえでやらなければならないという答えでした。男の決心が固い様子なのは嬉しいことでしたが、とにかく私はT氏を呼んでこの計画を伝え、ひとつだけ危なっかしい点があることも話しました。彼は私以上に懐疑的でしたが、その方法で彼女が脱出できるのは間違いないとは認めました。「しかしもし見つかったら」と彼は続けました。「そして逃げる途中でつかまったら、それで彼女はおそらく永久におしまいですよ。そうならなかったとしても、あなたたちはすぐにパリを去らなければなりません。捜索の目を逃れるのはとうてい無理でしょう。あなたと彼女とで、二倍の追手がかかるのですから。男一人なら逃げるのは簡単です。しかし美女と一緒では、人目につかないようにするのはまず不可能です」

この理屈がどれほど堅固なものと思えようとも、私の心の中で、マノンを自由の身にしてやれるという目前の希望に打ち勝つことはできませんでした。私はT氏にそう告げ、恋ゆえのいささかの軽はずみ、向こう見ずを許してほしいと頼みました。私はまた、実際自分もパリを出て、以前そうしたように郊外のどこかの村に留まるつもりだと付け加えました。そこで私たちは世話係と、彼の立てた計画を明日にでも実行に移すことで合意しました。そして計画ができるかぎり確実なものとなるよう、男ものの服をもってくることに決めました。脱出を容易にするためです。服を持ち込むのは容易ではありません。しかし私には考えがありました。T氏にはただ、明日は薄い胴着《ヴェスト》32を二枚重ね着してくるよう頼み、あとのことは私が引き受けました。

翌朝、われわれはまたオピタルにやってきました。私はマノンのために肌着や靴下などを持参しましたが、丈長の上着《ジュストコール》の上に外套をはおっていたのでポケットのふくらみはまったく目立ちませんでした。マノンの部屋にはごく短いあいだしかいませんでした。T氏が彼女のために胴着を一枚残していきました。私は彼女に丈長の上着を渡しました。私には外套だけで十分だったからです。マノンの服装に必要なものはすべてそろえたはずでしたが、ただしキュロットだけがありません。あいにく私が忘れてきてしまったのです。もしこんなに困った事態を招かないなら、必需品を忘れたことも私たちの笑いを誘っていたはずでした。取るに足らないことひとつで計画が中断されるのかと思うと、私はがっかりしてしまいました。しかし意を決して、私がキュロットを穿かずに外に出ることにしました。自分のキュロットはマノンに貸しました。外套の丈が長かったので、私はピンを何本か使って、門をとおるときに目立たないように格好を整えました。

その日の残りは耐えがたいほど長く思えました。とうとう夜になり、私たちは四輪馬車に乗ってオピタル正門から少し離れたところにやってきました。まもなく、マノンが世話係とともに姿を見せました。馬車の扉は開けてあったので、二人ともすぐさま乗り込みました。私はいとしい恋人を腕に抱きしめました。彼女は木の葉のようにふるえていました。御者がどこに行けばいいのかと尋ねました。

「世界の果てまで行ってくれ」私はいいました。「どこか、マノンと二度と別れなくてすむところまでやってくれ」

すっかり有頂天になっていたせいで、とんだ厄介ごとになるところでした。私の言葉に首をひねった御者は、私があらためて行き先を告げると、面倒に巻き込まれるのはいやだといい出したのです。マノンという名のその美青年が実はあんたがオピタルから連れ出した女であるのはわかっている、自分はあんたの色恋のために身を滅ぼしたくはないというのです。このろくでなしが気むずかしいことをいい出したのは、馬車代を釣り上げようとしてのことにちがいありませんでした。まだオピタルのすぐそばだったので、いいなりになるほかありませんでした。

「つべこべいうな」と私はいいました。「ルイ金貨にありつけるのだぞ」

32　当時の男性貴族の服装は、長袖の胴着（ヴェスト）に膝までのズボン（キュロット）、そして胴着の上にさらに丈長の上着（ジュストコール）というのが一般的。

そうと聞けば、御者はオピタルに火をつけるのにだって手を貸したでしょう。われわれはレスコーの住む家に着きました。もう遅い時刻でしたから、T氏はまた明日会う約束をして途中で別れ、世話係だけが私たちと残りました。

私はマノンをひしと腕に抱きしめていたので、馬車の中で二人で一つの席しか占めていませんでした。彼女は嬉し泣きし、私はその涙が自分の顔をぬらすのを感じました。レスコー宅に入るために馬車を降りなければならなくなったとき、御者とのあいだでまたもめごとが起き、それが重大な結果をもたらしたのです。私は彼にルイ金貨を約束したことを後悔しました。報酬として多すぎるからというだけではなく、もうひとつ、もっと深刻な理由がありました。それを払うのは無理だったのです。私はレスコーを呼んでもらいました。レスコーは自室から戸口まで下りてきました。私はどんなに困ったことになっているかを耳打ちしました。何しろ彼は荒っぽい性格で、馬車の御者相手に手心を加えたりする男ではありませんから、冗談じゃないと私にいいました。

「ルイ金貨だって！」と彼は続けました。「そんなろくでなしには、ステッキで二十発ほどお見舞いしてやればいい！」

そんなことをしたら身の破滅だと穏やかに諭してもむなしく、彼は私のステッキをひったくると、それで御者を打とうとするそぶりを見せました。御者はおそらく以前、近衛兵や銃士にこっぴどくやられたことがあるのでしょう[33]、恐れをなして、よくもだましたな、このままではすまないぞと叫びながら馬車ごと逃げ去りました。止まれ、と私がいくらいってもむだです。御者が逃げてしまったことは私を非常な不安におとしいれました。間違いなく警察に訴え出るだろうと思ったのです。「きみのせいでぼくはおしまいだ」私はレスコーにいいました。「きみの家にいては危ない。すぐにここを立ち去らなければ」

私はマノンに腕を貸し、危険な街からただちに離れました。レスコーもついてきました。神の摂理が次から次へとものごとを連鎖させていくやり方には、驚くべきものがあります。私たちがほんの五、六分ほど歩いたとき、私には顔の見えない男がレスコーに気づきました。どうやらレスコーの家のまわりをよからぬ意図を抱いてうろつき、彼を探していたのでしょう。その意図を男は実行に移したのです。

33　当時、近衛兵や銃士（＝近衛騎兵）の素行の悪さは社会問題化しており、市民に恐れられていた。

「レスコーだな」そういって男はピストルを発射しました。「今夜は天使と晩めしを食うがいい」

男はすぐ逃げ去りました。レスコーは倒れ、ぴくりとも動きません。私は逃げようといってマノンをせきたてました。助けようにも死体相手ではむだだったからです。そのうちやってくるはずの夜警隊につかまるおそれもありました。マノンと世話係を連れて、最初の小さな脇道に入りました。マノンはすっかり取り乱してしまって、支えるのにも一苦労です。ようやく道の向こうに辻馬車を見つけました。そこで馬車に乗り込んだのですが、どこにやりますかと御者に聞かれて、返事に困りました。安全な隠れ家もなければ、助けを求められるような信頼できる友もいません。お金もなく、財布には半ピストルほど入っているだけでした。マノンは恐怖と疲労のせいですっかり具合が悪くなり、私の隣で半ば気を失っています。私はレスコーが殺されたことで頭がいっぱいで、そのうえ夜警隊に出くわす危険もありました。いったいどうすればいいのか？　そのとき運よく、シャイヨの宿のことを思い出しました。シャイヨで暮らそうと決めてあの村に行ったとき、最初の何日かをマノンと一緒に過ごした宿です。あそこならば安全だろうし、しばらくは支払いをせかされることなく過ごせるでしょう。

「シャイヨまでやってくれ」私は御者にいいました。彼はもう夜更けだから、一ピストル以下では行かないといいました。またまた難問です。結局、六フランで話がつきました。これは私の財布に残っていた全額でした。

私は道すがらマノンを慰めました。しかし本当のところ心の底では絶望していました。自分の命をつなぎとめる唯一の宝を腕に抱いていなかったならば、幾度でも命を捨ててしまっていたことでしょう。彼女への思いだけが私を支えていました。「少なくともぼくには彼女がいる」と私は思いました。「ぼくを愛してくれている。彼女はぼくのものだ。ティベルジュが何といおうと、これは幸福のまぼろしなどではない。全世界が滅びるとしてもぼくは平然と眺めているだろう。なぜか？　なぜならぼくにはもう、彼女以外に愛するものなどないからだ」

その気持ちは真実でした。しかし、この世の富など何でもないと思いながらも、少なくともその一部だけは持っていなければ他の一切をなお傲然と軽蔑することはできないだろうとも感じていたのです。恋は富より強く、財宝、財産よりも強いものです。しかし恋にはそれらの助けが必要なのです。そして傷つきやすい恋人にとって、自分がその点で心ならずも、もっとも低俗な者たちの下劣さに陥ってしまうほどやりきれないことはありません。

私たちがシャイヨに着いたのは十一時でした。宿では顔見知りの客として迎えられました。マノンの男装も驚かれることはありませんでした。パリやパリ近郊では女がどんな格好をしていようが慣れっこになっていたのです。私はマノンに、何不自由ないふところ具合であるかのような立派な待遇をさせました。彼女は私が金に困っているとは知らずにいました。翌日は一人でパリに戻り、厄介な金欠病を治す薬を探そうと決心していたので、そのことについては何もいわないように気をつけました。

夜食の際、彼女は顔色が悪くやせたように見えました。オピタルで再会したときは部屋があまり明るくなかったせいで少しも気づかなかったのです。兄が殺される恐ろしい場面を目の当たりにしたせいなのかと尋ねました。すると彼女は、たしかにさっきはひどい衝撃を受けたけれども、顔が蒼いのはあなたに会えずに三カ月も耐えなければならなかったせいだと答えました。

「じゃあ、きみはぼくをほかの何よりも愛しているんだね」私は尋ねました。

「言葉でいえる千倍も」と彼女は答えました。

「それなら、もう二度とぼくを捨てていったりしないね？」

「ええ、絶対に」と彼女は答えました。そしてたくさんの愛撫や誓いの文句でその言葉を裏打ちしたので、彼女がそれらを忘れることはありえないだろうと私にも思えたのです。

彼女の誠意を、私はいつだって確信していました。そこまでして自分を偽らなければならない理由が、いったい彼女にあったでしょうか！　しかし、彼女はそれ以上に移り気だったのです。あるいはむしろ、彼女はもはや自分を見失っていました。贅沢に暮らす女たちが目の前にいて、自分は困窮しているとなると、彼女は自分で自分がわからなくなってしまうのでした。まもなく私は、まさにそのことの決定的な証拠をつかむことになるのですが、それは今までのどんな証拠をも上回るものであり、またそのことが私のような生まれと身分の人間の身にかつて起こったためしのない、およそ異常な事件を引き起こす結果を招いたのです。

彼女のそうした気質はわかっていたので、翌日私はパリに急ぎました。彼女の兄の死、そして彼女と私のために肌着や衣服が必要であるという立派な理由がありましたから、口実を作る必要はありませんでした。彼女と宿の主人には、四輪馬車を雇うつもりだといって出ました。しかしそれは法螺を吹いただけのことでした。実際は、金がないため徒歩で行くしかありませんでした。クール＝ラ＝レーヌ[34]まで大急ぎで歩きました。そこで一休みするつもりだったのです。これからパリでしようとしていることについて手はずを整え、計画を立てるには、一人で落ち着いて考える必要がありました。

私は草の上にすわりました。そしてあれこれと考え、反省にふけるうち、問題は徐々に三点に絞られていきました。

さしせまった必要のために、私は当面の援助を必要としていました。それから、せめても将来の展望なりとも開いてくれるような道を探る必要もありました。そして、これまた重要な点でしたが、マノンと私の安全のために情報を集めて手段を講じなければなりませんでした。これらの主要な三つの問題について計画を練り、方策を考えた末に、最初の一点以外はさしあたり除外していいだろうと判断しました。シャイヨの部屋は隠れ場所として悪くありません。そして将来については、現在の必要が満たされてから考えればいいでしょう。

そこで問題は、いますぐ財布を満たすことでした。T氏は気前よく彼の財布を与えようとしてくれました。しかしいまになって自分から彼にその件を持ちかけるのはどうしてもいやでした。よく知りもしない相手に自分の困窮を訴えにいき、財産を分けてくれなどと頼むのは、いったいどんな人間でしょう。そんなことができるのはよほど卑しい心根の持ち主で、それを不名誉と感じさえしない下等な人間だけでしょう。あるいはそんな恥など超越してしまうほど気高い心に突き動かされた、謙虚なキリスト教徒でしょうか。私は卑しい人間でも、よきキリスト教徒でもありませんでした。だからそのような屈辱を受けるくらいなら自分の血の半分を与えたほうがましだと思ったのです。

「ティベルジュ、あの善良なティベルジュならば」と私は思いました。「自分の力でできることを断ったりするだろうか？　いや、ぼくの貧窮に同情してくれるはずだ。でもうんざりするほどお説教を聞かされるだろう。叱責や忠告、脅しに耐えなければなるまい。あいつの援助はあまりに高くつくだろうから、あとあとまで動揺や悔いを

34　セーヌ右岸沿いにシャイヨからチュイルリーまで行く大通り。十八世紀、散歩道として人気があった。

残すそんな不快な場面に身をさらすよりは、自分の血のもう半分をくれてやったほうがいい。よし！」私はさらに考えました。「要するにどんな希望も捨てるべしだ。何しろほかに道は残っていないし、といってこれら二つの道のどちらを選ぶ気にもまったくなれないのだから。どちらかでも選ぶくらいなら喜んで自分の血の半分を犠牲にするつもりだし、両方を選ぶならすべての血を犠牲にするほうがましだ。そうだ」私は少し考えてから思いました。「自分をおとしめて人にすがりつくくらいなら、自分の血すべてを喜んでくれてやろう。とはいえ、問題は本当にぼくの血なのか！　問題はマノンの命、マノンを養うことであり、大事なのはマノンの愛と誠実さなのだ。いったいぼくのもっている何と彼女を秤にかけられるだろうか？　これまで、ぼくは何も秤にかけたことなどなかった。彼女はぼくにとって栄光や幸福、出世に取ってかわるものなんだ。生命を賭けても得たいものや避けたい事柄はいくらでもあるだろう。でも、何かを自分の命以上に重視するからといって、それをマノンほど大切に思うわけではないんだ」

そう考えると、私はすぐに決心しました。まずティベルジュのところ、それからT氏のところに行くことに決め、歩を進めました。

パリ市内に入ると、私は払うお金もないのに辻馬車をつかまえました。これから得られるはずの援助をあてにしたのです。リュクサンブールまで行かせ、そこから人をやって、私が待っているとティベルジュに知らせました。彼はさっそくやってきて、私の焦燥を和らげてくれました。私はすっかり困窮していることを単刀直入に打ち明けました。彼は、きみが前に返してくれた百ピストルで足りるだろうかと尋ねました。そして一言も文句をいわず、すぐお金を取りにいきました。信頼しきった様子で、喜んで助けようとするその態度は、恋か真の友情の場合のみに見られるものです。

彼に頼めば成功は間違いなしと思っていたものの、これほどやすやすと、こちらが悔い改めないことに対する叱責も受けずに頼みを聞いてもらえたのに私は驚きました。しかし彼の非難を完全に免れたと思ったのは私の誤りでした。というのも、金をもらって立ち去ろうとしたとき、彼は一緒に公園をひとまわりしようと言い出したのです。私は彼にマノンのことは話していませんでした。彼はマノンが自由の身になったことを知りません。ゆえに、彼の説教はもっぱら私がサン＝ラザールから無謀にも逃げ出したこと、そしてそこで受けた賢明な教えを活かすかわりにふたたび乱脈な暮らしに戻るのではないかという懸念についてでした。脱出の翌日にサン＝ラザールに面会にいって、きみがどうやって逃げ出したかを聞かされたとき、どれほど驚いたことかと彼は語りました。その件で院長と話したが、人のいい院長はいまだ激しい恐怖から立ち直っていなかった。それでも院長は寛大にも、きみがいなくなった顚末を警視総監には隠し、門番の死が外にもれないようにしていた。だからそれに関して心配する必要はないが、きみに少しでも良識が残っているならば、この事件を神さまが穏便にすませてくださったことに感謝して、まずは父上に手紙を書いて仲直りすべきだ。そして、一度でもぼくの忠告に従うつもりがあるなら、パリを離れ、家族のもとに戻ってはどうかというのでした。

私はティベルジュの話を最後まで聞きました。そこには喜ばしい事柄がたくさん含まれていました。まず第一に、サン=ラザールに関して何も心配しなくていいというのは大変嬉しいことでした。私はふたたびパリの街を大手を振って歩けるのです。第二に、マノンが救出され私と一緒に戻っているのをティベルジュがまったく知らないことに私は満足しました。彼がマノンの話題を避けようとしていることさえ見て取れたのです。それは明らかに、私が彼女について何もいわずにいるのは、彼女への気持ちが薄れたからだと考えたせいでした。私はティベルジュの忠告どおり、家族のもとに戻るというのではないにせよ、少なくとも父に手紙を書き、自分の義務と父の意向に添う暮らしに戻るつもりであると示そうと決心しました。期待したのは、アカデミーで修行するという口実で、父にお金を送ってもらえるのではないかということでした。というのも、聖職に戻るつもりだと父に信じさせるのはむずかしいでしょうが、アカデミーに戻ると約束するのは、結局のところ私の本意からかけ離れたことではなかったからです。それどころか私としては、何か立派でまっとうなことに専念するのは、その計画が恋の邪魔にならないかぎり、喜ばしいことだったのです。私は恋人と暮らしながら、同時に修行にも励むつもりでした。それはまったく両立できることでした。

そうした考えにすっかり満足して、私はティベルジュに、その日のうちに父に手紙を出すと約束しました。実際、彼と別れてすぐに代書屋[35]に入り、実にやさしく従順な調子の手紙を書いたので、読み返してみて、これならば父の心を動かして何か得られるだろうと悦に入りました。

35 手紙の代筆を請け負う店。筆記用具も提供していた。

ティベルジュと別れた私は、辻馬車に乗って金を払うこともできたわけですが、T氏の屋敷まで心愉しく、大手を振って徒歩でいきました。ティベルジュがもう何も心配はないと保証してくれたとおりに、自由を行使してみるのが嬉しかったのです。けれどもたちまち、彼が保証してくれたのはサン＝ラザールについてだけで、自分はそのほかにもオピタルの件を背負い込んでいることを思い出しました。そのうえ、レスコーの死についてだって、少なくとも証人としては関係があるのです。それを思い出してふるえあがり、最初の横道に身を隠すとそこから四輪馬車を呼びました。まっすぐT氏の屋敷に向かうと、彼は私のおびえた様子を見て笑いました。オピタルの件もレスコーの件も、まったく心配はないのだと聞かされて、われながら自分のおびえ方が可笑《おか》しいくらいでした。T氏によれば、自分もマノン誘拐への関与を疑われるかもしれないと考えて、翌朝オピタルを訪ね、事件のことは知らないふりをしてマノンに面会を求めたところ、自分もあなたも、少しも疑われてなどおらず、それどころか実に奇妙な出来事として、みんなはわれがちにこの一件を聞かせようとしたということでした。マノンのような美しい娘が世話係と逃亡する決心をしたというので、みんな驚いていたとのことなのですが、それに対しT氏は冷ややかに、自分は驚きません、自由のためならひとは何でもするものですとだけ答えておいたそうなのです。

さらに彼は話を続けて、あなたが大切な恋人と一緒にいるのではないかと思い、その足でレスコーのところに行ったのですが、大家は——これは馬車製造業者でしたが——、彼女のこともあなたのことも見かけなかった、しかしレスコーに会いに来るはずだったのならば姿を見せなかったのも不思議はない、きっとレスコーが殺されたことをすぐに聞きつけたにちがいないといったのです。そして大家は、レスコーの死の理由や状況について自分の知っていることを、T氏にすすんで話してくれたのでした。

事件の二時間ほど前に、レスコーの友人の近衛兵が会いにきて、賭博をやろうと誘いました。レスコーはたちまち大勝ちし、近衛兵は一時間で百エキュもすってしまいました。それが有り金すべてだったのです。情けないことに男は、すっからかんにされてからレスコーに、負けた金の半分を貸してくれないかと頼みました。それをきっかけにいざこざが起こり、両者は激昂して喧嘩《けんか》になりました。レスコーは表に出て決闘することを拒んだので、近衛兵は、きっとおまえの頭をかち割ってやると言い残して立ち去りました。それをその晩実行したというわけなのです。T氏は親切にも、おふたりのことが大変心配だった、これからも何かとお力になりたいといってくれました。私は迷わず彼に隠れ家の場所を教えました。彼はぜひ、お宅で夕食を一緒にさせていただきたいといいました。

私にはマノンの肌着と衣服を買う用事が残っていたので、一緒に何軒か店に立ち寄っていただけるなら、すぐにでも出発できますといいました。T氏がその提案を、彼の気前のよさに訴えようとしての言葉と受け取ったのか、あるいは単に立派な心から出たことだったのかはわかりませんが、彼はすぐ出発することに賛成し、屋敷に出入りしている商人の店に私を案内しました。そして私が買うつもりだったものよりも高価な布地を何枚も選ばせ、私が代金を払おうとすると、この方からは一銭たりとも受け取ってはいけないと商人に言い渡しました。彼は自ら進んで親切を施してくれたので、私は恥じることなくその恩恵にあずかっていいと考えました。私たちは一緒にシャイヨに向かい、私は出発したときよりも安らかな気持ちで到着したのでした。

シュヴァリエ・デ・グリュはここまでの話に一時間以上を要したので、私は少し休憩して、われわれと夕食をともにしてくれるよう頼んだ。こちらがそんな心づかいを示したので、彼はわれわれが彼の話を喜んで聞いたものと判断した。話の続きには、さらに興味をもっていただけるだろうと彼はわれわれにうけあった。そして夕食を終えると、以下のように語り続けた。

第一部終わり

第二部

私がそばについていたし、T氏も礼儀正しく接してくれたので、マノンのうちに残っていた悲しい気持ちはすっかり消え去りました。

「いとしいマノン、過去の恐ろしい出来事は忘れてしまおう」私は着くなり彼女にいいました。「そしてこれまでよりもっと幸せな暮らしを始めようじゃないか。結局は恋がぼくらを導いてくれる。運命の女神がぼくたちにどれほど苦しみを与えようと、恋が味わわせてくれる喜びにはおよばない」

われわれの夕食はまさしく喜びの情景を呈しました。百ピストルとマノンをわがものにした私は、財宝を山と積んだパリでもっとも豊かな徴税請負人よりも、さらに誇らしく満ち足りた気持ちでした。豊かさとは、自分の欲望を満足させる方法をどれほどもっているかで計るべきです。私には満たすべき欲望はもう何ひとつありませんでした。将来のことさえ、ほとんど心配はありませんでした。父は私がパリで申し分なく暮らせるだけのお金を出すのを渋ったりしないだろうと、私はほぼ確信していました。なぜなら二十歳になった私には、母の遺産の相続分を要求する権利があったからです。私はマノンに、自分の財産の残りが百ピストルしかないことを隠しませんでした。それだけあれば、当然の権利に従って、あるいは賭博の利益によって必ず訪れるはずの財運を、安心して待つことができたのです。

こうして最初の数週間、私はいまの境遇を楽しむことしか考えませんでした。名誉を重んじる気持ちに加え、警察に追われる心配も残っていたことから、トランシルヴァニー館の賭博仲間たちのもとに戻るのを一日のばしにしていた私は、トランシルヴァニー館ほどには評判の悪くない集まりでだけ勝負することにしていたのですが、そういう場所では運に助けられて、いかさまという恥ずべき手段を用いずにすみました。午後になるとパリに出かけ、シャイヨに戻って夕食を取りました。その際、T氏が一緒にくることもしばしばで、私たちに対する彼の友情は日に日に増していきました。マノンは退屈をまぎらわすやり方を見つけました。春になってパリからシャイヨに戻ってきた若い女性たちと近所づきあいをするようになったのです。散歩や女ならではのちょっとした習いごとで時間を費やしていました。彼女たちはまた上限を決めて賭け事をやり、そうやって馬車代を捻出しました。しょっちゅうブーローニュの森の空気を吸いに出かけ、夜、私が戻ってみると、マノンはそれまでにもまして美しく、満足そうで、情熱的に迎えてくれるのでした。

とはいえ私の幸福の城をおびやかす暗雲がかかることもありました。しかしそれもすっかり消え去りました。マノンのいたずら好きな性格によって実にこっけいな幕切れを迎え、私にとってその一件は、マノンのやさしさと機知の魅力を示す、いまなお幸福な思い出となっているのです。

マノンの世話係は私たちのただ一人の召使となっていましたが、ある日彼が私を傍らに呼んで、お話ししなければならない重要な秘密があるのですと困りきった様子でいったのです。私は何でも遠慮なく話すがいいとうながしました。しばらくためらってから彼は、外国人の貴族がマノンさまに熱を上げているらしいというではありませんか。私は体じゅうで血が騒ぐのがわかりました。「彼女のほうもそうなのか？」私はその点をはっきりさせたいがためについ慎重さを忘れて、乱暴に話の腰を折りました。

召使は私の剣幕に恐れをなしました。不安げに答えていわく、そこまでくわしくは知らないが、数日来その外国人はブーローニュの森に熱心に通ってきて、四輪馬車から降りると一人で脇道に入っていき、マノンさまを眺めたり出会う機会を探ったりしている様子なので、自分はその外国人の召使たちと近づきになって、主人の名前を聞き出そうと考えたというのです。彼らによれば主人はイタリアの大公とのことだが、彼らも主人が何か色事に手を出しているのではないかと疑っている。しかし自分にはそれ以外のことは聞き出せませんでした、と召使はふるえながら付け加えました。なぜならそのとき大公自身が森から出てきて、親しげな様子で彼に近づき、名前を尋ねたというのです。そして相手が私たちの召使であることを見抜いたらしく、この世でもっとも魅力的な女性にお仕えできるとは幸せ者だと称賛したのでした。

私はじりじりしながらその話の続きを待ちました。彼は気弱な言い訳ばかりならべて話を終えました。私が軽率にもかっとなってしまったせいに違いありません。どうか包み隠さず話してくれと頼んでもむだでした。これ以上は何も知らない、ここまでの話はきのう起こったことで、それ以来大公の召使たちには会っていないというのです。私は彼を安心させるため、報告をほめてやったばかりか、しかるべき褒美《ほうび》まで与えてやりました。そしてマノンを疑っているようなそぶりは少しも見せずに、より穏やかな口調で、外国人のふるまいをしっかり見張るよういいつけたのです。

実際には、召使のおびえようは私の心に恐るべき疑惑を生みました。おびえたせいで、真実の一部を隠そうとしたのかもしれないのです。しかしながら、多少考えてみて、私は不安から立ち直り、あんな弱さのしるしを見せてしまったことを後悔しました。男に惚《ほ》れられたからといって、マノンの罪とはいえません。彼女が知らないうちに男を惹《ひ》きつけたという可能性も大いにありました。そもそも、心の扉をこれほどたやすく嫉妬《しっと》に対して開いてしまうようでは、これから私の暮らしはどうなるのでしょう？

翌日私がパリに向かったとき、考えていたのは、いつ気がかりなことが起こってもすぐシャイヨを離れられるよう、大きな勝負を打って早いところ財産を増やそうということばかりでした。夜、私は心の平安を乱すようなことは何も聞きませんでした。あの外国人はふたたびブーローニュの森に現れ、前日に知り合いになったのをいいことにまた私の召使に近づき、自分の恋を打ち明けました。しかしその言葉にはマノンに気持ちが通じていることをうかがわせる点は一切ありませんでした。外国人はあれこれと細かな質問を浴びせました。しまいには報酬ははずむからと約束して私の召使を味方につけようと試みたのです。そして用意してきた手紙を取り出し、これを意中のひとに渡してくれといって、無益にもルイ金貨を何枚か与えたのでした。

ほかに何の出来事もないまま二日がたちました。三日目はもっと波瀾含みでした。パリからかなり遅くなって戻った私は、散歩のあいだ、マノンがしばらく連れの女性たちから離れたときに、それまで少し間をおいてマノンのあとをつけてきていた外国人が、彼女の合図で近寄ると、彼女から手紙を渡されて大喜びで受け取ったという話を聞かされました。外国人はその嬉しさを手紙の筆跡にうっとりと口づけすることで示すことしかできませんでした。というのも彼女がたちまち逃げ去ってしまったからでした。とはいえ彼女はその日一日、非常に上機嫌な様子で過ごし、家に戻ってからもそれは変わらなかったのです。そんな話を聞かされながら、私は一語一語におののいていました。

「おまえ、確かなんだろうね」と私は召使に悲しげにいいました。「おまえの見まちがいじゃないんだろうね？」

彼は神さままで引きあいに出して誓いました。もしそのとき、帰宅を知ったマノンが、待ちかねた様子で、遅い戻りに不満をもらしながら迎えに出てこなかったなら、私は心痛のあまりどうにかなってしまったでしょう。マノンは返事を待ちもせず、私にさんざん口づけを浴びせました。そして二人きりになると、私の帰宅がいつもこんなに遅いことをひどく非難しました。私が黙っているので彼女は遠慮なく続け、もう三週間も前から、一日まるまる一緒に過ごしたことがないとこぼしました。こんなに長いあいだ家を空けられるのは耐えられない、たまには一日一緒にいてもらいたい。明日こそ朝から晩までそばにいてほしいとマノンはいいました。

「そうするとも、きっとだ」私はいささかぶっきらぼうに答えました。

彼女は私のふさぎようにはほとんど注意を払わず、嬉しさで有頂天になって——実際、それは私には不思議なほどのはしゃぎようと見えたのですが——その日をどんなふうに過ごしたか、あれこれと愉快に描き出して見せました。「不思議な子だ！」と私は内心で思いました。「この序幕のあとはどうなることやら」私たちが最初に別れたときのことが思い出されました。しかし、彼女の喜びや愛撫の底には、うわべだけではない真実味があるように見えました。

夕食のあいだも私は悲しい気分を追いやることができませんでしたが、それを博打で負けたせいにするのはたやすいことでした。翌日シャイヨを離れずにいるという案を彼女のほうからいい出したのは、何とも好都合だと思えました。よく考えてみるための時間を稼ぐことができます。私がそばにいる以上、翌日に関してはどんな心配もいりません。そして自分の知ったことを騒ぎ立てなければならないような事柄が何もなかったとしても、私はすでに翌々日には住まいをパリに移し、大公などという連中ともめごとを起こさずにすむような地区で暮らそうと決心していました。そう決めたことでその夜は平穏な気持ちで過ごせました。しかしマノンの新たな不実を恐れなければならないという苦しみは消えませんでした。

私が目を覚ますとマノンは、家で一日過ごすといっても、だらしない格好をしていてほしくない、あなたの髪はわたしの手で整えてあげるといい出しました。そのころ私の髪はとても美しかったのです。マノンにとってそれは何度もやったことのあるお気に入りの楽しみでした。しかもこの日は、それまでになかったほど念入りにやってくれました。彼女を満足させるために、私はマノンの化粧台の前に座って、彼女が私をさらに見栄えよくさせようとして考え出すあらゆるこまごまとした工夫を我慢しなければなりませんでした。その作業の途中で、彼女はしょっちゅう私の顔を自分のほうに向けさせ、両手を私の肩について、さも面白そうにまじまじと見つめるのです。それから、満足したしるしに一つ二つ口づけをすると、またもとの姿勢に戻らせ、作業を続けるのでした。

私たちは昼食の時刻になるまで、そんな戯れに興じました。彼女の熱中ぶりは私にはごく自然なものに思え、はしゃぎようもわざとらしさを感じさせませんでした。一途な態度の裏に邪悪な裏切りの計画が隠れているはずはないと思えて、私は何度も、彼女に自分の胸中を打ち明け、いささか重くなってきた肩の荷を下ろしたいという気持ちに誘われました。しかしそのたびに、彼女のほうから打ち明けてくれるのではないかと考え、そうして勝利の喜びをあらかじめ味わうのでした。

私たちは彼女の部屋に戻りました。マノンはまた私の髪を直しはじめ、私は彼女を喜ばせるためどんな気まぐれにも従っていましたが、そのとき、例の大公がマノンさまにお会いになりたいそうですと召使が告げました。その名を聞いて私は思わず体がかっと熱くなるのを覚えました。

「いったいどういうことなんだ?」私は彼女を押しのけて叫びました。「だれだ? どこの大公だ?」

彼女は私の問いに答えようとしません。そして「お通しして」と召使に冷ややかな調子でいいました。そして私のほうをふりかえると、「いとしいひと！　大好きなあなた」と心をとろかすような口調でいいました。「少しのあいだだけ、わたしの好きなようにさせてください。一瞬、ほんの一瞬でいいから！　そうすればわたし、いまの千倍もあなたを愛します。一生、感謝しますから」

怒りと驚きで私は何もいえませんでした。彼女はしきりに懇願し、私はそれをはねつける軽蔑のこもった言葉はないかと探しました。しかし、控えの間の扉が開く音を聞くと、彼女は片手で私の両肩に垂れる髪をつかみ、もう片方の手で化粧鏡をもちました。そしてそのまま懸命に私を部屋の扉までひっぱっていきました。ひざで押して扉を開けると、われわれのやってくる音を耳にして控えの間のなかほどで立ち止まっていたらしい外国人に向かって、彼にとってはびっくり仰天のはずのこの光景を見せつけたのです。私が見たのは、非常に立派な服を着込んではいるがまったく風采のあがらない男でした。この光景を前に困惑しながらも、男はとにかく深々とお辞儀をしました。マノンは彼に口を開く間を与えずに、化粧鏡をさしだしました。

「どうぞ、ご覧ください」彼女はいいました。「ご自分のお顔をよくご覧になって。

そうすればわたしが正しいとおわかりになるはずです。あなたはわたしの愛を求めていらっしゃいます。さあ、これがわたしの愛するひと、わたしが一生愛し続けると誓ったひとです。どうかご自分で比べてみてください。このひととわたしの心を争えるとお思いなら、いったいどんな理由でそう思われるのか、ぜひ教えていただきたいものです。だって、わたしなどあなたのいやしいしもべのようなものですけれど、わたしの目にはイタリアの大公がみんなせいぞろいしたって、わたしがいま握っている髪の毛一本の値打ちもないんですもの」

明らかに前もって考えておいたものらしい、このとんでもない演説のあいだ、私は身をふりほどこうとし、身分のある人物に憐れをもよおして、自分が礼儀正しくふるまうことで、マノンのこのちょっとした侮辱をつぐなおうという気持ちになっていました。けれども、相手は難なく気を取り直し、いささか失礼と思える答え方をしたので、私にもその気はなくなりました。

「お嬢さん、お嬢さん」彼は無理に笑いながらいいました。「私はしかと目を覚ましましたよ。そしてあなたが、想像していたようなうぶな方ではないことがよくわかりました」

彼はすぐさま、マノンに目もくれずに立ち去りましたが、その際に小声で、フランスの女もイタリアの女同様、たいしたことはないと言い捨てました。そんなありさまでは私も、彼にもっとまともな女性観をもたせてやろうという気には少しもなれませんでした。

マノンは私の髪を放し、肘掛け椅子《ひじかいす》にたおれこむと、笑い声を部屋じゅうに長々と響かせました。大公をはねつけたのも私への愛ゆえにちがいないのですから、私は心の底から感動したことを隠しませんでした。けれども冗談の度が過ぎたようにも思えて、その点で彼女をとがめました。マノンの話では、わが恋敵《こいがたき》は何日もブーローニュの森で彼女につきまとい、思わせぶりな顔つきで気持ちを伝えようとしたあげく、とうとう告白しようと意を決し、自分の名前とありったけの肩書きを添えた手紙を書いて、マノンと女友だちを運ぶ馬車の御者にそれを託し、アルプスの向こうでの輝かしい幸福と永遠の愛を約束したのでした。マノンはシャイヨに戻ったとき、この出来事を報告しようと思ったものの、これがおもしろい娯楽の種になると考えて、その思いつきに抵抗できず、イタリアの大公に期待を持たせるような手紙を送り、会いにくる許可を与えたというのです。しかも、さらに面白くするため、私に少しも疑いを抱かせず計画に引き入れたのだと彼女はいいました。私は、別の経路で得ていた情報については一言もいわず、愛の勝利に酔って何もかもを許しました。

神は私にもっとも厳しい罰を下すにあたり、かならずや私の運勢がすっかり安定したと思えるときを選ぶということを、私は全生涯をとおして感じてきました。T氏の友情とマノンの愛情に恵まれて、自分は実に幸せ者だと信じていたので、新たな不幸を恐れなければならないなどとはとても思えなかったのです。ところがこのとき、何ともいまわしい不幸がまさに準備されていて、それがやがて私を、あなたがパシーでご覧になったような状態に突き落とし、忠実にお話ししたところでとても信じていただけないようなあまりに悲惨な苦境へ、じりじりと追いつめていったのです。

私たちがT氏を夕食に招いていたある日、宿の門に馬車が止まる音が聞こえました。私たちは好奇心から、こんな時刻にやってきたのはだれなのか知りたくなりました。するとそれはG・M家の若さまだとのことでした。つまり私たちのもっとも冷酷な敵、私をサン＝ラザールに、マノンをオピタルに送ったあの老放蕩者の息子です。その名を聞くと私は頭に血がのぼりました。

「これは神のお引きあわせです」私はT氏にいいました。「卑劣な父親のかわりに息子を罰してやれというのでしょう。剣をまじえないうちは絶対に帰しません」

T氏はその息子を知っており、親友でさえあったので、何とか彼に対する私の気持ちを変えさせようとしました。とても感じのいい若者で、父親の行為に荷担したはずはないから、あなたも会ってみればたちまち敬意を覚えるだろうし、相手にも敬意を抱いてほしいと思うようになるはずだというのです。T氏はほかにも彼をほめる言葉を山ほど並べてから、こちらに来て、われわれがすでに始めている夕食をともにしてくれるよう声をかけてきたいので了承してほしいといいました。敵の息子にマノンの居場所を知らせるのはマノンを危険にさらすことだという反論を先取りして、T氏は名誉にかけて誓い、彼と知りあいになれば、あなたがたにとってこれほど心強い味方はいないだろうと訴えました。

そこまで保証してくれるなら、何も反対はできません。T氏はしばらく時間をかけて私たちが何者かを説明してから男を連れてきました。入ってきたその人物は確かに、好感を抱かせる様子をしていました。彼は私を抱擁し、われわれは席につきました。彼はマノン、私、私たちの持ちものすべてをほめたたえ、そして夕食に敬意を払って旺盛な食欲で食べました。食器が下げられると、会話はより深刻なものになりました。

彼は目を伏せて、私たちに対する父親の常軌を逸したふるまいのことを口にしました。そしてごく素直な態度で詫《わ》びました。

「くどくどとは申しません」彼はいいました。「私にとって思い出すのも恥ずかしいことですから」

彼が最初にした謝罪も心のこもったものでしたが、次第にひときわ真剣味が加わりました。というのも、会話が始まってまだ半時間もたたないうちに、私はマノンの魅力に彼が強い印象を受けていることに気づいたのです。彼のまなざしや態度は徐々にやさしさを帯びていきましたが、言葉では何も洩らしませんでした。とはいえ、嫉妬心の助けを借りなくとも、恋の経験をいやというほど積んだ私には、それが恋からきていることをたやすく見てとることができたのです。彼はその夜を私たちとともに過ごし、お二人と知りあいになれたのは実に嬉しい、何かお役に立てるよう、これからもぜひ、ときどき訪問させていただきたいと許しを求めると、ようやく辞去しました。翌朝、彼は自分の馬車にT氏も一緒に乗せて宿を立ち去りました。

いまいったとおり、私は少しも嫉妬など感じていませんでした。私はマノンの誓いをこれまでになかったほど信じ切っていました。この魅力的な女は完全に私の心を支配し、私のうちには敬意と愛情以外はみじんもなかったのです。G・Mの息子の気持ちを惹きつけたことで彼女を責めるどころか、彼女の魅力の及ぼす効果に大喜びし、だれもが好きになってしまうような女に愛されていることを誇らしく思いました。私の疑念を彼女に伝える必要さえないように思えました。こうして何日間か、マノンの衣服を整えたり、人に気づかれるおそれなしに劇場に行けるかどうか話しあったりして過ごしました。T氏は週末にまた訪ねてきました。私たちは劇場の件について彼の意見を求めました。彼としてもマノンを喜ばせるために、大丈夫ですよといわないわけにはいきませんでした。さっそくその晩、彼と一緒に出かけることに決めました。しかしその決心を実行に移すことはできませんでした。というのも、T氏はすぐに私だけをかたわらに呼んでこういったのです。

「このあいだお会いしてから、私はまったく途方に暮れているのです。今日お邪魔したのもそのためです。G・Mの息子があなたの恋人を好きになってしまったのです。そう私に打ち明けました。私はあの男の親友だし、彼のためなら何でもしてやりたいと思っています。しかし私はあなたの親友でもある。あの男の考えは正しくないと思うので、たしなめてやりました。あいつがマノンの気を引くのにまっとうなやり方だけに留めるつもりなら、秘密は守ってやったのですが、彼はマノンの気質をよく知っています。どこから得た知識なのかはわかりませんが、マノンが贅沢と遊びを好むことを知っているのです。何しろすでにかなりの財産を自由に使える身分なので、まずマノンに高価な贈り物をし、一万リーヴルの手当を申し出て誘惑するつもりだといっています。あなたとあいつが対等の条件だったなら、私としてもあいつを裏切るのはずっとつらかったでしょう。しかし友情に正義が加わってあなたに味方するわけですし、あいつを連れてきてうっかり恋心を抱かせる原因を作ったのは私であるだけに、自分が引き起こした災いの結果を食い止めなければなりません」

私はT氏にこの重大な助言の礼をいい、その信頼に報いるため、マノンの性格は確かにあの男の想像どおりで、貧乏には我慢ができないのだと打ち明けました。

「そうはいっても」と私はいいました。「お金が多いか少ないかということだけで、別の男のためにぼくを捨てることのできるような女だとは思いません。いまぼくは、彼女に何一つ不自由させずにすんでいますし、財産は日に日に増えていくはずです。心配なのはただ一つ」私は付け加えました。「ぼくらの住所を知ったあいつが、それを利用して何か悪だくみをしないかということだけです」

T氏は、それについては心配ないと保証しました。G・Mの息子は恋に狂ったとしても、下劣なことのできる男ではない。もし卑怯にもそんなことをしたら、かく申す自分が真っ先にあいつを罰し、自分のせいで起こった不幸な出来事をつぐなおうというのです。

「お気持ちには感謝します」私はいいました。「それでもなお悪事はなされるかもしれないし、そうなればなかなか策もありません。ですからもっとも賢明なのは、先手を打ってシャイヨを離れ、住まいを変えることだと思います」

「そうですね」T氏はいいました。「しかしいまからその時間があるかどうか、むずかしいところでしょう。なぜならあいつは正午にはここにやってくるのですよ。昨日そういっていました。だから私はあいつの計画をお伝えするために、こんなに朝早くお邪魔したのです。すぐにでも到着するかもしれません」

これほど差し迫った警告をされては、私もこの一件をより真剣に考えないわけにはいきませんでした。G・Mの息子の訪問を避けることは不可能と思われるし、彼がマノンに想いを打ち明けるのをふせぐこともおそらく無理である以上、私はこの新たな恋敵の計画を自分からマノンに先に教える決心をしました。彼がもちかけようとしている提案を私が知っているとわかったうえで、実際に私の目の前でその提案をもちかけられたならば、マノンにもきっぱりと拒絶することができるだろうと思ったのです。T氏は私が自分の考えを打ち明けると、それは非常に危険なやり方だといいました。

「そうかもしれません」私はいいました。「けれども、ぼくには恋人を信頼するだけの理由がそろっていますから、彼女の愛情をあてにできるのです。よほど巨額の申し出をされたなら彼女も目をくらまされるかもしれません。しかし申しあげたとおり、彼女には私利私欲はありません。安楽な暮らしを愛していますが、ぼくを愛してもいます。いまのぼくの経済状態であれば、彼女がぼくよりも自分をオピタルに送り込んだ男の息子のほうを選ぶとは思えないのです」

要するに私は自分の計画に固執しました。そしてマノンと別室に下がると、いま教えられたことをそっくり打ち明けたのです。彼女は自分を信頼してくれたことに感謝し、G・Mの息子の申し出に対して、彼がそれを二度と蒸し返さないようにはねつけると約束しました。

「いや」私はいいました。「つっけんどんにしてあいつを怒らせてはいけない。ぼくたちに危害を加えるかもしれないからね。でも、何しろきみは性悪な女なんだから」

私は笑いながら付け加えました。「いやな男や迷惑な男に言い寄られたとき、どうやって厄介払いするかはよく知っているよね」

彼女はしばらく考えてからいいました。

「素晴らしい計画を思いついたわ。自分でも誇らしいくらいの名案よ。あいつはわたしたちの血も涙もない敵の息子でしょう。だから父親に復讐するために、息子を狙うのではなくて、息子の財布を狙ってやったらいいわ。話を聞いてやって、贈り物を受けとって、それからばかにしてやるのよ」

「けっこうな計画だね」私はいいました。「でも、それこそはオピタルへまっしぐらの道だったということを忘れているぞ」

マノンに計画の危険性を説いてもむだなこと、うまくやりさえすればいいのだといって私の反対をことごとくしりぞけました。愛する恋人が起こすあらゆる気まぐれに従わずにいられる男がいるとしたら教えてほしいものです。そうすれば私も、自分がそんなにやすやすと服従したのはまちがいだったと認めましょう。ここはひとつG・Mの息子をだましてやろうと私は決心したわけですが、運命の奇妙な逆転によって、私のほうがだまされることになったのです。

十一時ごろ、G・Mの息子の四輪馬車がやってくるのが見えました。彼は勝手に昼食の席に加わりにきたことを、気取り倒した文句で詫びました。彼はT氏が来ているのを見ても驚きませんでした。T氏は前日、自分も行くとG・Mの息子に約束したものの、用事を口実に一緒の馬車では来なかったのです。われわれのうち、裏切りを胸に秘めていない者はだれもいなかったのですが、それにもかかわらずみんなは信頼と友情にあふれた様子でテーブルにつきました。G・Mの息子は自分の気持ちをマノンに打ち明ける機会をやすやすと見出しました。私のことも邪魔には思わなかったでしょう。なぜなら私はしばらくのあいだ、わざと席をはずしたからです。戻ってみると、彼はつれなくされて絶望したというふうではありませんでした。それどころか大変に上機嫌な様子だったので、私は自分もそういうふりをしました。彼は内心、私のおめでたさを笑っていたことでしょう。私もまた彼のおめでたさを笑っていたのです。その午後のあいだずっと、われわれはお互いにとって実に愉快な場面を演じあったわけでした。さらに、彼が立ち去る前に、マノンと二人きりで話ができるようにしてやりました。こうして彼は私の寛容さとご馳走の両方に満足することができたのでした。

彼がT氏と四輪馬車に乗り込むやいなや、マノンは両腕を広げて私に駆け寄り、弾けるように笑いながら私を抱きしめました。G・Mの息子の口説き文句や申し出をそっくりそのまま私に伝えました。約《つづ》めていえばこういうことでした。自分はあなたを熱烈に愛している。父が死ねばさらに増えるはずの分は別にして、自由に使える年金がすでに四万リーヴルあるが、それをあなたと分けあいたい。あなたは自分の心と財産の主人となるだろう。そして自分の愛情のあかしとして、あなたに四輪馬車、家具付きの屋敷、小間使いの娘一人、召使三人、料理人一人を提供する用意がある。

「息子のほうは」私はマノンにいいました。「父親よりもはるかに気前がいいようだね。でも、正直なところ」と私は続けました。「そんな申し出をされたら、心を動かされるんじゃないか？」

「わたしが？」彼女はラシーヌの詩句二行をもじって答えました。

わたしが！　そのような裏切りをするとお疑いになるのですか
わたしが！　あのおぞましい顔に耐えられるでしょうか
わが目につねにオピタルを思い出させるあの顔に[1]

「いいえ」私もパロディを続けて答えました。

奥さま、まさかキューピッドがオピタルの矢を射て
あの男の面影をあなたの心に刻んだとは

「それにしても家具付きの屋敷に、四輪馬車、召使三人とは何とも魅力的な『矢』じゃないか。キューピッドだってそれほど強力な『矢』はもちあわせないだろう」

彼女は、自分の心はいつだってあなたのものであり、あなたの矢以外は決して受けつけないだろうと反論しました。

「あの男のした約束は」彼女はいいました。「愛の矢というよりも復讐心をかりたてる刺激になるのよ」

屋敷と馬車は受け取るつもりなのかと私は尋ねました。狙っているのはお金だけだ

1 十七世紀の劇詩人ラシーヌの悲劇『イフィジェニー』（一六七四年）、第二幕第五場からの引用。第二・三行目が改変されている。

と彼女は答えました。むずかしいのは片方だけを得ることです。私たちはG・Mの息子が彼女に書くと約束した手紙が届いて、彼の計画がすっかり明らかになるまで待つことに決めました。翌日、彼女は実際にその手紙を受け取りました。G・M家の召使がお仕着せを着ないでやってきて、だれもそばにいないときに彼女に接触する機会をじつにうまくとらえたのです。彼女は召使に返事を待つようにいって、すぐ私のところに手紙をもってきました。私たちは一緒に手紙を開けてみました。手紙にはありきたりな愛の言葉のほかに、わが恋敵の約束がこまごまと記されていました。金に糸目はつけないという態度でした。彼女に屋敷を与えると同時に一万フラン払い、その額が減ってきたらすぐに補充して、彼女の目の前にいつでも現金が一万フランあるようにしておくと約束していました。入居の日も先延ばしにされてはいませんでした。準備のために二日だけ待ってほしいといって、通りと屋敷の名前が書いてありました。もし私の手から逃れられるなら、二日目の午後にそこでマノンを待つという約束で、その点についてだけ、どうか安心させてほしいとあり、ほかのことについては万事、自信がある様子でした。もし私から逃げ出すのがむずかしそうなら、脱走を助ける方法を考えるとありました。

G・Mの息子は父親よりも抜け目がありませんでした。獲物を手に入れてから現金を払おうというのです。私たちはマノンが取るべき行動について話しあいました。私はなおも彼女にこの計画を思い留まらせようと努力して、想定されるあらゆる危険を描いてみせました。しかしどうしても彼女の決心を変えることはできませんでした。彼女は手短に返事を書き、指定の日にパリに行くのに支障はない、安心して待っていてほしいと約束しました。それから私たちは今後の段取りを決めました。私はすぐさま出発してパリの反対側のどこかの村に行き、新しい家を借りる。私たちのささやかな身のまわり品も一緒にもっていく。そして翌日の午後、それが約束のときだったわけですが、彼女は早めにパリに出て、G・Mの息子の贈り物を受け取ったら、いますぐコメディー座に連れていってほしいとせがむ。その際、もらったお金のうち持てるだけの分はすべて持っていき、残りは私の召使に託す。その召使を彼女は一緒に連れていきたがりました。それは彼女をオピタルから救い出した例の世話係で、私たちに忠心を捧げていたのです。私は辻馬車を拾ってサン＝タンドレ＝デ＝ザルク通りの入口まで行き、七時ごろになったら馬車を待たせて、暗がりにまぎれコメディー座の扉まで行きます。マノンは何か口実を作って、桟敷席《さじき》を抜け出し、私に合流するという計画でした。そこからは簡単でした。すぐに辻馬車に乗り込み、フォーブール・サン＝タントワーヌをとおってパリを出ていくのです。それが私たちの新住所に向かう道筋でした。

途方もない計画ではありましたが、しかし私たちにはよくできた計画だと思えました。とはいえその根底には、うまくいけばあとの面倒はどうとでもなるという愚かしい軽率さがひそんでいました。つまり私たちは世にも向こう見ずな自信を抱いて危険に身をさらしたのです。マノンはマルセルと出発しました。それが私たちの召使の名前でした。私はつらい気持ちで見送りました。そして彼女を抱きしめながらいいました。

「マノン、ぼくのことをだまさないでくれよ。ぼくを裏切ったりしないね？」

彼女は私の疑りぶかさをやさしくとがめ、誓いをそっくりくりかえしました。彼女はパリに三時ごろ着く予定でした。私は彼女のあとから出発しました。夕方はサン＝ミシェル橋のたもとにあるカフェ・ド・フェレで時間をつぶし、夜までその店にいました。夜になると店を出て辻馬車をつかまえ、計画どおりサン＝タンドレ＝デ＝ザルク通りの入口で待たせておきました。そしてコメディー座の正面扉まで歩いていきました。驚いたことに、私を待っているはずのマルセルの姿が見当たりません。私は一時間ほど、お仕着せを着た召使たちのなかで辛抱し、行きかう通行人たちすべてに目を注いでいました。とうとう、七時の鐘が鳴りました。私たちの計画にかかわる人間がだれも現れないので、マノンとG・Mの息子が桟敷席にいるかどうか見るため、平土間席を一枚買いました。いずれの姿もありません。私は正面扉に戻り、焦燥と不安に駆られながらさらに十五分待ちました。だれも来ないので、私はどうしてみようもなく辻馬車に戻りました。御者は私の姿を認めると近寄ってきて、いわくありげな顔で、きれいなお嬢さんが一時間前から馬車のなかで待っている、お嬢さんの探している人の特徴を聞いてあなたのことにちがいないとわかったというのです。そのお嬢さんはあなたが戻ってくると知って、それならば気長に待たせてもらうといったとのことでした。私はてっきりマノンのことだと思って馬車に近づきました。するときれいな小さな顔が目に入りましたが、マノンではありませんでした。見知らぬ娘はまず私に、シュヴァリエ・デ・グリュさまでいらっしゃいますかと尋ねました。私はそういう名前ですがと答えました。

「あなたさまにお渡しする手紙があります」娘はいいました。「それをお読みになればわたしがなぜ来たのか、わたしがどうしてあなたさまのお名前を存じ上げているのかがおわかりになるでしょう」

私は娘に、近くの酒場[2]で手紙を読んでくるから、そのあいだ待っていてほしいと頼みました。彼女は自分もついていくといい、私に個室を取るよう勧めました。

「いったいだれからの手紙なのです？」階段を上りながら私は尋ねました。

彼女はとにかく読んでくださいといいました。見ればそれはマノンの筆跡でした。手紙に記されていた内容はおよそ以下のとおりです。

G・Mの息子は予想をはるかに超える礼儀正しさと気前のよさでマノンを迎え、贈り物ぜめにしました。女王になったような気持ちを彼女に味わわせたのです。でもそんな新たな栄華に包まれながらも自分はあなたを忘れてはいない、ただG・Mの息子に今晩、コメディー座に連れていってくれと頼んでも承知しなかったので、あなたに会う喜びは別の日に延期することにする。この知らせがあなたを苦しませるだろうと予想がつくので、それを少しでも慰めるためにパリでもっとも美しい娘のひとりをあなたにお世話する方法を見つけた。その娘に手紙を託すことにする。そういって最後には「あなたの忠実な恋人、マノン・レスコー」と署名してありました。

この手紙は私にとってあまりに残酷で屈辱的だったので、私はしばらく怒りと苦しみのあいだで宙吊りになったまま、嘘つきで不実な恋人を永遠に忘れ去るための努力をしようと試みました。そして目の前にいる娘に目をやりました。それは人並みはずれて美しい娘だったので、いっそその娘のおかげで私も嘘つきで不実な男になれたならと願わずにはいられないほどでした。しかしそこにはあの切れ長の悩ましげな目や、神々しいほどの姿かたち、愛の神が調合したような顔の色、つまりは裏切り者のマノンに自然が惜しみなく与えた無尽蔵の魅力というものは少しも見出せないのでした。「いや、だめだ！」私は娘を見るのをやめていいました。「きみをここに寄こした恩知らずな女は、自分でもよくわかっていながら無駄な仕事を頼んだのだ。あの女のところに帰りなさい。そしてぼくからだといって伝言してほしい。自分の罪を楽しむがいい、後悔せずにいられるなら、どうか楽しむがいいと。ぼくはこれきりあの女をあきらめる。同時に、すべての女と縁を切る。どの女もあの女ほど魅力があるはずはな

2　酒場（カバレ）は本来カウンターでワインを出すだけの店を指したが、この時期には食事も出すようになり、かつ宿屋も兼ねるようになっていた。サン＝タンドレ＝デ＝ザルク通り（現在のサン＝タンドレ＝デ＝ザール通り）にはそうしたカバレが何軒もあった。

いのに、きっとあの女と同じく卑怯で不誠実なのだから」

私はそのまま酒場の階段を下り、それ以上マノンに何もいわずひきさがるつもりでした。耐えがたい嫉妬は、私の心を引き裂きながらもうわべは陰鬱な静けさをまとい、私は以前同じような目にあったときの憤激を少しも覚えずにいました。それだけに、自分はまもなく立ち直れるにちがいないと信じたのです。ああ！　私はG・Mの息子とマノンにだまされたと思っていましたが、それだけでなく、恋にもだまされていたのでした。

私に手紙を届けにきた娘は、私が階段を下りようとするのを見て、G・Mさまと、一緒にいらっしゃるご婦人に何とお伝えすればいいのですかと尋ねました。そう聞かれて私は個室に引きかえしました。そして激しい情熱を覚えたことのない人たちには信じられないような心の変化によって、それまでは落ち着いていたつもりが、恐ろしい憤激にとらわれたのです。

「さっさと行け」私は娘にいいました。「裏切り者のG・Mとその不実な愛人にいうがいい。おまえの運んできた呪われた手紙がぼくをどれほどの絶望に突き落としたかを。だが、あいつらが笑っていられるのも今のうちだ、ぼくがこの手で二人とも刺し殺してやると教えてやれ」

　私は椅子の上に倒れこみました。帽子が一方に、ステッキが他方にころがりました。苦い涙がとめどなく流れ出しました。いま感じたばかりの怒りの発作は深い苦悩に変わっていました。私はうめき声とため息をもらしながらただ泣くばかりでした。「おいで、さあ、こっちにくるんだ」私は若い娘に向かって叫びました。「そばにおいで、だっておまえはぼくを慰めるためによこされたんだろう。教えてほしい、おまえは怒りや絶望をいやすような慰め方を知っているのか。生きている価値のない二人の裏切り者を殺してから自殺したいという願いを和らげてくれるような慰め方を。そうだ、おいで」私は、彼女がおずおずと不安げに近寄るのを見ていいました。「ぼくの涙をぬぐいにきておくれ。ぼくの心に安らぎを返しにきておくれ、ぼくを愛しているといいにきておくれ。ぼくがあの不実な女以外に愛されることに慣れるようにね。おまえはきれいだよ。きっとぼくもおまえを愛せるようになるさ」

　この哀れな娘は十六、七にもなっていませんでしたが、同類の娘たちに比べればまだ恥じらいを知っているようで、この異様な光景にすっかり仰天した様子でした。それでも彼女は私のそばに近寄って慰めようとしました。しかし私はすぐさま娘を両手で押しやり、遠ざけました。

「どうしようというんだ？」私はいいました。「ああ！　おまえは女、ぼくの憎む、もはや我慢できない女の仲間だ。そんなやさしい顔をしているが、やっぱりぼくを裏切るんだろう。出ていってくれ、ぼくを一人にしてくれ」

娘は何もいえずにお辞儀をすると、背中を向けて出ていこうとしました。私は待てと叫びました。

「せめて教えてほしい」と私は続けました。「おまえはなぜ、どうやって、どういう狙いでここに寄こされたのだ？　ぼくの名前や、ぼくにどこで会えるかをどうやって知ったのだ？」

彼女が答えるには、自分はG・Mさまとはずっと前からの知りあいなのだが、五時に迎えの者がきたというのです。迎えの者のあとについていき、とある大きな屋敷のなかに入ってみると、G・Mさまがきれいなご婦人とピケ[3]をしていて、二人が口をそろえて手紙をもっていくようにいうので、それを届けにきたのでした。そのとき、サン=タンドレ通りの端で待っている四輪馬車のなかにいる人だからといわれたのだそうです。そのほかには何もいわれなかったのかと尋ねました。すると娘は顔を赤らめながら、お二人はあなたがきっとわたしをお相手に選んでくださるだろうとおっしゃっていましたと答えました。

「おまえはだまされたんだよ」私はいいました。「かわいそうに、だまされたんだ。おまえは女だ。おまえには男が必要だ。でもおまえに必要なのは金持ちで幸せな男だが、ここにいてもそんな男は見つからない。帰るんだな。G・Mさんのところに帰るんだ。あの人なら美女に愛されるために必要なものを全部もっている。家具つきの家だって、馬車だってもらえるぞ。ぼくときたら捧げられるものは愛と誠意しかないのだから、女たちはぼくの貧乏を軽蔑し、純情をおもちゃにするのさ」

私はさらに、激情が収まったりぶり返したりするのにしたがい、悲しいことや荒々しいことを山ほど口にしました。とはいえ、さんざん苦しんだすえに興奮も収まっていき、いくらか反省もできるようになりました。私はこのたびの災いをこれまでにこうむってきた同じ種類の災いと比べてみました。するとこれまでに比べてとくに絶望しなければならない理由は思いつきませんでした。マノンのことはよくわかっていま

3 当時流行のトランプゲームの一種、主として二人で遊ぶ。

す。あらかじめ予想すべきだった不幸を、こんなに嘆き悲しむ必要があるでしょうか。それより、なぜ打つ手を探そうとしないのでしょうか。まだ時間はありました。あとになって、自分の怠慢から苦しみを増す結果になったと後悔したくないならば、少なくとも力を惜しむべきではないでしょう。そこで私は希望への道を開いてくれそうな方法が何かないか、考え始めました。

G・Mの息子の手から彼女を力ずくで奪い返そうとするのは、自滅を招く、あまりに無茶なやり方で、およそ成功の見込みはないだろうと思えました。しかし彼女と少しでも話をする機会を得られるならば、何とか彼女の心を取り戻せるのはまちがいないことでした。私は彼女の心の感じやすい部分をそれほどまでに知り尽くしていたのです！　そしてそれほどまでに、彼女に愛されているという自信があったのです！　私を慰めるために美しい少女を寄こすというおかしなやり方もまた、彼女の思いつきであり、私の苦しみに対する同情から出たものであることは賭けてもいいくらいでした。私は彼女に会うためにあらゆる知恵をしぼろうと決心しました。多くの方法を次から次に検討するなかで、次のような方法に決めたのです。

T氏は私のために非常に親切に尽くしてくれていたので、その誠意と熱意に疑いの余地はありませんでした。そこで私はすぐさま彼のところへ行き、重要な用事があるという口実で彼にG・Mの息子を呼び出してもらおうと考えたのです。マノンとの話しあいは半時間もあれば十分です。私の計画は、じかにマノンの部屋に入りこむというもので、G・Mの息子の留守中ならばそれもたやすいことに思えました。

そう決心すると気持ちが落ち着き、私はまだ一緒にいた娘に気前よく心づけを与えました。そして私のところに彼女を寄こした者たちのもとに戻る気持ちを起こさせまいとして、私は彼女の住所を聞き、今夜にも一晩をともにしに行くという期待を抱かせておきました。そして辻馬車に乗り、大急ぎでT氏のところに行きました。途中、彼が在宅かどうか心配だったのですが、さいわい家にいました。手短に話しただけで、彼は私の苦しみと、何を頼みにきたかをわかってくれました。G・Mの息子がマノンを誘惑しおおせたと知って彼は非常に驚き、私が自分でわが身の災いをまねいたとは知らずに、親切にも、友人たちみんなの腕力と剣を結集し、私の恋人を救い出そうと提案しました。私は彼に、そんな騒ぎを起こしたならマノンと私にとっては困ったことになるかもしれないとわかってもらいました。

「われわれの血を流すのは」私はいいました。「最後の最後にしましょう。ぼくが考えているのはもっと穏やかな手段ですが、成功を期待できます」

彼は私の頼むことであればどんなことであっても引き受けると約束しました。そこで、頼みはただG・Mの息子に話があると伝え、一時間か二時間のあいだ外に連れ出しておいてもらうことだけなのだと繰り返しいうと、彼は私の望みをかなえるためただちに私と一緒に出発しました。われわれはG・Mの息子をそれだけのあいだ引き留めておくにはどういう方法を用いればいいかを考えました。私が提案したのは、まず彼がどこかの酒場からG・Mの息子に簡単な手紙を書き、猶予を許さない重要な用事があるからいますぐそこに来てくれと知らせることでした。

「ぼくはあいつが出ていくところを見張っていましょう」私は付け加えました。「そうすればやすやすと家のなかに入っていくことができるでしょう。何しろぼくはマノンと、召使のマルセル以外の人間には顔を知られていないのですから。そのあいだあなたにはあいつと一緒にいていただくわけですが、折り入って話したかったその重要な用事とは、金の必要に迫られているということなのだと話してください。賭け事で金をすってしまい、口約束だけでさらに大金を賭けてまた負けてしまったというのです。あいつがあなたを自分の金庫に案内するには時間がかかるでしょう。ぼくの計画を実行するには十分のはずです」

T氏は逐一、計画どおりにやってくれました。私は彼をとある酒場に残し、彼はその店ですばやく手紙を書きました。私はマノンのいる家から数歩のところに行って見張っていました。手紙をもった使者がやってきたかと思うと、少ししてG・Mの息子が召使を連れて、徒歩で出てきました。彼が通りから遠ざかるのを見届けたのち、私は不実な恋人の家の扉まで進み、内心の怒りにもかかわらず、まるで寺院の扉を叩くかのようにうやうやしく扉を叩きました。さいわい開けにきたのはマルセルでした。私は黙っているよう合図しました。他の使用人たちを恐れる必要は少しもなかったとはいえ、私は彼に小声で、マノンのいる部屋までだれにも見られずに案内できるかと尋ねました。大階段を静かに上っていけばたやすいことですという答えでした。

「それならすぐに行こう」私はいいました。「そしてぼくが部屋にいるあいだは、だれも上ってこないようにしておいてほしい」

私は苦もなく部屋に入っていきました。マノンは読書の最中でした。そこで私はこの不思議な女の性格につくづく感心させられることになりました。彼女は私を見て怖がったり恥じ入ったりするどころか、遠くにいるとばかり思っていた相手を見たときにだれしも抑えられないかすかな驚きを示しただけでした。

「あら！　あなただったの、いとしいひと」彼女はいつもと変わらないやさしい態度で私を抱擁しにきました。「驚いたわ、あなたは何て無鉄砲なの！　今日ここで会えるなんて思いもしなかったわ」

私は彼女の腕をふりほどき、愛撫に応えるどころかさも軽蔑したように押しやり、二、三歩あとずさって彼女から離れました。そんな態度にさすがに彼女も狼狽《ろうばい》しました。彼女はその場で立ちすくみ、顔色を変えて私を見つめました。私は心の底では彼女に会えたことがあまりに嬉しかったので、怒るべき正当な理由は山ほどあるにせよ、彼女を非難するために口を開く気にさえならないほどでした。とはいえ私の心は彼女から受けた残酷な侮辱によって血を流していました。私はくやしさをかきたてるため、あえて侮辱された記憶をよみがえらせ、恋の炎とは別の炎で目を燃えあがらせようとしました。私がしばらく黙ったままでいると、彼女は私の興奮ぶりに気づき、わなわなとふるえだしたのですが、それは明らかに恐怖のせいでした。私はそんな光景に耐えられなくなりました。

「ああ、マノン」私はやさしい口調でいいました。「不実な裏切り者のマノン！　ぼくはいったいまず何から嘆けばいいのやら。きみは蒼い顔をしてふるえているね。いまだにぼくは、きみが少しでも苦しむのがつらい。だから、ぼくの非難できみをひどく苦しめるんじゃないかと心配なんだ。でもマノン、これだけはいっておくよ、ぼくの心はきみに裏切られた苦しみにつらぬかれてしまった。相手を殺すと決めたのでないかぎり、これほどの打撃を恋人に与えるものではない。これでもう三度目だよ、マノン、ぼくはちゃんと数えてみた。忘れようにも忘れられない。これからどうしようというのか、いますぐ考えてほしい。なぜなら、ぼくの悲しい心は、これほど残酷な扱いにはもう耐えられないからだ。心が押しつぶされ、苦しみのあまり張り裂けてしまいそうな気がする。もう耐えられない」私は椅子に腰を下ろしながら付け加えました。「口をきくのも、立っているのもやっとなんだ」

彼女は何も答えませんでした。でも、私が椅子に座ると彼女はひざまずいて、頭を私の膝の上にのせ、顔を私の手で蔽《おお》いました。私はたちまち両手が彼女の涙でぬれるのを感じました。ああ！　いったい私はどれほど激しい感情にゆさぶられたことか！

「ああ！　マノン、マノン」私はため息とともにいいました。「ぼくを死ぬほど苦しめておきながら泣いたって遅すぎるよ。きみは悲しみなど感じられないのに悲しいふりをしているだけなんだ。きみの最大の不幸とはまちがいなく、このぼくがいることだ。いつもきみの楽しみの邪魔ばかりしているのだから。目を開けてぼくのことをよく見てごらん。自分が裏切り、残酷に捨てようとしている不幸な相手のためにそんなやさしい涙を流すものじゃないよ」

彼女は同じ姿勢のまま私の手に口づけをしました。

「移り気なマノン」私はさらに続けました。「恩知らずで不誠実な女、きみの約束や誓いはどこへいったんだ？　何度でも浮気を重ねる残酷な愛人、おまえは今朝だってぼくに愛を誓っていたが、その愛をおまえはどうしたんだ？　ああ、正義の神よ！」と私は付け加えました。「不実な女はあなたに神聖な誓いをしたあとで、こんなふうにあなたを嘲笑《あざわら》うものなのでしょうか！　誓いに背く者が報われるのですか？　貞節で忠実な者は絶望し、見捨てられるということなのですね」

そういいながら私はあまりに苦い思いにとらわれて、ついほろほろと涙をこぼしました。マノンは私の声が変わったのでそれに気づきました。とうとう彼女は沈黙を破りました。

「きっとわたしが悪いのでしょう」彼女は悲しげにいいました。「あなたをこれほど苦しめて、あなたの気持ちをかき乱しているのですから。でもわたしが、悪いと知りながら、悪い女になってもいいと思ってこんなことをしたのなら、神さま、どうかわたしを罰してください」

この言葉は私にはあまりに無意味で誠実さを欠くものと思えたので、怒りの発作を抑えることができませんでした。

「とんでもないまやかしだ！」と私は叫びました。「おまえがあばずれの裏切り者でしかないことが、今度ばかりはよくわかった。いまこそおまえの見下げはてた性分がわかったぞ。さらばだ、卑劣な女め」私は立ち上がりながら続けました。「今後、おまえとすこしでも関わりをもつくらいなら千度でも死んだほうがましだ。もしいつかおまえにちらりとでも目をやることがあったら、神さま、どうかこのぼくを罰してください！　新しい愛人と一緒にいるがいい。そいつを愛して、ぼくを憎め。名誉や良識とは縁を切るんだな。かまうものか、もう。どうだっていい」

彼女は私の興奮状態にすっかりおびえ、私の立ち上がった椅子のすぐそばにひざまずいたまま、息もできずにふるえながら私を見つめていました。私はさらに扉のほうへ何歩か向かいながら振り返り、彼女にひたと目をすえました。しかしこれほど魅力のある女に対して冷淡になるには、人間らしい感情をすべてなくしていなければならなかったでしょう。私にはそんな冷酷さは到底なかったので、突然、正反対の気持ちに駆られ、彼女のほうに引き返しました。というより、もはや何も考えずに彼女に駆け寄ったのです。彼女を腕に抱きしめ、幾度もやさしく口づけし、かっとなったことを謝り、自分は乱暴で、きみみたいな女に愛される幸福に値しない男なのだと告白しました。私は彼女を座らせ、今度は自分がひざまずいて、こうしたままで話を聞いてくれと懇願しました。そして私は、従順で情熱的な恋人の抱くかぎりの敬意とやさしさを短い言葉のうちにこめて謝りました。後生だから、許すといってくれと頼みました。彼女は両腕を私のうなじに置き、自分のほうこそあなたの寛大さにすがって、あなたに味わわせた悲しみを忘れてもらわなければならない、自分の弁解の言葉をあなたが少しも受け入れてくれないのではないかと心配になってきた、それも当然かもしれないが、といいました。

「ぼくがだって！」私はすぐさまさえぎりました。「ああ！　ぼくは弁解など求めはしないよ。きみのしたことは何もかも正しかったんだ。きみの行いの理由など求める立場じゃないのさ。いとしいマノンがぼくを心から愛し続けてくれるなら、あまりにも嬉しくて、あまりにも幸せなんだよ！　でもね」私は自分の境遇をかえりみて続けました。「全能のマノン、ぼくを好きなように喜ばせたり苦しめたりできるきみ、ぼくは降伏し、後悔の気持ちを示してきみを安心させてあげたのだから、今度はぼくの悲しみや苦しみについて語らせてもらってもいいだろう？　教えてほしいんだよ、今日これからぼくはどうなるのか、きみはぼくの恋敵と一夜を過ごして、ぼくに永久に死の判決を下そうというのか」

彼女はどう答えたものかしばらく考えていました。

「わたしのシュヴァリエ」彼女は落ち着いた様子に戻って話し始めました。「もしあなたが最初からそういうふうにはっきりと説明してくれていたなら、あなたがこれほど悩む必要はなかったでしょうし、わたしにとってもこんなつらい場面はなしですんだでしょう。あなたの苦しみはすべてあなたの嫉妬心のせいなのだから、いますぐ世界の果てまであなたについていきますといって、嫉妬心をいやしてあげることができたでしょうに。でもわたしはてっきり、あなたが嘆いているのはわたしがG・Mの目の前で書いた手紙と、わたしたちがあなたのもとに送った女の子のせいかと思ったのです。わたしの手紙をあなたはあざけりとして受け取り、女の子のことも、わたしが差し向けたのだから、わたしがあなたを捨ててG・Mと一緒になる宣告として受け取ったんじゃないかと思ったのです。そう考えてわたしはすっかり茫然としてしまったの。だって、悪気はなかったとしても、よく考えてみると、うわべだけ見ればわたしにとって不利なのですから。でもわたしは」と彼女はさらに続けました。「あなたに真相を説明したうえで、あなたに判断してほしいの」

そこで彼女は、G・Mの息子と会って以来起こったすべての事柄を私に語りました。彼は私たちのいるその場所で彼女を待っていたのです。彼は実際に、世界最高の女王のように彼女を迎えました。屋敷のなかを案内されると、どの部屋も素晴らしく趣味がよく上品でした。書斎で彼女に一万リーヴルを支払い、そこに宝石もいくらか加えましたが、そのなかには以前に彼の父親からもらったことのある真珠の首飾りと腕輪も含まれていました。そこから今度はまだ見ていなかった広間に案内されると、美味しい間食が待っていました。G・Mの息子は彼女のために雇った新しい使用人たちに給仕させ、以後、マノンを主人と思うよう彼らに命じました。最後に馬車と馬、残りの贈り物すべてを見せてから、彼は夕食までのあいだトランプの勝負をしようと提案したのでした。

「正直にいえば」と彼女は続けました。「あまりの豪華さにびっくりしてしまったの。これほどの財産を、一万フランと宝石を持ち去るだけであとはすっかりあきらめてしまうのは惜しい、まるまるひと財産があなたとわたしのものなんだ、G・Mのお金でわたしたちは快適に暮らしていけると思ったのよ。

そこでわたしはコメディー座に行こうというかわりに、彼があなたのことをどう思っているのかを探ろうと考えたの。わたしの計画を実行するうえで、わたしたちが会うにはどんな手段があるか知りたかったからよ。G・Mはとても扱いやすい性格だと思ったわ。彼はわたしに、あなたのことをどう思っているのか、あなたと別れて未練はないのかと尋ねたわ。そこでわたしは、あのひとはとても愛される資格のあるひとだし、わたしに対していつも誠実にふるまってくれたから、あのひとを嫌いになれるはずがないと答えたわ。G・Mも、たしかに彼は立派なひとだ、彼の友情を得たいと思ったと打ち明けたの。

G・Mはあなたが、わたしの家出をどう受けとめるだろうか、特にわたしが自分のところにいると知ってどう思うだろうかと知りたがったわ。わたしは、わたしたちの恋は始まってからもうかなりたつから少し冷めてしまっている。それにあのひととはとても裕福というわけではないから、わたしを失ってもたいして不幸とは思わないだろう、なぜならあのひとは自分が抱え込んだ重荷を下ろすだけだからと答えたの。そして付け加えたのよ、あのひとが何の文句もいわずに承諾するとわかっていたので、用があってパリに行くと話すのはわけもないことだったし、あのひともそれに賛成して一緒にパリに出てきたくらいで、別れたときも、別に心配そうな様子ではなかったって。

するとG・Mは、もし彼が自分と仲良くする気になってくれるなら、自分としては喜んでお世話し、敬意を表するつもりだといったの。それでわたしは、あのひとの性格はよく知っている、そのお気持ちに対して礼儀正しく応じることはまちがいない。とりわけ、家族との仲がうまくいかなくなってからは経済的にとても困っているので、それを助けてもらえるのならばなおさらだと答えました。G・Mはわたしをさえぎって、自分にできることは何でもしてあげるつもりだ、彼にもし別の恋にのりかえる気があるならば、あなたと一緒になるために別れたきれいな愛人を彼に世話しようといったのよ」

「わたしは彼の思いつきに賛成したわ」彼女は続けました。「そうすれば彼に少しも疑われずにすむだろうと思ったからよ。そして自分の計画にいよいよ自信がもてたので、あとはあなたにそれを伝える方法を見つけられたらと願うばかりだった。わたしが約束の場所に現れないのを知ったとき、あなたがひどく心配するんじゃないかと思ったから。だから、その新しい愛人を今晩すぐにあなたのところにやるように提案したのよ。そうやって、あなたに手紙を書く機会を作るためにね。どうしてもそんな手段に頼らなければならなかったの。だってあの人は一瞬でもわたしを自由にしてくれそうにない様子だったから。あの人はわたしの提案を聞いて笑い、召使を呼び、前の愛人がすぐに見つかるかどうか尋ねました。そして召使をあちこちにやって愛人を探させました。彼はその女はシャイヨまであなたに会いにいかなくちゃならないのだと思っていました。でもわたしは、あなたと別れるときにコメディー座で会う約束をしたし、もし都合が悪くなってわたしが行けないときはサン=タンドレ通りの端で馬車のなかで待っていることになっているから、あなたを一晩じゅう待たせないためにも、新しい愛人をそこにやるほうがいいといったんです。それからさらに、この取り替えっこについて知らせるために一筆書いたほうがいい、そうでないとあなたには事情がわからないだろうからと付け加えました。彼は賛成してくれました。でもわたしは彼が見ている前で手紙を書かなければならなかったので、手紙のなかであまりはっきりと説明しないように気をつけなくてはならなかったわ。こんなふうに事が運んだわけなのよ」マノンはいいました。「わたしの行動も、意図も、何も隠したりしないわ。その女の子がやってきたの。きれいな子だと思ったわ。わたしがいなくてあなたがつらい思いをしているにちがいないと思ったので、この女の子がしばらくのあいだあなたの気晴らしになってくれればと心から願ったの。だって、わたしがあなたに願っている貞節は心の貞節なのですから。マルセルをあなたのところにやれればよかったんだけど、でもあなたに知らせたいことをマルセルに教える隙がなかったのよ」

彼女は最後に、T氏の短い手紙を受け取ったときにG・Mの息子の示した困惑について語りました。「わたしを置いていくべきかどうか、迷っていたわ」と彼女はいいました。「そして、遅くはならないからとわたしに約束したの。だからわたし、あなたがここにいるのが心配なの。あなたが来たのを見て驚いたのもそのせいよ」

私は以上の説明をぐっと辛抱しながら聞きました。そこに私にとって残酷で屈辱的な言葉が多く含まれていたことはいうまでもありません。何しろ私に不貞をはたらこうとする意図はあまりに明らかで、それを彼女は隠そうとさえしなかったのですから。彼女には、G・Mの息子が自分を一晩じゅうウェスタ女神に仕える処女[4]よろしく放っておくなどと期待できるはずもありませんでした。つまり彼女はG・Mの息子とその夜を過ごすつもりだったのです。恋人相手に、何という告白でしょう！　しかしながら、考えてみれば自分自身が彼女の過ちの原因の一部なのでした。そもそも、G・Mの息子が彼女に恋心を抱いていることを教えたのは私だったし、彼女に気に入られようとして、彼女の向こう見ずな計画に考えもなしに加わったのも私なのです。そのうえ、私のもって生まれた性格のおかげで、私は彼女の語り口の天真爛漫さ、もっとも私の気持ちを害するような事柄まで打ち明ける正直であけっぴろげな態度に感心してしまいました。「彼女は悪気もなく罪を犯しているんだ」と私は思いました。「軽率で無分別ではあるけれど、まっすぐで誠実な女なんだ」恋の力だけで、彼女のあらゆる過ちに目をつぶることができたということも付け加えておきましょう。私はこの夜のうちにも恋敵から彼女を奪い返せると思うと満足でした。とはいうものの、私はこう

4　古代ローマのウェスタ神殿に仕える巫女は純潔な処女でなければならなかった。

尋ねてみました。

「それで、今夜はだれと過ごすつもりだったんだい？」

私が悲しげにこう質問すると、彼女は困ってしまいました。「でも」とか「もし」などといっては口をつぐむばかりでした。私は彼女のつらそうな様子が哀れになりました。そこでこの話は打ち切って、いますぐぼくと一緒に来てほしいんだと彼女にはっきり告げました。

「そうしたいけれど」と彼女はいいました。「でも、わたしの計画には賛成じゃないのね？」

「何だって！」私はいい返しました。「これまできみがやったことに全部賛成するだけじゃまだ足りないのか？」

「何ですって！　あの一万フランさえ置いていこうっていうの？」と彼女は反論しました。「あの人がくれたお金よ。わたしのものだわ」

何もかも捨てて、即座にここを離れることだけを考えるべきだと私はさとしました。彼女のところにやってきてまだ半時間ほどしかたっていないとはいえ、G・Mの息子が戻ってこないかと心配だったのです。しかし彼女がしきりにせがんで、何も取らずに出ていくわけにはいかないと私にも認めさせようとするので、私としては自分の言い分をきいてもらったのだから、こちらも多少の譲歩をしないわけにはいかないと思ったのです。

私たちが立ち去る準備をしているとき、家の扉を叩く音が聞こえました。G・Mの息子に違いないと思った私は、すっかり動揺したまま、あいつが来たら命を奪ってやるとマノンにいいました。実際、彼を前にして自制できるほど怒りが収まっていたわけではなかったのです。しかしそれはマルセルだったので私の気持は静まりました。彼は戸口で受け取った私あての手紙をもってきてくれたのでした。T氏からの手紙でした。そこには、G・Mの息子が自分のために自宅に金を取りにいったので、そのあいだを利用してじつに愉快な思いつきを伝えることにしたと書いてありました。つまり、あなたの恋敵に仕返しをするのに、彼が食べるはずの夕食を食べ、彼があなたの恋人と眠るつもりでいたベッドで一晩寝ることほど面白いやり方はないだろうというのです。それはたやすく実現可能な計画だと思える。あなたは彼を路上でつかまえるだけの果敢さと、明日まで彼を見張っているだけの忠実さのある男たちを三、四人調達しさえすればいい。自分はさらに少なくともあと一時間は彼を楽しませてやるつもりでいる。そのための口実もすでに用意して、彼が戻るのを待っているのだとありました。

私は手紙をマノンに見せ、彼女の家に忍び込むために自分がどんな計略を用いたのかを教えてやりました。私の考えたことと、T氏の思いつきを彼女は素晴らしいとほめ、私たちはしばらくのあいだ心ゆくまで笑いました。ところが、T氏の思いつきのほうは冗談として話したつもりなのに、彼女がそのアイデアを大変気に入って、本気で実行しようといい出したので私はびっくりしてしまいました。G・Mの息子をつかまえて忠実に見張っていてくれるような男たちを、いますぐ、どこから見つけてこられるのかとたしなめても無駄でした。T氏はまだ一時間は保証してくれているのだから、とにかくやってみるべきだというのです。私がなおもあれこれ反対すると、あなたはまるで暴君みたい、わたしのいうことを少しも聞いてくれないと非難するのでした。この計画ほどすてきなものはないと彼女には思えたのです。

「あなたはあの人の食器で夕食を食べるのよ」彼女は繰り返しいいました。「あの人のシーツに包まれて眠り、明日の朝は早々に、あの人の愛人とお金を奪っていくんだわ。父親と息子の両方に、まんまと仕返ししてやれるのよ」

胸のうちに、不幸な破局を予感させるようなひそかな慄《おのの》きをおぼえながらも、私は彼女の懇願に負けました。私はマノンの兄をとおして知りあいになっていた近衛兵二、三人に、G・Mの息子をつかまえる仕事を頼んでみようと外に出ました。宿舎にいたのは一人だけでしたが、なかなか向こう見ずな男で、用件を聞くやいなや、成功まちがいなしと保証しました。彼は三人の近衛兵を雇って自分がかしらを務めることに決め、三人への報酬として十ピストルだけ要求しました。私は時間がないのでさっそくやってくれと頼みました。彼は十五分もしないうちに三人を集めてきました。彼の家で待っていた私は、仲間を引き連れて戻ってきた彼を、G・Mの息子がマノンの家に戻るとき必ずとおるはずの通りの片隅に自ら案内しました。手荒な扱いをしてはいけない、しかし朝七時まではきびしく監視しておき、逃げられることはないとこちらが安心していられるようにしてほしいと頼みました。彼は、G・Mの息子を自分の部屋に連れていって無理やり服を脱がせるか、ベッドに寝かせるかし、自分は三人の猛者《もさ》と飲んだり賭け事をしたりして夜を明かすつもりだといいました。私はG・Mの息子が現れるまで彼らといっしょに待ち、彼がやってくるや二、三歩暗がりにしりぞき、そこで何とも奇妙な光景を目撃することとなったのでした。近衛兵はピストルを片手に近寄り、丁寧な口調で、あんたの命も金ももらおうとは思わないが、大人しくあとについてくるのを少しでもいやがったり、声をあげたりしたら、脳天をぶち抜くと脅しました。G・Mの息子は相手が近衛兵三人を引き連れているのを見て取り、ピストルで撃たれてはたまらないと思ったのか——弾を込めてもいなかったのですが——抵抗しませんでした。彼は羊のように大人しく連れていかれました。

私はすぐさまマノンのところに戻りました。そして召使たちに疑いをもたれてはいけないと考えて、家に入るなりマノンに、夕食のためにG・M氏を待つ必要はない、G・M氏は急用ができて残念ながら戻れなくなったので、あなたにお詫びを伝え、夕食をともにしてほしいと頼まれたのだが、これほど美しいご婦人のお相手を務めるのは光栄の至りだといいました。マノンは私の意を汲んで実にうまく合わせてくれました。私たちは食卓につきました。召使たちが給仕してくれているあいだはまじめくさった顔をしていました。そしていよいよ彼らを下がらせると、私たちの人生でももっとも心楽しい夕べを過ごしたのです。私はひそかにマルセルにいいつけて辻馬車を探しにやり、明日朝六時に家の前に来るよう手配させました。私は真夜中、マノンのもとを辞去するふりをしました。しかしマルセルの手引きでそっと戻ってきて、さっきは食卓でG・Mの息子の座をしめたように、今度は彼のベッドを横取りするしたくにかかりました。

そのあいだに、私たちにとりついた悪霊は私たちを破滅させるためにはたらいていました。私たちは快楽に酔いしれていましたが、頭上には刃《やいば》が吊るされていたのです。それを吊っている糸はまさに切れようとしていました。しかし、私たちが破滅にいたった事情の一切をよくご理解いただくためには、まずその原因をお話ししなければなりません。

G・Mの息子は近衛兵につかまったとき、召使をひとり連れていました。この若者は主人にふりかかった危難にふるえあがって逃げ出したのです。そして主人を救うために最初にしたのは、その事件について老G・Mに知らせにいくことでした。とんでもない知らせを受けて、老人は当然ながらひどく驚きました。彼にとっては一人息子でしたし、しかも老G・Mは年のわりにはかくしゃくたる男でした。まず、息子がその午後したことを何もかも、召使から聞き出そうとしました。だれかと喧嘩しなかったか、他人のもめごとに関わらなかったか、どこかいかがわしい家に行かなかったか。召使は主人が最悪の危険にさらされていると信じ、助けるためにはもはや何も遠慮すべきではないと考えて、マノンへの恋、および主人が彼女のためにした散財について知っていることをすべて話してしまいました。その日の午後から夜九時ごろまでの家での過ごし方や、外出して、帰宅途中にあった災難についても同様です。老人が、息子の事件には恋のいさかいが絡んでいるのではないかとかぎつけるにはそれだけで十分でした。もう夜の十時半になっていたとはいえ、彼はためらいなく警視総監のもとに赴きました。そして夜警の全分隊に特別命令を出すよう願い出ました。自分にも一分隊つけるよう頼むと、息子がつかまった通りに自ら駆けつけました。そして息子を見つけられそうな街じゅうのあらゆる場所を探しましたが、足跡を発見できないので、最後にその愛人の家に案内させました。そこに戻っているかもしれないと考えたのです。

老人が到着したとき、私はベッドに入ろうとしていました。寝室の扉を閉めてあったので、家の扉が叩かれる音は聞こえませんでした。けれども老人は、警吏ふたりを引き連れて家に入っていたのです。そして息子はどうなったかと使用人たちに尋ねてもらちがあかなかったので、息子の愛人に会えば何か聞き出せるかもしれないと考えました。そこで警吏を従えたまま二階に上ってきました。私たちはまさにベッドに入るところでした。老人が扉を開け、その姿を見て私たちの血は凍りつきました。

「ああ、神さま！　G・Mの親父だ」私はマノンにいいました。

私は自分の剣に飛びついたのですが、運の悪いことに剣は剣帯に絡まってしまいました。この動作を見た警吏たちは、ただちに近寄ってきて剣を取り上げました。肌着一枚では抵抗もできません。彼らは私が身を守るあらゆる手段を奪い取ったのです。

老G・Mは目の前の光景に面食らったものの、やがて私がだれかわかりました。マノンのことはもっとたやすく思い出しました。

「これは夢だろうか？」彼は私たちに向かって重々しくいいました。「そこにいるのはシュヴァリエ・デ・グリュとマノン・レスコーではないか？」

私は屈辱と苦しみでいきり立っていて、返事もできませんでした。老人はしばらくのあいだ、思いをめぐらしている様子でした。やがて、不意に怒りに火がついたのか、私に向かって叫び出しました。

「ああ！　このろくでなしめ。おまえは息子を殺したのだな！」

そうののしられて私はひどく腹を立てました。

「老いぼれの極悪人め」私は昂然と答えました。「おまえの一家のだれかを殺さなければならないとしたら、まずおまえから始めただろうさ」

「こいつをしっかり押さえつけておけ」彼は警吏たちに命じました。「息子について口を割らせなければならん。息子をどうしたのかいますぐ話さないなら、明日こいつを縛り首にしてやろう」

「縛り首にするだと？」私はいい返しました。「下劣なやつめ！　おまえのような連中こそは絞首台にお似合いだ。いいか、ぼくはおまえなんかより高貴で純粋な血筋の出なんだぞ。そうとも」と私はさらにいいました。「おまえの息子がどうなったか、ぼくは知っている。これ以上ぼくを怒らせるなら、明日までに息子を絞め殺させてやる。そのあと、おまえにも同じ運命を約束してやろう」

息子の居場所を知っていることを明かしたのは軽率でした。しかし怒りに駆られてついもらしてしまったのです。老人はすぐさま、扉で待機していた他の五、六人の警吏たちを呼び、家にいる使用人全員を拘束するよう命じました。

「ほほう、シュヴァリエ殿」彼はあざけるような調子でいいました。「あなたは私の息子がどこにいるかご存知で、あの子を絞め殺させるとおっしゃるのですな。ご心配なく、われわれがきっちり解決いたしましょう」

私は自分が間違いを犯したことをすぐに悟りました。老人はベッドの上に座って泣いているマノンに近寄りました。そして彼女が父と子に及ぼした影響力や、それを彼女が立派に利用したことについて皮肉なほめ言葉を口にしました。この老いた淫欲のかたまりは彼女に対してなれなれしい振る舞いにおよぼうとさえしました。

「手を触れるんじゃない！」私は叫びました。「どんな神さまに願ったって、ぼくの手を逃れるわけにはいかないぞ」

彼は三人の警吏を部屋に残し、私たちにすぐ服を着るよう命じて出ていきました。そのとき彼が私たちをどうするつもりでいたのかはわかりません。息子がどこにいるかを教えたならば、ひょっとすると私たちは自由の身にしてもらえたのかもしれません。私は服を着ながら、それが最善の策ではないかと考えました。しかし、寝室から出ていくとき老人がそう思っていたとしても、戻ってきたときに彼の気持ちはすっかり変わってしまっていたのです。老人は警吏たちが拘束したマノンの召使たちを尋問しにいったのですが、マノンが彼の息子につけてもらった召使たちからは何も知る

5 当時の死刑は貴族は斬首、平民は縛り首だった。

ことができませんでした。しかしマルセルが以前にも私たちに仕えたことがあると知って、老人はマルセルを脅迫してしゃべらせようと考えました。マルセルは忠実とはいえ、単純で無教養な若者でした。マノンを逃がすために自分がオピタルで何をしたかを思い出し、老G・Mの脅しも手伝って、彼のひよわな精神はすっかり打ちのめされ、自分は絞首台送りになるか、さもなければ車責めの刑[6]にかけられるのではないかと思いつめたのです。そして命さえ助けてもらえるなら、自分の知っている事柄は何でも話すと約束しました。そこで老G・Mは、この事件にはそれまで自分が想像していた以上に重大で犯罪的なものがあると確信したのです。そこで彼はマルセルに、正直に話すなら命を助けるだけではなく、報酬も与えようと約束しました。

　この情けない男は私たちの計画の一端を老人に教えました。彼自身にもいくらか協力してもらうはずでしたから、私たちは彼のいる前でかまわず相談していたのです。たしかに彼は、私たちがパリに来てから加えた変更については知りませんでしたが、シャイヨを出るとき、計画の骨子と自分が演じるべき役割については聞かされていました。だから彼は、老人の息子をだますのが私たちの目的であり、マノンは一万フランをこれから受け取るか、あるいはすでに受け取ったはずで、私たちの計画によれば、そのお金がG・M家の相続人たちの手に戻ることは決してないだろうと明かしてしまったのでした。

そうと知って怒った老人は、私たちの寝室に荒々しく上ってきました。何もいわずに小部屋に入り、現金と宝石を苦もなく見つけました。真っ赤な顔で戻ってくると、これは「盗品」だと称して私たちに現金と宝石を見せ、ひどく無礼な言葉を浴びせかけました。老人は真珠の首飾りと腕輪をマノンに突きつけました。

「見覚えがあるだろう？」老人は冷やかすようなほほえみを浮かべて聞きました。「これを見るのは初めてじゃないものねえ。まちがいなく、同じものさ！　べっぴんさん、あんたのお気に入りだったものね。気持ちはよくわかるとも。困った子どもたちだ！」彼は付け加えました。「二人とも本当にいい子なんだが、ちといたずらが過ぎるて」

この侮辱的な言葉に、私の心は憤怒で張り裂けそうでした。このとき一瞬でも体が

6　四肢、胸を鉄棒で叩き折ったうえ、柱の上に水平に据えつけた車輪に縛りつけ、絶命するまで放置される残酷な刑罰。

自由になったならば私は……正義の神よ！　私は何だって捧げたことでしょう！　しかし私はぐっとこらえて激怒を包み隠し、穏やかな調子で答えました。

「無礼な冷やかしはそこまでにしましょう。問題は何なのです？　さあ、ぼくらをどうなさろうというのです？」

「問題はだね、シュヴァリエさん」老人は答えました。「この足ですぐシャトレ監獄に行ってもらうということさ。明日、日が昇ればお互いの事情ももっとはっきりするだろうさ。あんたも最後には息子の居場所を教えてくださるのでしょうな」

ひとたびシャトレに閉じ込められてしまったならば私たちにとってどんな恐ろしい結果を招くことになるか、さほど深く考えなくともわかりました。それがもたらすあらゆる危険を私はふるえながら思い描きました。ここは自尊心をぐっと抑えて、運命の重みに屈し、私のもっとも残酷な敵におもねって、服従することで何かを得るほかないとわかりました。私はまじめな口調で、しばし話を聞いてほしいと頼みました。「罪を認めます」私はいいました。「若さゆえに大きな過ちを犯しました。それで気持ちを害されてお怒りになるのももっともだと認めましょう。でも、もし恋の力をご存知なら、そして愛するものを完全に奪われた不幸な若者の苦しみをおわかりになるなら、ぼくがささやかな仕返しの楽しみを求めたことも大目に見ていただけるのではないでしょうか。あるいは少なくとも、ぼくがいま受けたばかりの屈辱によって十分、罰せられたと思われるのではないでしょうか。息子さんの居場所を白状させるために、牢獄や刑罰は必要ありません。息子さんはご無事です。息子さんを傷つけたり、あなたを怒らせたりすることがぼくの意図ではありませんでした。息子さんが静かに夜を過ごしている場所をいますぐお教えしましょう、もしぼくらを自由にしてくださるのであれば」

残忍な老人は私の願いに心を動かされるどころか、あざ笑って背を向けました。そしてほんの二言三言、お前たちの意図なら何もかもよくわかっていると洩らしただけでした。息子に関しては、お前が殺していない以上、いずれ見つかるだろうとぞんざいに付けたしました。

「こいつらをプチ・シャトレ［シャトレ監獄の別館をさす］に連れていけ」彼は警吏たちに言い渡しました。「シュヴァリエが逃げ出さないように気をつけるのだぞ。サン＝ラザールから脱走したこともある、悪賢い男だからな」

彼は出ていきました。私がどのような状態にあったかはご想像がつくでしょう。

「ああ、神よ」私は叫びました。「あなたの手から下される打撃ならば、すべて従順にお受けします。しかしあんなろくでなしに好きなように扱われるとは、これほど絶望的なことはありません！」

警吏たちはこれ以上待たせないでくれといいました。表の扉に馬車が用意されていました。私はマノンに手を貸して階段を下りました。

「さあ、いとしい女王さま」私はいいました。「ぼくらのきびしい運命に従おう。神さまもいつか、ぼくらをもっと幸せにしてくれるさ」

私たちは同じ馬車で出発しました。彼女は私の腕に身を投げ出しました。老G・Mがやってきたときから、彼女はひとことも言葉を発していませんでした。しかし私とふたりきりになると、あなたに災いをもたらしたといって自分を責めながら、私に向かってやさしい言葉を次々にささやいてくれました。私は、きみさえぼくを愛し続けてくれるかぎり自分の運命を決して嘆きはしないといいました。

「ぼくは少しも哀れなんかじゃない」私は続けました。「何カ月か牢獄にいることくらい怖くも何ともない。それにサン＝ラザールよりはシャトレのほうがずっといいさ。でもぼくは、いとしいひとよ、きみのことこそ心配なんだ。きみのようにすてきな女性にとって何という運命だろう！　神よ、あなたのお作りになったもっとも完璧な作品を、あなたはなぜこれほどむごく扱われるのですか！　ぼくらは二人とも、なぜこんな悲惨な境遇に似つかわしい性質に生まれつかなかったのだろう。ぼくらは才知も趣味[7]も情緒も授かった。それなのに、ああ！　それを何とむだに用いていることか。ぼくらのような境遇にふさわしい下劣な大勢の連中が、運命のあらゆる恵みにあずかっているというのに！」

そう考えると私は苦痛に刺し貫かれました。しかし将来の心配に比べればそれは何でもありませんでした。私はマノンのことが心配で身も細る思いでした。彼女はすでにオピタルを経験しています。たとえ正式に出所したものでさえ、ふたたびこんなことをしでかしたとなれば世にも恐ろしい結果になることが私にはわかっていました。自分の怖れをマノンに話したいところでしたが、あまり彼女をおびえさせてはいけないと思いました。危険を知らせてやることもできないまま、ただ彼女のためにふるえ

7　「趣味」（グー）あるいは「良き趣味」（ボン・グー）は、十七世紀の宮廷文化に由来する観念で、真・善・美を正しく感じ取り、偽・悪・醜を排除する能力をさす。単に主観的なものではなく、知性や判断力を含み、貴族にとって不可欠の資質とされた。

ていました。そしてため息をつきながら抱きしめ、せめて私の愛で安心させてやろうとしました。それだけが私に表すことのできるほとんど唯一の感情でした。

「マノン」私はいいました。「正直にいってごらん。ぼくのことをいつまでも愛してくれるかい？」

あなたがそんなことを疑うなんてあんまりだと彼女は答えました。

「そうか！」と私は答えました。「じゃあもう疑わないよ。それさえ確かなら、ぼくはどんな敵が相手でも平気さ。ぼくは家族の力を借りてシャトレから出してもらう。そして自由の身になったらすぐにきみもシャトレから出してあげるよ。そうでなければぼくの命などまったく無益だ」

私たちは牢獄に着きました。ふたりは別々の場所に入れられました。私にとっては打撃でしたが、予想していたことだったので我慢できました。私は看守に、自分はひとかどの名家の出であるといって、かなりの報酬を約束し、マノンのことを頼みました。そして別れ別れになる前に大切な恋人を抱きしめました。あまり悲観しすぎないように、ぼくがこの世にいるかぎり何も恐れることはないと彼女にいいました。私は多少のお金をもっていました。その一部を彼女に与え、残ったお金から彼女と私のひと月分の滞在費を前払いで、看守にたっぷりと色をつけて払いました。[8]

お金の力はてきめんでした。私はきちんと家具のそろった一室に入れられ、マノンにも同じような部屋を割り当てたと保証されました。私はすぐさま、一刻も早く自由になるための方法を思案し始めました。私の事件に、絶対に犯罪だといえるような要素が何もないことは明らかでした。マルセルの供述によって、私たちに盗みの意図があったことが証明されるとしても、意図だけでは罰せられないことは私にはよくわかっていました。私は早急《さっきゅう》に父に手紙を書き、父みずからパリに来てくれるよう頼むことにしました。先ほどもいったとおり、私にとってシャトレにいるのは、サン=ラザールにいるのに比べれば恥ずべきことではなかったのです。そもそも、父親の権威に対する畏れはそのまま保っていたとはいえ、年齢と経験を重ねるうちにびくびくする気持ちはずいぶんなくなっていました。そこで私は手紙を書きました。シャトレでは外部に手紙を出すことであれこれいわれはしませんでした。けれども、父が翌日パリにやってくるとわかっていたならば、そんな手間をかける必要もなかったので

8 当時パリの監獄では、特別に滞在費を払うことでより快適な扱いを受けることができた。

すが。

父は私が一週間前に書いた手紙を受け取っていました。[9] そして非常に喜んだのでした。とはいえ、私が自分の改心について父にどれほど希望を抱かせたにせよ、父は私の約束をすっかり真に受けるわけにはいかないと考えていました。そこで私の変わりようを自分の目で確かめにいき、本当に悔い改めているのかどうかを知った上で出方を決めようと考えたのです。父は私が収監された翌日にパリに到着しました。まず訪れたのはティベルジュのところでした。というのも、返事はティベルジュ宛に出してくださいと手紙に書いてあったのです。父はティベルジュから、私の住所も、現在の状況も聞き出すことができず、わかったのはただ、サン=シュルピスを脱走したのちのおもな出来事だけでした。ティベルジュは最後に会ったときに私が示した善へと向かう意志のことをたいそう好意的に話してくれました。そしてマノンとは完全に縁が切れたと思うが、それにしてはこの一週間何も連絡がないのはおかしいと付け足しました。父はだまされませんでした。音沙汰がないとティベルジュが嘆くのを聞いて、ティベルジュには見抜けない何かがあることを理解したのです。そして私の足跡を探るのに力を尽くした結果、到着から二日後、父は私がシャトレにいることを知ったのでした。

父の訪問を受ける前に——父がこれほどすぐやってくるとは思ってもいなかったのですが——、警視総監が訪ねてきました。正確にいうなら、尋問を受けたわけです。総監はひとしきり私を非難しました。しかし厳しくもなければ不親切でもありませんでした。あなたの不品行が嘆かわしい、老G・M氏のような人物を敵にまわすとは分別に欠けるとやさしい口調でいいました。実際のところ、あなたの事件には悪意というよりも思慮の浅さ、軽率さのほうが目立つ。とはいえ私の裁きを受けるのはこれが二度目ではないか、サン＝ラザールに二、三カ月入れられていたのだからもう少し賢くなっているものと期待していたのにというのでした。良識ある裁き手を得たことが嬉しくて、私はうやうやしく節度ある態度で事情を説明し、彼は私の答えに深く満足したようでした。あまり悲嘆に暮れてはいけない、あなたの生まれと若さに免じて、自分が力になるつもりだと彼はいいました。私は思い切ってマノンのことを頼み、マ

9　一六九ページの記述に照らせば、数週間が経過しているはずである。著者の思い違いと考えられる。

ノンのやさしさと生まれつきの善良さを褒め称えました。彼は笑って、まだ会ったことはないが、うわさでは危険な女性だそうだねと答えました。その言葉で私はいたく愛情をかきたてられ、かわいそうな恋人を弁護するために情熱あふれる言葉を並べたてました。そして思わず涙をこぼしました。彼は私を部屋に連れ戻すよう命じました。

「恋よ、恋よ！」謹厳な警視総監は私の姿を見送りながら叫びました。「おまえは決して知恵と折り合いのつかないものなのか？」

私が悲しい気分で考えを反芻《はんすう》し、警視総監との会話について思い返していたとき、部屋の扉が開く音がしました。父でした。数日先には来てくれるだろうと思っていたのですから、その姿を目にする心がまえを多少なりとしておくべきだったのに、私はひどい衝撃を受けて、もし足元で大地が口を開いたならばその底に飛び込んでしまいたいくらいでした。私は動転もあらわに父に近寄って抱擁しました。父は腰を下ろしましたが、父も私も口を開きません。私が目を伏せ、帽子も取ったまま立っていると、

「座りなさい」と父が重々しくいいました。

「さあ、座りたまえ。放蕩と詐欺騒動のおかげで、おまえの居場所を見つけることができた。人目につかずにいられないというのは、おまえのような有徳の士ならではの

取り柄だな。おまえは絶対確実な道をとおって名声を得ようとしている。やがてグレーヴ広場[10]にまで行きつき、そこで晒し者になって万人を驚かすという栄光に輝くのだろうと期待しているよ」

　私は何も答えませんでした。父は続けました。

「父親というのは不幸なものだな。息子をやさしく愛し、立派な人物にするために何一つ惜しまなかったのに、それがついには詐欺師になって名誉を汚してくれるのだから！　偶然の不幸というのであればあきらめもつく。時間が不幸を忘れさせ、悲しみは和らぐ。だが名誉心を失いつくして悪に染まった息子の不品行のように、日々ひどくなる一方の悪に対しては、手の施しようがあるだろうか？　おまえは何もいわずにいるな、情けないやつめ！」と父は嘆きました。「その偽りの慎み深さ、猫かぶりの従順さを見るがいい。貴族のうちでももっとも立派な人物かと勘違いしてしまうじゃないか」

　こうした侮辱の一部は甘んじて受けざるを得ないものの、これはさすがに極端な意

10　現在のパリ市庁前広場。重罪者の処刑が行われていた。

見だと思えました。そこで、ありのままに自分の考えを説明してもいいだろうと思いました。

「父上、誓っていいますが」と私はいいました。「いまご覧になっている慎み深い態度はけっして偽りのものではありません。父親を無限に敬う良家の息子であれば、父親の怒りを目のあたりにして当然こういう態度になるはずです。またぼくには、自分を一門のうちでもっとも品行方正な人物だと見せかけるつもりもありません。自分が父上に叱られてもしかたがないことはわかっています。でもお願いですから、もう少し寛容になってはいただけませんか。そして人類でもっとも破廉恥な男のように扱うのはやめてください。それほどひどくののしられるいわれはありません。ご存知でしょうが、恋が、ぼくのあらゆる過ちを引き起こしたのです。宿命的な情熱！　ああ！　その力をご存知ではありませんか？　ぼくの血の源である父上の血が、これと同じ熱情を感じたことがないのでしょうか？　恋のせいでぼくはあまりにやさしく、情熱的に、忠実になり、そしてとても魅力的な恋人の望む事柄に対してあまりに寛大になりすぎてしまったのかもしれません。それがぼくの罪です。そこに何か父上の名誉を汚すような罪があるでしょうか？　どうか、父上」と私は心を込めて付け加えました。「いつも父上への敬意と愛情にあふれていた息子を、少しはあわれんでやってください。父上が思っているように、名誉と義務を捨て去ってなどいませんし、ご想像より千倍もかわいそうな息子なのですから」

そういい終えると私ははらはらと涙をこぼしました。

父親の心とは自然の生んだ傑作です。[11] 自然はそこでいわば堂々と君臨し、あらゆる力を自ら調節するのです。私の父は、それに加え才知と趣味を備えた人物でもあったので、私が釈明する言葉の調子にすっかり心を動かされ、気持ちの変化を私に隠せないほどでした。

「おいで、気の毒なシュヴァリエよ」父はいいました。「こちらにきて私を抱擁しておくれ。おまえがあわれでならない」

私は父を抱擁しました。父に抱きしめられて、私にはその胸中がありありと伝わってきました。

11　十八世紀においては、神の摂理とは別に、自然そのものに万物を生み出す至高の意志が備わっているとする考え方が、自然科学的な思考の発達に従い広まっていく。デ・グリュの言葉のはしばしにもそうした思考がうかがえる。

「だが、おまえをここから出してやるには」と父は言葉をつぎました。「いったいどうしたらいいものか。おまえのやったことを、包み隠さず話しておくれ」

　私の行いにはその大筋において、少なくともそれを一部の若者たちの行いと比べたとき、私にとって絶対的に不名誉なことは何一つありませんでした。また、私たちが生きているこの時代に愛人をもつのは恥ずべきことではなく、賭博で多少いかさまをやって運を引き寄せることについても同様でしたから、私は父にそれまで送ってきた暮らしについて細部まで、正直に話しました。自分の過ちを告白するごとに、世間によく知られた例をそえて、自らの恥辱を和らげるように心がけたのです。

「ぼくは愛人と暮らしています」私は父にいいました。「結婚式をあげていません。でも、某公爵が愛人を二人囲っていることはパリじゅうの人たちが知っています。某氏には十年来の愛人がいて、妻に対しては決して示さなかったほどの忠実さで愛しています。フランスの貴族の三分の二は愛人をもつことを自らの誇りとしています。ぼくは賭博で多少いんちきな手を用いました。でも、某公爵や某伯爵の場合はそれ以外に収入源は何もないそうです。某大公や某公爵は同じ連盟に属して騎士《シュヴァリエ》の一団を率いていますよ」

G・M親子の財布をねらった計画についても、お手本がないわけではないことを示すのは簡単だったでしょう。しかしそうした実例を自分の例と一緒にして罪のいいのがれをするのはさすがにまだ残っている名誉心が許しませんでした。そこで私は父に、復讐と恋という二つの激しい情熱に屈してしまった弱さを許してほしいと乞うたのです。父は私に、おまえを自由にするためのもっとも手っ取り早い、そして世間を騒がせずにすむやり方は何だろうか、考えはないかと尋ねました。私は警視総監が親切な気持ちを示してくれていることを話しました。

「もし何か厄介ごとが生じるとしたら」と私はいいました。「それはG・M親子からの横やりに決まっています。ですから、まずその親子に会いにいっていただくのがいいと思います」

父はそうしようと約束しました。私は父にマノンのこともよろしくお願いしますとは頼めませんでした。勇気がなかったからではなく、そんなことをいい出して父の気分を害し、彼女と私に対して何か不幸な計画を立てられては困ると思ったからです。それを恐れるあまり、父の心の内を探ったり、哀れな恋人に対する同情心を父に吹き込んだりできなかったことが、私にとって最大の不幸を生む原因となったのではないかと、私はいまだに考えているのです。もう一度、父の同情に訴えてみることはきっとできたはずです。父はあまりにやすやすとG・Mの父親に影響されてしまうことになるのですが、それを警告しておくこともできたでしょう。しかし、どうでしょうか。私がどれほど努力したところで、悪運がまさったのではないでしょうか。でもそうしていたなら、私は少なくともわが身の不幸について、悪運と、そして残酷なわが敵だけを責めればよかったはずです。

父は私と別れてから、G・Mを訪ねて行きました。G・Mは息子と一緒でした。息子は例の近衛兵がうやうやしく解放していたのでした。彼らの会談が実際にどういうものだったのか、私にはついぞわかりませんでした。しかし何しろそれがもたらした結果は致命的なものでしたから、会談の内容について推測するのはたやすいことでした。

二人は――つまり父親二人はということですが――連れ立って警視総監のもとに赴き、二つのはからいを願い出ました。一つは私を即座にシャトレから出すこと、もう一つはマノンを終身刑とするか、さもなければアメリカに送ることでした。そのころ、多くの浮浪者を船に乗せてミシシッピに送り始めていました。警視総監は二人に、マノンを次の船で流刑にすると約束しました。

G・Mと父はすぐさま私に釈放のしらせを届けにやってきました。G・Mは私に、過去のいきさつは水に流そうと丁重な態度を示しました。そして、このような父上をもってしあわせだといい、これからは父上の教えに従い手本とするようにと忠告しました。父は、私がG・M一家に対して加えたことになっている侮辱を謝罪し、釈放のためにともに尽力してくれたことに礼をいうよう命じました。われわれは、私の恋人についてはひとことも口にすることなくシャトレを出ました。二人のいる前では看守に彼女のことを話すのもはばかられました。ああ！　もし看守に世話を頼んだとしてもまったくむだだったでしょう。私の釈放命令と同時に、残酷な命令が下されていたのです。哀れなマノンは、一時間後にオピタルに連行され、彼女と同じ運命を宣告された不幸な女たち何人かといっしょにされたのでした。父が私を自分の泊まっている家にむりやり連れていったので、何とか父の目を盗んでシャトレに引き返したときには夕方六時近くになっていました。私はマノンに何か元気の出る食べ物を差し入れ、面倒を見てくれるよう看守に頼むことくらいしか考えられませんでした。なにしろ、彼女に面会する自由が与えられるという期待は持てなかったのです。彼女を救い出す方法についても、まだ考える時間はありませんでした。

私は看守と話がしたいと頼みました。看守は私の気前のよさと温和な態度を有り難がっており、何か私の役に立ちたいという気持ちがあったので、マノンの運命について、あなたにとってはさぞ悲しいことだろう、こんな不幸は残念でならないといいました。なぜそんなことをいうのか、私には理解できませんでした。われわれはしばらくのあいだ、お互い話が通じないまま会話していました。看守はとうとう説明が必要なことに気がついて、私に、先ほどお聞かせしたとおりのぞっとするような話を聞かせてくれたのです。それをまたくりかえす気には到底なりません。

どんなに激しい卒中でも、これほど急に、これほど恐ろしい結果を引き起こしたためしはありません。私は胸の動悸があまりに苦しくなって倒れたのですが、意識を失いながら、これで永遠に生から解放されるのだと信じたくらいでした。意識を取り戻したときにも、そんな思いがいくらか残っていたほどです。私は部屋じゅうを見まわし、それから自分の体のあちこちに目をやって、自分があいにくまだ生身の人間のままでいるのかどうか確かめました。この絶望と悲嘆の瞬間、苦痛から逃れようとする自然な衝動のみに従って死ぬことほど甘美なものはないと思えました。宗教が私の死後についてどんな恐ろしい境遇を予想させるとしても、この残酷な痙攣《けいれん》ほど耐えがたい苦しみはないと思えたのです。しかしながら恋に特有の奇跡によって、私はやがて意識と理性を返してくれたことを神に感謝するだけの力を取り戻しました。私が死んだところで、それは私の役にしか立ちません。マノンは自由になるため、助けてもらうため、復讐してもらうために私の命を必要としていました。私はそのために全力を尽くすことを誓いました。

看守は最高の親友にのみ期待できるようなあらゆる援助を惜しみませんでした。私はそれを心から感謝して受け取りました。

「ああ！」私はいいました。「ではあなたは、ぼくの苦しみをわかってくれるのですね！　だれもがぼくを見捨てるのです。父でさえおそらく、ぼくのいちばん残酷な迫害者の一人でしょう。だれも憐れんでくれません。あなただけは、この無情で野蛮な世の中で、あらゆる人間のうちもっともみじめな者に同情を示してくれるのですね！」

看守は、表に出るのはもう少し興奮がおさまってからにしたほうがいいと助言しました。

「行かせてください、行かせてください」私は出ていきながらいいました。「あなたが思っているよりもすぐにまた会うことになると思いますよ。いちばん暗い独房を、ぼくのために用意しておいてください。それにふさわしいことをこれからやってのけますから」

実際、私の最初の決心はまさしく、G・M親子と警視総監を亡き者にしたのち、私の戦いに雇い入れることができそうな者たち全員とともに武装して、マノンのいるオピタルを襲撃するというものでした。私にとってまったく正当と思えるその復讐においては、父ですら容赦されなかったかもしれません。というのも看守は、父とG・Mが私の破滅を招いた張本人であることを私に明かしていたのです。しかし、表に出て何歩か歩き、外気にふれて血液と体液[12]がいくらか冷まされると、憤激は次第に、より分別のある感情に変わっていきました。敵どもを殺したところでマノンの役に立つわけではありません。それどころか私はおそらくマノンを救う手立てをすっかり奪われてしまう羽目になるでしょう。そもそも、卑劣な暗殺などという手段に訴えていいのでしょうか？　復讐のために何かほかの道はないものでしょうか？　私は自分の力と知恵をまずはマノンを救い出すことに注ぎ、その他はすべて、この重大な計画が成功したあとにまわすことにしました。

私にはお金がほとんど残っていませんでした。しかしそれこそは計画に不可欠な基盤ですから、まずそこから始めなければなりませんでした。期待をかけることができる人間は三人しか思い浮かびません。T氏、父、ティベルジュです。父とティベルジュから何かを得るのは無理そうでしたし、T氏に何度も頼み込んでわずらわせるのも恥ずかしいことに思えました。しかし絶望しているとき、ひとは遠慮など忘れるものです。私はその足でサン＝シュルピスの神学校に向かいました。神学校の人たちが顔を覚えているのではないかなどと心配もせずにです。そしてティベルジュを呼んでもらいました。話してみるとすぐに、彼がまだ私の最近の事件について知らないのがわかりました。そこで、同情を買って態度を和らげるという計画を変更することにしました。父と再会して嬉しかったということを大雑把に話し、それから少しお金を貸してくれと頼みました。パリを去る前に、父には知られたくない借金を返済したいというのが口実でした。彼はすぐさま財布を差し出しました。私はそこに入っていた六百フランのうち、五百フランを取りました。私は彼に手形を渡そうとしましたが、寛

12 古代以来、四種の体液が性格・気分を支配するとされていた。

大な彼はそれを受け取ろうとしませんでした。

私はそこからT氏の家に向かいました。彼には何も隠さず、自分の不幸と苦しみを打ち明けました。彼はG・Mの息子の件を気にかけてなりゆきを追っていたので、すでにごく細かな点まで知っていました。それでも私の話に耳を傾け、おおいに同情してくれました。マノンを救い出す方法について助言を求めると、彼は悲しそうな顔で、うまい策が見つかりそうにもない、よほど神のご加護がないかぎり、希望は捨てなければならないといいました。マノンが閉じ込められてから、わざわざオピタルに行ってみたが、自分でさえ面会の自由は得られなかった。警視総監の命令はじつに厳格なもので、しかも不運きわまることには、彼女が加わるはずの不幸な一団は明後日にも出発する予定だ、というのです。その言葉を聞いて私は茫然自失の状態となったので、彼はその気になれば私にさえぎられることなく一時間でも話し続けられたでしょう。彼は先を続けて、自分がシャトレに面会に行かなかったのは、そのほうがあなたとは無関係だと思われて、あなたのために動きやすいと思ったからだ。あなたがあそこを出て数時間たつのに、どこに引っ込んでしまったのやら、居場所がわからず心配していた。すぐにでも会って、マノンの運命を変える希望がもてそうな唯一の方法を助言したいと思っていた。しかしこれは危険な方法だから、自分が関係していることは永久に隠しておいていただきたい。それはマノンを護送する警吏たちがマノンを連れてパリを出たところで襲撃をかける勇気のある、猛者《もさ》を何人か選ぶことだ、というのです。彼に私の貧窮を説明する必要はありませんでした。

「ここに百ピストルあります」彼は財布を差し出していいました。「何かの役には立つでしょう。運が向いてふところに余裕ができたときにお返しください」そして彼は、世間の評判など気にせずに自分自身であなたの恋人の救出に乗り出すことができたなら、この腕と剣をお貸ししたでしょうにと付け加えました。

彼の並はずれた親切に、私は涙が出るほど感激しました。感謝を示すため、私は悲嘆の底でなお残っていた力をふりしぼりました。そして警視総監に取りなしてもらったならば事態を打開できないだろうかと尋ねました。それは自分も考えたが、無駄な画策に終わるだろう、なぜならその種の恩赦を求めるには何か理由が必要だが、だれか影響力のある大物に仲介を頼むとしても、どのような理由をもちだせばいいのかよくわからない、その方面で何か期待できるとすれば、G・M氏とあなたの父上の意見を変えさせ、彼ら自身が警視総監に判決の取り消しを求めるよう促すほかないだろうとの答えでした。T氏はG・Mの息子を懐柔するために力を尽くそうといってくれましたが、ただし息子はこの件で自分にいくらか疑念を抱いたせいで、やや冷淡になっているような気がするとのことでした。そして彼は私に、父上の気持ちを和らげるために全力を尽くすようにと忠告しました。

それは私にとって容易なことではありませんでした。単に、困難に突き当たることを当然ながら覚悟しなければならないというだけではなく、父に近寄ることさえ恐れなければならない別の理由があったのです。つまり私は父の命令に背いて父の宿から逃げ出したのであり、マノンの悲しい運命を知ってからは、もうそこには戻るまいと強く決心していました。父が召使たちに私を無理に引き止めさせ、力ずくで田舎に連れ帰ろうとする恐れがありました。何しろかつて兄がそういうやり方を用いたのです。私が当時よりも年齢を重ねていたことは確かです。とはいえ暴力を前にしてはひとたまりもありません。

それでも私は、危険を避けるやり方を思いつきました。それは別名を使って面会を求め、おおやけの場所に父を呼び出すことでした。私はすぐさま決心しました。T氏はG・Mのところに行き、私はリュクサンブール公園に出かけ、そこから使いを出して、あなたを敬う一人の貴族がお待ちしていると父に伝えさせました。夜が近づいていたので、父が来ないのではないかと心配しましたが、しばらくすると召使を連れた父が現れました。私は小道に入って二人きりで話したいと頼みました。私たちは少なくとも百歩ほど、何もいわずに歩きました。父としても、これほどまわりくどいやり方をするからには重要な意図があるはずだと考えたことでしょう。父は私の話を待っており、私はどう話すべきか考えていました。ようやく私は口を開きました。

「父上」私はふるえながらいいました。「あなたは父親としてすばらしい方です。これまでぼくをやさしく慈しみ、無数の過ちを許してくれました。だからぼくが息子として心から慕い、尊敬していることは神さまもご存知です。とはいえ、ぼくが思うに……父上のその厳格さは……」

「何だと！　私の厳格さがどうしたというのだ」父が口をはさみました。私が父をじらすためにわざとゆっくり話していると思ったのでしょう。

「ああ、父上」私は先を続けました。「気の毒なマノンに対する扱いは、厳格さの度が過ぎているようにぼくには思えるのです。その件で父上はG・M氏の話を信用しましたね。G・M氏はマノンを憎むあまり、彼女のことを極悪な女のように話したのでしょう。それで父上はマノンがひどい女だと思いこんでしまった。でも、あれほどやさしく愛らしい女はほかにいません。なぜ神さまは父上に、一瞬でも彼女に会ってみたいという気持ちを起こさせなかったのでしょう！　彼女はぼくにとって本当に魅力的なひとだし、きっと父上の目にもそう映ったことでしょう。そして父上は彼女の味方になったにちがいありません。G・Mの腹黒い策略を憎み、彼女とぼくに同情してくれたはずです。ああ！　まちがいありません。父上は無情な人ではないのですから。きっと心を動かされたはずなのです」

父は私が熱に浮かされた調子で話すのを聞いて、すぐには終わりそうもないと見て取り、またも私の言葉をさえぎりました。そんな熱弁をふるって、いったい何が目的なのか知りたがったのです。

「命乞いをしたいのです」私は答えました。「マノンがひとたびアメリカに発ってしまったら、ぼくは一瞬たりと生きながらえることはできません」

「だめだ、だめだ」父は厳しい口調でいいました。「分別も名誉もなくしたおまえの姿を見るくらいなら、命をなくしてくれたほうがいい」

「それなら話はここまでにしましょう！」そう叫ぶと私は父の腕をつかんで引き止め

ました。「いますぐに奪ってください、この忌わしい、耐えがたい命を。父上の手で絶望の淵に突き落とされた以上、殺してもらったほうがありがたい。父親の手から受け取るにふさわしい贈り物です」

「おまえにそんな贈り物をしてやるつもりはない」父は答えました。「私の知っている父親たちの多くは、これほど辛抱強く待たずにおまえの命を奪っただろう。だが私は甘やかしすぎたせいでおまえを破滅させてしまった」

私は父の足元に身を投げました。

「ああ！　もしまだやさしさが残っているなら」私は父のひざを抱きしめながらいいました。「ぼくの涙に対して無情にならないでください。ぼくが息子だということをお考えください……。ああ！　母上のことを思い出してください。母上をあんなにやさしく愛していらしたではありませんか！　もし母上がご自分の腕から奪い去られるとしたら、我慢できましたか？　死んでも守ろうとしたでしょう。ほかの人たちだって同じような心をもっているのではないでしょうか？　愛情や苦しみがどんなものかを一度でも経験したならば、無情になどなれるものでしょうか？」

「それ以上母さんのことを引きあいに出すな」父は怒った声でいいました。「母さんのことを思い出すと、いっそう腹が立ってくる。もし母さんが長生きして、おまえの不品行を知ったなら、苦しみのあまり死んでしまっただろう。この話はもう終わりだ」父は言い足しました。「私にとっては不愉快なばかりだし、決心は揺るがん。宿に戻るぞ。命令だ、おまえもついてこい」

そう私に命じた厳格な口調から、父の気持ちが頑として変わらないことがはっきりとわかりました。父が自分の手で私をつかまえようという気を起こすのではないかと恐れて、私は何歩か距離を取りました。

「反抗せざるをえないようにしむけて、ぼくをこれ以上絶望させないでください。ついていくわけにはいきません。それに、こんなむごい扱い方をされて、もはや生きてもいけません。だからぼくは、永遠のお別れをいいます。ぼくが死んだと、まもなく聞かされたなら」私は悲しい気持ちで付け加えました。「きっと父上も、父親らしい気持ちを取り戻してくださるでしょう」

私が背を向けて去ろうとすると、

「それでは、おまえはついてこないのだな」父は怒りもあらわに叫びました。「行ってしまえ、破滅の道を突き進め。さらばだ、親にさからう恩知らずな息子め」

「さようなら」私もかっとなっていいました。「さようなら、残酷で無情なお父さん」

私はすぐにリュクサンブール公園を出ました。そしてT氏の家まで、狂ったように歩き続けました。歩きながら目と手を天に向け、神のあらゆるご加護を祈りました。

「ああ、天なる神よ！」と私は叫びました。「あなたも人間たちと同様に無慈悲なのでしょうか？　ぼくにはもう、あなたの助けしか残っていません」

T氏はまだ自宅に戻っていませんでしたが、しばらく待っていると戻ってきました。彼の側の交渉も私の側と同様、うまくいきませんでした。彼は落胆した表情でそう告げました。G・Mの息子は、マノンと私に対して父親ほどは怒っていなかったのですが、私たちのために父親にとりなしてくれようとはしませんでした。それは息子自身、復讐に燃える老父を恐れていたためで、父親は息子に激怒し、マノンと関係を結ぼうとしたことを叱りつけていたのです。こうして残るはもはや、T氏が筋書きを示してくれていた、暴力に訴える方法のみでした。私はそこにすべての希望を託しました。

「期待がもてるかどうか、定かではありません」私はT氏にいいました。「でもぼくにとっていちばん確かで慰めにもなる点、それは少なくともこの計画の最中に死ねるだろうということです」

私はどうか成功を祈っていてくれと頼んで彼と別れました。いまや私は、自分の勇気と決断の火花を伝えることができるような仲間を集めることしか考えませんでした。

最初に頭に浮かんだ候補は、G・Mの息子をつかまえるのに雇ったあの近衛兵でした。また、その午後、宿を手配するだけの心の余裕がなかったので、夜も彼の家で過ごそうと考えたのです。行ってみると彼は一人でいて、私がシャトレから出られたのを喜んでくれました。そして思いやりあふれる態度で、ぜひお役に立ちたいといいました。私はやってもらいたい事柄を説明しました。彼にはその企てのあらゆる困難を見とおすだけの良識がありました。しかし困難をものともしない義侠心《ぎきょうしん》もあったのです。私たちは計画について検討して夜を過ごしました。彼は先に起用した三人の近衛兵を、頼りになる勇者たちとして推薦しました。T氏は私に、マノンを護送するはずの警吏たちの数を正確に教えてくれていました。全員で六名にすぎませんでした。彼らをひるませるには、大胆不敵な男が五人もそろえば十分でした。先に起用した三人の近衛兵相手は、堂々とを、防戦することもできず、戦闘の危険を冒さずに逃げ出してしまうようないくじなしなのです。私には多少のお金もあったので、近衛兵は襲撃の成功をゆるぎないものにするために、出費を惜しまないよう忠告しました。

「馬が必要ですな」彼はいいました。「拳銃もいる。そして全員にマスケット銃も。その準備は私が明日、引き受けましょう。それから兵隊たちのために平服も三着いります。こういう種類の仕事に、連隊の軍服を着ては行きたがらないだろうから」

私は彼に、T氏からもらった百ピストルを渡しました。それは翌日、きれいさっぱり使い果たされました。三人の兵士が私の前に整列しました。私は彼らに報酬をたっぷりと約束して士気を高めました。その約束に疑いをもたせないよう、前金として各自に十ピストルずつ贈りました。

決行の日が来ました。私は早朝、兵士の一人をオピタルにやって、警吏たちが囚人とともに出発するところを見届けさせました。そうやって慎重を期したのは、あまりに不安がつのり、万一を考えてのことでしたが、実際それは絶対に必要なことだったのです。人から聞いた情報が間違っていたせいで、哀れな一団はラ・ロシェルで船に乗せられるものとばかり思っていたので、もしオルレアン街道で待ち伏せしていたならば苦労がむだになるところでした。ところが兵士の報告によって、一団がノルマンディー街道をとおってル・アーヴル＝ド＝グラースまで行き、そこからアメリカに向けて出帆するのだとわかったのです。

われわれはすぐさま、各人別々の道をとおってサン＝トノレ門に向かい、町のはずれで落ち合いました。われわれの馬は元気いっぱいで、たちまちのうちに六人の警吏と二台のみすぼらしい馬車を発見しました。それがあなたが二年前にパシーでご覧になったものです。その光景を見て、私はあやうく脱力して意識も失いそうになりました。

「ああ、運命の神よ」私は叫びました。「残酷な運命の神よ！　ここでぼくに、せめて死を、さもなくば勝利をお与えください」

われわれはしばし、どう攻撃するかについて相談しました。警吏たちはわれわれの前方、四百歩と離れておらず、街道の曲がり角の小さな畑を横切っていけば、彼らの行く手をさえぎることができました。近衛兵は警吏たちの不意をついて一気に彼らに襲いかかるため、この方法を主張しました。私も賛成でした。そしてまっさきに馬に拍車をくれました。ところが運命は容赦なく、私の希望をしりぞけたのです。警吏たちは五人が馬に乗って駆けてくるのを見て、襲撃にちがいないと考えました。そして決然とした様子で銃剣と小銃を構え、迎撃態勢に入りました。それを見て近衛兵と私はいよいよ奮い立ちましたが、腰抜けの三人の兵士たちはすっかり勇気を失ったのです。彼らはそろって馬を止め、私には声は聞こえませんでしたが何かやりとりしたのち、馬の頭を返し、全速力でパリへと引き返してしまいました。

「何てことだ！」近衛兵はいいました。この卑劣な脱走に私と同様、すっかりうろたえているようでした。「いったいどうします？　わしら二人だけになりましたぜ」

私は怒りと驚きで声を失っていました。馬を止めて、まずは懲らしめに、私を置いて逃げた卑怯者たちを追いかけて罰するべきなのかと思案しました。彼らが逃げていくのを目で追いながら、反対側を見れば警吏たちの姿があります。自分の体を二つに分けられたなら、私はこれら二つの怒りの対象に同時に飛びかかり、どちらも退治してやったことでしょう。近衛兵は私の目が泳ぐのをみて、内心の動揺を読みとり、自分の忠告を聞くようにいいました。

「こちらは二人しかいないんだから」彼はいいました。「こちらに劣らずしっかりと武装して、覚悟を決めて待ちかまえている六人を相手に攻撃をしかけるのは正気の沙汰じゃないですよ。パリに戻って、もっとまともな勇士を選び直したほうがいい。満杯の馬車二台を連れているのだから、警吏たちも強行軍とはいくまい。明日また楽に追いつけますよ」

私はその提案についてしばらく考えてみました。しかし、どちらを向いても絶望の種しか見当たらないので、私はまさしく絶望的な決心をしたのです。それはわが相棒の協力を辞退することでした。警吏たちを襲撃するのではなく、自分も一団に加えてくれるよう腰を低くして彼らに頼んで、一緒にル・アーヴル＝ド＝グラースまでマノンにつきそって行き、それから彼女と二人で海の向こうに渡ろうと心を決めました。「みんながぼくを責め立てるか、裏切るかだ」私は近衛兵にいいました。「もうだれもあてにできない。ぼくは運命の神にも、人間の助けにも、もはや何も期待しない。ぼくはもう不幸のきわみにいる。それを受け入れるほかない。だからどんな希望にも目をつぶる。あんたの義侠心に、神さまが報いてくれますように！　さようなら！　ぼくは喜んで破滅の道に飛び込み、悪運がぼくを滅ぼす手伝いをしてやろう」

彼はパリに戻るよう説得しましたが、むだなことでした。私は彼に、どうか思うようにさせてほしいと頼み、これ以上警吏たちに、襲撃の意図があると思われないよう、いますぐぼくと別れてくれと頼みました。私は一人、ゆっくりとした足取りで、困り果てたような表情を浮かべて警吏たちに近寄ったので、彼らは少しも脅威を感じなかったはずです。それでも彼らは防御の姿勢を取ったままでした。

「ご安心ください、みなさん」私は近づきながらいいました。「戦いを挑もうなどというのではありません。お情けを乞いに来たのです」

私は彼らに、警戒などせず先に進むよう頼み、歩きながら、自分が願っている事柄を話しました。彼らはこの率直な申し入れにどう対処するべきか、集まって相談しました。隊長が代表して発言しました。自分たちの受けた、女囚たちを見張るようにとの命令は厳格きわまるものである。とはいえ、あなたは感じのいいおかたのようだから、自分も仲間たちも少しばかり義務を怠ることにしよう。ただし、そのためには多少の出費が必要なのをご理解いただきたいというのでした。私にはあと十五ピストルほど残っていました。私は彼らに、自分の財布の中身を率直に打ち明けました。「よろしい」隊長はいいました。「それならば寛大な扱いをしてあげましょう。わしらの女たちのうち、あなたがいちばん気に入っている相手と話すのに、一時間一エキュだけいただくことにします。それがパリの相場ですので」

私は特にマノンのことを話しはしませんでした。なぜなら彼らに自分の情熱について知られたくなかったからです。彼らは最初のうち、気まぐれな若者が、女たちを相手に少しばかり気晴らしを求めているのだと思っていたようです。ところが、私が恋をしているのに気づくと報酬額をつりあげ、私の財布はマントの町を出たところでからっぽになってしまいました。パシーに到着したあの日の前夜、われわれはマントで一泊したのです。

旅の途中、私がマノンとかわした会話がどれほど痛ましいものだったか、そしてまた、隊長から彼女の馬車に近づく許可を得て、彼女の姿を見たときにどんな気持ちになったかを申しあげる必要があるでしょうか？　ああ！　言葉では心を半分も表現できません！　でも、想像してみてください。私のかわいそうな恋人が腰のあたりで鎖につながれて、わずかばかりの藁のうえにすわり、頭をぐったりと馬車の片側にもたせかけ、蒼白い顔を涙の小川でぬらしている様子を。ずっと目を閉じているのですが、それでもあふれる涙がまぶたのあいだから流れ出すのです。警吏たちがすわ襲撃かと騒ぐのを聞いたときも、彼女は目を開いてみるだけの好奇心さえ示しませんでした。肌着は汚れてよれよれになり、ほっそりした手は風になぶられるがままになっています。要するに、この魅惑の肉体、全世界を偶像崇拝にみちびくことさえできるあの姿は、いいようもない混乱と意気消沈のうちにあるように見えました。私は馬車のかたわらを馬で進みながら、しばらく彼女を見つめていました。私はすっかり茫然自失していたため、何度も落馬の危険にさらされました。私がため息をついたり、たびたび声をもらしたりしたので、彼女はこちらに目を向けました。そして私だとわかったのです。すると彼女はとっさに馬車から飛び出して私のほうに来ようとしました。でも、鎖でしばりつけられているので、結局もとの姿勢に引き戻されてしまうのでした。

私は警吏たちに、憐れみの気持ちがあるのなら少し馬車を止めてくれと頼みました。彼らは強欲さから同意しました。私は馬を下りて彼女のそばに腰を下ろしました。彼女はあまりに疲れ、衰弱していて、ものをいうことも手を動かすこともなかなかできませんでした。そのあいだ私は彼女の両手を涙でぬらしていました。そして私もまた一言もいえないまま、互いにかつてこの世に例のないほど悲痛な心持ちに沈んでいました。ようやく口がきけるようになったとき、私たちが発した言葉もまた悲痛きわまるものでした。

マノンはあまり話しませんでした。恥ずかしさと苦しみのせいで喉の調子がおかしくなってしまったようで、かぼそい、ふるえるような声しか出ないのでした。私が彼女を忘れなかったことを感謝し、せめてもう一度会って、最後のお別れをいう喜びを与えてもらってうれしい、とため息まじりに語りました。しかし私が、何ものもぼくをきみから引き離すことはできない、ぼくはきみの世話をするため、きみの役に立つため、きみを愛し、ぼくのみじめな運命をきみの運命とわかちがたく結びあわせるために、この世の果てまでもいくつもりだと誓うと、哀れなマノンは愛情と苦しみに胸を引き裂かれる様子で、あまりの感動で命にさしさわりがないかと心配になったほどでした。彼女の魂のあらゆる動きはその両目に集中するかのようでした。彼女は私にひたと目をすえました。ときおり口を開いては、何かいおうとするのですが最後までいう力がありません。それでもいくらかは聞き取れました。それは私の愛に対する驚きであり、私があまりに彼女を愛しすぎることをやさしく嘆く言葉であり、私にそんなに完璧な情熱を抱かせるほど自分は幸せであっていいのかという疑いであり、自分についてくるという計画はあきらめてほしい、自分と一緒では幸福は望めないのだから、どこかほかのところであなたにふさわしい幸福を探してほしいという切なる願いでした。

世にも残酷な運命にもかかわらず、私はマノンのまなざし、そして自分が愛されているという確信のうちに至福を見出していました。実際には、私はほかの人間たちが大切に思うあらゆるものを失っていました。しかし自分にとって大切な唯一の宝であるマノンの心を、私はわがものにしていました。ヨーロッパであれ、アメリカであれ、そこで恋人と幸福に暮らせるとわかっているのであれば、それがどこかなど問題でしょうか？　全世界は、ふたりの忠実な恋人どうしの故郷ではないでしょうか？　恋人どうしはお互いのうちに父親、母親、親戚、友人、富と至福を見出すのではないでしょうか？　私にとって何か不安があるとしたら、それはマノンが貧苦にさらされるのを目の当たりにすることへの恐れでした。私は早くも、自分が彼女とともに野蛮な人間たちの住む未開の地にいるところを想像していました。

「大丈夫だよ」私はいいました。「あちらにはG・Mや父のように冷酷な人間はいないのだから。旅行記の記述が確かなら、住民たちは自然の法にしたがっている。彼らはG・Mが取りつかれている狂おしい強欲とも、父がぼくを敵視する原因となった、馬鹿げた名誉心とも無縁だ。だから、自分たちと同じように質素に暮らす恋人たちを見て、邪魔したりはしないだろう」

そうした点について不安はありませんでした。しかし生活一般に必要なものについては、私は甘い考えは抱いていませんでした。とりわけ、快適でぜいたくな暮らしに慣れた繊細な女性にとってなくてはならない必需品があることは、これまでにいやというほど学んでいました。それなのに財布をむだにからにしてしまい、わずかな残金もずる賢い警吏たちに巻き上げられようとしていることが、何とも悔やまれました。少しでもまとまったお金があれば、アメリカでしばらくのあいだ逆境と戦えるだけでなく、あちらではまだお金が行き渡っていないのだから、暮らしの基盤を築くためになにか事業を起こすことだってできたかもしれないのです。そこまで考えて、私はティベルジュに手紙を書こうと思い立ちました。これまで彼はいつだって、すぐさま友情から助けの手をさしのべてくれたのです。私は次の町に着くとさっそく手紙を書きました。ル・アーヴル＝ド＝グラースで緊急にお金が必要になりそうであること以外、理由は記しませんでしたが、ル・アーヴルまでマノンを見送りにいくことは打ち明け、百ピストルの援助を頼みました。

「ル・アーヴルで郵便局長から受け取れるようにしてください」と私は書きました。「きみの友情にすがるのもこれが最後です。哀れな恋人はこれきりぼくの手から奪われてしまうのだから、彼女の残酷な運命と、ぼくの死ぬほどの辛さとを和らげる多少の慰めなしに、このまま発たせるわけにはいかないのです」

警吏たちは私の情熱の激しさを知ると、いよいよ手に負えなくなり、どんな便宜をはかるにもたえず倍の値段をふっかけたので、やがて私は貧窮のきわみに追いつめられました。しかも恋ゆえに、金を出し惜しみすることなどありえなかったのです。私は朝から晩までマノンのそばでぼんやりとすごし、私にとって時の経過はもはや時間を単位にしてはかるのではなく、一日一日の長さを単位にしてはかるものになりました。とうとう財布が底をつき、私は耐えがたいほど横柄な態度で私を扱う六人のならずものたちの気まぐれと残忍さにさらされました。パシーでその様子をご覧になりましたね。あなたとの出会いは、運命の神が私に与えてくれたひとときの幸福な休息でした。私の苦しみを見て同情してくださったおかげで、私はあなたのお心の寛大さにあずかることができたのです。気前よく恵んでくださった援助のおかげで、ル・アーヴルまでたどりつくことができました。警吏たちも、こちらが期待していた以上に律義に約束を守ってくれました。

私たちはル・アーヴルに到着しました。私はまず郵便局に行きました。しかしティベルジュからの返事はまだ届いていませんでした。正確なところ手紙はいつ受け取れそうなのかと尋ねてみました。翌々日にならなければ届かないとの答えでしたが、わが悪運の恐るべき力によって、私たちの船は定期郵便の届くその日の朝に出帆する予定なのでした。それを知った私の絶望はとうていお話しできません。

「何ということだ！」私は叫びました。「不幸のただなかにあってなお、このぼくは、特別な扱いを受けなければならないのか！」

マノンは答えました。

「ああ！　これほど不幸な人生を、苦労して生きる価値があるのかしら？　ル・アーヴルで死にましょう、わたしのいとしいシュヴァリエ。わたしたちの不幸を、死が一瞬で終わらせてくれますように！　見知らぬ土地までこの不幸を引きずっていこうというのですか。あちらではきっとどんでもなく恐ろしい苦しみが待っているにちがいないわ。だってそれがわたしの刑罰にされるくらいですもの。死にましょう」彼女はくりかえしました。「そうでなければ、せめて、わたしを殺してください。そしてあなたは別のもっとしあわせな恋人の腕のなかに、別の運命をさがしにいらっしゃい」

「だめだ、だめだよ」私はいいました。「きみと一緒に不幸になるのは、ぼくにとって願ってもない運命なんだよ」

マノンの言葉に私は身ぶるいしました。私は、彼女が苦悩に屈服してしまったのだと思いました。死と絶望の不吉な影を払いのけるために、自分はより落ち着いた態度を取ろうと努め、今後もそうふるまおうと決心したのです。そしてこのあとでも私は、一人の女に勇気を吹き込むためには、彼女の愛する男の勇敢な態度にまさるものはないことを経験したのでした。

ティベルジュからの援助を受け取る望みがなくなったので、私は馬を売りました。そうやって得たお金に、あなたから頂戴《ちょうだい》した残りを足すと、ささやかながら十七ピストルほどになりました。そのうち七ピストルをマノンを慰めるのに必要な品々の購入にあてて、残る十ピストルは、私たちのアメリカでの幸運と希望の元手として大切に取っておきました。船には苦もなく乗せてもらうことができました。当時、植民地行きを自ら志願する若者たちが求められていたのです。船賃と食事代はただにしてもらえました。郵便馬車が翌日、パリに向けて出発することになっていたので、ティベルジュ宛の手紙を託しました。悲痛な手紙でしたから、おそらくティベルジュを心底、感動させることができたのでしょう。というのも、彼は手紙を読んで、不幸な友人のために無限のやさしさと寛大さをもった者でなければできないような決断を下したのですから。

われわれは出帆しました。ずっと順風が続きました。私は船長に頼んで、マノンと私だけの部屋をもらいました。船長は親切にも、私たちを他のみじめな道連れたちとは違う目で見てくれました。最初の日に、私はすぐ船長に折り入って話があるといって、多少とも敬意を払ってもらうため、自分の不運の一部を打ち明けました。マノンと結婚していることにしましたが、それを恥ずべきうそ、罪ぶかい行いとは思いませんでした。船長は信じたふりをして、後ろ盾になろうと約束してくれました。航海のあいだじゅう、私たちはその恩恵を受けました。船長は私たちにきちんとした食事が供されるよう気をつけてくれましたし、船長が敬意を払ってくれることで、悲惨をともにする仲間たちからも尊敬を受けるようになりました。私はマノンに少しの不便も感じさせないよう、たえず気を配りました。彼女もそのことをよくわかっていました。私のそうした様子を目にし、また彼女のためにただならぬ苦境に自ら飛び込んだ私への深い感謝の念も加わって、マノンはすっかりやさしく、情熱的になり、私のちょっとした願いにも敏感になって、彼女と私はお互いにたえず奉仕と愛情を競いあうようになりました。ヨーロッパに未練はありませんでした。それどころか、アメリカに向かって進めば進むほど、自分の心が広々として落ち着くのを感じたのです。もし、かの地で暮らしに不自由することはないと確信できたならば、私は自分たちの不幸にこんなありがたい変化をもたらしてくれた運命の神に感謝していたかもしれません。

二カ月間の航海ののち、ついに待ちのぞんだ岸辺に着きました。一見したところ、その土地には快適そうなところは何もありませんでした。それは不毛な、住む者のない平原で、見えるのはまばらな葦と、風で葉の落ちた木々くらいでした。人間や動物の痕跡は何もありません。それでも、船長が大砲を何発か打たせると、ほどなくしてヌーヴェル＝オルレアン[13]の住民たちの一群が現れました。彼らはじつに嬉しそうな様子で近づいてきました。町は小さな丘の陰に隠れていたのでこちらからはまだ見えなかったのです。われわれは天から降り立った者たちであるかのように迎えられました。つめかけた哀れな住民たちは、フランスの状況や、自分たちのさまざまな出身地について次々に質問を浴びせてきました。われわれを兄弟として、さらには貧困と孤独を分かちあいにきた大切な仲間として抱擁しました。われわれは彼らとともに町へ向かいました。しかし進むにつれて、彼らがさも立派な町であるかのように話していたの

13　現在のニューオーリンズ。フランスがルイ十五世の摂政オルレアン公フィリップ二世の治下にあった一七一八年、フランス人植民者によって創設された。

が実際にはみすぼらしい小屋の集まりでしかなかったのでびっくりしました。そこに五、六百人の人々が住んでいたのです。総督の屋敷は大きくて立地もよく、多少は立派に見えました。屋敷はいくつかの土塁で守られ、幅の広い堀がめぐらされていました。

われわれはまず総督に紹介されました。彼は船長と長いあいだ密談してから、こちらに戻ってきて、船で到着した女たち全員を一人ずつ眺めました。女たちは総勢三十人でした。なぜなら、ル・アーヴルには別の一団も来ていて、われわれに加わったからです。船長はじっくりと検分してから、結婚相手を待ち焦がれていた町のいろいろな若者たちを呼んでこさせました。一番美しい女たちをおもだった若者たちに与え、残りはくじ引きにしました。総督はまだマノンに話しかけていませんでした。しかし他の者たちに下がるよう命じてから、彼はマノンと私をあとに残らせました。

「船長の話では」と彼はいいました。「あなたがたは結婚なさっているとのこと。航海中、おふたりとも才気と徳を備えた人であるとわかったと船長はいっていましたよ。あなたがたがどうして不幸におちいったのか、その原因には立ち入りません。だが、もしあなたがたが、そのご様子どおりに礼儀作法を心得ていらっしゃるなら、私はあなたがたの境遇を和らげるための援助を惜しみませんぞ。そのかわりあなたがたも、この荒涼としたわびしい土地での私の暮らしが少しでも楽しくなるよう、協力してください」

私は総督の私たちに対する考えを裏付けるのにもっともふさわしいと思う答え方をしました。総督は私たちに町での住居を用意させるため、二、三の命令を出してから、私たちを夕食に誘いました。不幸な流刑者たちの首領としては非常に礼儀正しい人物だと思いました。総督は私たちの事件の内容についていっさい質問しませんでした。会話は一般的な話題をめぐるもので、マノンと私は悲しい気持ちをこらえて、会話を楽しいものにするよう心がけました。

その夜、総督は私たちを準備のできた住居に案内させました。それは板と泥土で作ったみじめな掘立小屋で、一階に二、三の部屋があって、その上に屋根裏部屋がついていました。総督はそこに五、六脚の椅子と、暮らしに必要ないくらかの設備を入れておいてくれました。マノンはあまりに哀れな住まいを見て恐れをなしたようでした。しかし彼女が胸を痛めていたのは自分のためよりもはるかに、私のためなのでした。二人きりになると彼女は腰を下ろして、つらそうに泣き始めました。私は慰めようとしました。しかし彼女が、自分が嘆くのはもっぱらあなたのためで、二人の不幸のうち、あなたが苦しまなければならないことしか考えていないというふうにいったので、私は勇気と、喜びさえ装って彼女をはげまそうとしました。

「ぼくに嘆くことなどあるだろうか？」私はいいました。「ぼくはほしいものはすべてもっているよ。きみはぼくを愛している。そうだろう？　ぼくがそれ以外の幸福を考えたことなどあっただろうか？　ぼくらの運は天にまかせよう。それほどひどい運命でもないようだよ。総督は礼儀正しい人じゃないか。ぼくらに敬意を払ってくれているし。ぼくらが必要なものに事欠くようなことがあれば、放ってはおかないだろう。この小屋の貧しさや家具の粗末さについては、ここの住人でこれよりましな家に住み、ましな家具をもっている人などほとんどいないのは、きみも気づいただろう。それにきみは素晴らしい錬金術師じゃないか」私はマノンに接吻しながら付け加えました。

「きみはすべてを黄金に変えてくれる」

「それならあなたは世界でいちばんのお金持ちね」マノンは答えました。「あなたほど愛してくれる人は決していないし、あなたほどやさしく愛される人もいないのですから。わたしがいけなかったんです」彼女は言葉を続けました。「あなたがわたしに寄せてくださる信じられないほどの愛情に、自分が決してふさわしい女でなかったことがよくわかります。あなたをさんざん苦しませたのに、それを許してくださったのはあなたが限りなくやさしい人だからこそです。わたしは軽薄で浮気な女でした。あなたのことを夢中で恋していても――それはいつだってそうだったのですが――、わたしはまったくの恩知らずでした。でもわたしがどれほど変わったかは、あなたにも想像がつかないでしょう。フランスを出発してからというもの、わたし、涙ばかり流していたでしょう。それは一度だって自分の不幸を悲しんでの涙ではなかったのです。あなたが不幸をともにしてくださるようになったとたん、わたしは不幸を感じなくなりました。わたしはただあなたがいとおしく、お気の毒だったから泣いていたのです。自分のこれまでの人生で、あなたを悲しませた一時期のことが悔やまれてなりません。自分の移り気をたえず責めずにはいられないし、あなたが愛ゆえにどれほどのことを、そうしてもらう値打ちもない哀れな女のためにしてくださったかを思って、驚きながらも感動せずにはいられないのです。わたしが血をすべて流したとしても」彼女は涙にかきくれながら付け加えました。「あなたにおかけした苦労の半分もつぐなうことはできないでしょう」

彼女の涙、言葉、そしてそれをいう口調は私にとって驚きというほかはなく、私は自分の魂が張り裂けるような気がしたのです。

「それでもう十分だよ、いとしいマノン」私はいいました。「もう十分だ。そんなに激しい愛情のしるしを見せられたら、ぼくには耐える力がないよ。これほどの嬉しさに慣れていないんだ。ああ、神さま！」私は叫びました。「これ以上もう何もお願いしません。マノンの心について、もういっさい不安はありません。いまやマノンの心は、幸せになるためにそうであってほしいと願ったとおりです。これからはもう、ぼくが幸せでなくなることはありません。無上の幸福がゆるぎなく築かれたのです」

「そのとおりです」マノンがいいました。「もしあなたにとって、幸福がわたし次第だというならば。そしてわたしも、どこに行けば自分の幸福が必ず見つかるかは、よくわかっています」

私はすっかり嬉しくなって床につきました。私の小屋は世界一の王にふさわしい宮殿に変わったようでした。これ以後、アメリカは私にとって楽園だと思えました。

「愛の本当の楽しさを味わいたいのなら」私はよくマノンにいったものです。「ヌーヴェル＝オルレアンに来なければいけないね。ここでは欲得ぬきで、嫉妬も心変わりもなしに愛しあうのだ。同胞たちは黄金を探しにやってくるけれど、ぼくらがそれよりはるかに価値のあるものをここで見つけたとは、彼らには想像もできないのさ」

私たちは総督と友情を育《はぐく》むよう努めました。到着から数週間たったころ、彼は親切にも私に、砦《とりで》で欠員の出たささやかな仕事をまわしてくれました。立派な仕事とはいえませんでしたが、私は天恵と思って引き受けました。そのおかげでだれの世話にもならずに暮らしていくことができるのです。私は自分のために召使を、マノンのために小間使いの娘を雇いました。ささやかな幸福が整いました。私は品行方正に暮らし、マノンも同じでした。隣人たちを助けたり、彼らの役に立ったりできる機会を私たちは逃しませんでした。こうした面倒見のよさと親切な態度のために、私たちは植民地じゅうの信頼と好意を集めました。わずかのあいだに人望が高まり、総督に次ぐ町で第一級の人物とみなされるようになったのです。

罪のない仕事にはげみ、常に平穏な気持ちを保っていたおかげで、私たちは知らず知らずのうちに宗教的な考えを取り戻していきました。マノンは決して不信心な女ではありませんでした。私もまた、堕落した生活に無信仰を加えて誇りとするような極端な放蕩者の仲間ではありませんでした。恋と若さが私たちの不品行すべての原因だったのです。しかし経験を積んだことが年齢の代わりになり、歳月を重ねるのと同じ効果を及ぼしたのです。いつも思慮ぶかい会話をかわすうち、私たちは自然と貞潔な愛を好むようになっていました。その変化を最初に指摘したのは私でした。私はマノンの心の原則を知っていました。彼女はどんな感情においても、まっすぐで、ありのままの女でした。そうした性格は必ずや美徳に向かうものです。私たちの幸福にはあと一つだけ、欠けているものがあることを私は彼女に教えました。

「それはね」と私はいいました。「ぼくらの幸福を神さまに認めてもらうことさ。ぼくらは二人とも、立派な魂としっかりした心の持ち主だから、宗教の義務を忘れて平気で暮らしていくことは到底できない。フランスで暮らしていたときはしかたがない。ぼくらは互いに愛しあうのをやめるわけにもいかないし、法にかなったやり方に甘んじることもできなかったのだから。でもアメリカでは、ぼくらはだれの世話にもならず、家柄だの作法だのといった意味のない決まりを気にする必要もないし、それに結婚していると思われているのだから、すぐにぼくらが本当に結婚するとしても、そしてぼくらの愛を宗教の定める誓いによって高貴なものにするとしても、じゃまする者などいるだろうか？　ぼくにとっては」私は付け加えました。「きみに自分の心と手を贈るといったって、何も新しいものを贈るわけじゃない。でも、祭壇の下であらためてきみにその贈り物をしたいんだよ」


この言葉を聞いてマノンは喜びに身をつらぬかれたようでした。

「信じてくださるかしら」彼女はいいました。「アメリカに来て以来、わたしはそのことを千度も考えてきたのよ。でもあなたの気分を害するのではないかと恐れて、自分の心にしまっておいたの。わたしはあなたの奥さまになる資格があると思うほど、うぬぼれてはいません」

「ああ！ マノン」私は答えました。「もし神さまがぼくを王冠のもとに生まれさせていたなら、きみはもうすぐ王妃になるところだよ。もう迷うのはよそう。ぼくらには恐れなければならない障害物など何もない。今日にも総督に話しにいってくるよ。そしてこれまで彼をだましてきたことを白状する。解くことのできない結婚の鎖を恐れるのは」私はさらに言葉を継ぎました。「世間なみの恋人たちにまかせておこう。でも彼らだって、もしぼくらみたいに、いつでも愛の鎖につながれている自信があっ

14 「手を贈る」は結婚を願い出るという意味。

たなら、結婚を恐れはしないだろうに」

そう決心したのち、私は喜びのきわみにあるマノンをあとに残して出かけました。このときの私のような状況、つまり抑えがたい情熱に宿命的に支配され、しかも打ち消すわけにはいかない後悔にさいなまれていたならば、立派な紳士のうちで私の抱いた計画に賛成しない者はだれもいなかっただろうと信じます。ところが、神さまを喜ばせようと思って立てた計画を神さまは冷酷にはねつけたのですから、それを私が嘆くとしても不当だと責める人などいるでしょうか？　いや！　はねつけたどころではない。神さまはそれを罪であるかのように罰したのです。神さまは私が悪徳の道をまっしぐらに進んでいるあいだは忍耐強く我慢していました。それなのに、私が美徳に戻りかけたまさにそのとき、もっとも厳しい罰が用意されていたのです。かつて例のないほどいまわしい出来事を、最後までお話しする力が自分にはないのではないかと心配です。

私はマノンに約束したとおり、私たちが結婚式を挙げることを承認してもらうために総督のところに行きました。当時、町でただ一人の司祭だった総督付きの司祭が、総督が参列しなくても式を挙げてくれるのであれば、私は総督にもほかのだれにも、結婚について話さずにおいたでしょう。しかし司祭が沈黙を守ってくれるなどとは期待できない以上、おおやけに行動に移す決心をしたのです。総督にはシヌレという名前の甥がいて、大変にかわいがっていました。この男は三十歳で、勇敢とはいえ、短気な乱暴者で、まだ結婚していませんでした。彼はマノンが到着したその日以来、彼女の美貌にひかれ、それから九カ月か十カ月のあいだに何度も彼女を見る機会があったものですから、いよいよ情熱の炎を燃やし、ひそかにマノンに恋焦がれていたのです。しかしながら、叔父やすべての町民と同様、私が実際に結婚していると信じていたので、恋心をぐっと抑えて外には表さず、それどころか私に対して友情さえ抱き、折に触れ力を貸してくれていたのでした。砦に着くと、この甥が総督と一緒にいました。私には、自分の計画をシヌレに隠さなければならない理由は何もありませんでした。だから彼のいる前で事情を説明することにも問題を感じなかったのです。総督はいつもどおり親切に耳を貸してくれました。私は自分の身の上をかいつまんで語ってきかせ、彼は喜んで聞いていました。そして私が予定している結婚式への参列を頼むと、総督は気前よく、祝宴のすべての費用は自分が持とうといってくれました。私はすっかり満足して辞去しました。

その一時間後、司祭が私の家にやってきました。結婚について何か指示を与えにきたのだろうと思いました。ところが、冷ややかに挨拶してから、彼はぶっきらぼうに、総督はあなたが結婚を考えることを禁じていらっしゃる、総督にはマノンに関して別の考えがおありだと告げました。

「マノンに関して別の考えですって？」私は死ぬほどの衝撃を感じながらいいました。

「司祭さま、いったいどんな考えだというのです？」

総督閣下がここの支配者であることはあなたもご存知のとおりだと司祭は答えました。マノンはフランスから植民地に送り込まれたのだから、総督は彼女を意のままに扱うことができる。これまでそうしなかったのはマノンが結婚していると思っていたからだ。だがあなた自身の口から、結婚していないと聞かされたので、総督はマノンをシヌレ氏に与えるのがよかろうと判断した。何しろシヌレ氏はマノンに恋しているのだから、というのです。私はかっとなって思わず慎重さを忘れました。司祭に家から出ていけと高圧的に命じ、総督、シヌレ、それに町じゅうが束になってかかっても、ぼくの妻、そう呼びたいならばぼくの愛人には、手を触れさせないぞと断言したのです。

私はいま受け取ったばかりのいまわしい伝言をすぐマノンに伝えました。シヌレは私が帰ったあとで叔父を丸め込んだのだろう、これはずっと前から仕組まれていた計画に違いないと私たちは考えました。強いのは彼らのほうです。ヌーヴェル＝オルレアンでは、私たちは海原のただなかにいるようなもので、ほかの社会から広大な空間でへだてられているのでした。未知の荒涼とした国、住む者といっては猛獣か、それと同じくらい野蛮な未開人しかいない国の、いったいどこに逃げればいいのでしょう？ 私は町では人望がありましたが、住民たちを扇動して私の側につかせたとしても、悪に対抗できるほどの支援は期待できません。お金が必要でしたが、私は貧乏でした。そもそも、民衆を動かしたところでうまくいくとは限りません。もし運に見放されれば、私たちの不幸はもはや救いようのないものになってしまうでしょう。私はあらゆる考えを頭のなかで思いめぐらし、その一部をマノンに話しました。そして彼女の返答も聞かずに新たな考えを練りました。決心したかと思うと、すぐにそれを捨てて別の決心をしました。一人でしゃべり、自分の考えに大声で返事をしました。つまり私は、いまだかつて例がない、何に比べることもできないような興奮状態に陥っていたのです。マノンはじっと私を見つめていました。私の混乱ぶりから、よほどの危険が迫っていることを悟りました。そして自分よりも私を気づかってふるえながら、このやさしい女は自分の不安を私に話すために口を開くことさえできずにいたのです。

さんざん考えたあげく、私は総督に会いに行き、名誉心に訴え、私が彼に抱いている敬意や彼の私に対する友情を思い出させることで心を動かせないかどうかやってみようと決心しました。マノンは私を行かせまいとしました。彼女は目に涙を浮かべていいました。

「死にに行くようなものだわ。あの人たちはあなたを殺そうとするわよ。もう二度と会えなくなってしまう。わたしはあなたより先に死にたい」

どうしても行かなければならないし、彼女は家で待っていなければいけないと納得させるには大変な努力が必要でした。私はマノンに、すぐにまた会えるからと約束しました。このとき彼女は、そして私もまた、天のあらゆる怒りと敵の憤怒がマノンのうえにふりかかろうとしていることを知らずにいたのです。

私は砦まで行きました。総督は司祭と一緒にいました。私は総督の心を動かすために、もしも別の目的のためにそんなことをするとしたら屈辱のあまり死んでしまうと思えるほど腰を低くして、卑屈な態度を示しました。私は彼に、獰猛《どうもう》で残忍なトラのような人物でないかぎり、必ずや強い印象を受けるはずのあらゆる理由をあげて心をつかもうとしました。ところがこの非情な男は、私の嘆きに対して二つの答えを百遍も繰り返すのでした。マノンの扱いは自分が決める、自分は甥にもう約束してしまったというのです。

私はぎりぎりまで自制しようと決心していました。そこで、友人なのだからぼくの死を望むはずはないと信じるが、ぼくは恋人を失うくらいなら死んだほうがいいというだけに留《とど》めました。

砦を出たときには、甥のためとあれば何度地獄に落ちてもかまわないというようなこの頑固な老人からは、何も期待できないことがよくわかっていました。それでも私は、最後まで穏やかな態度を捨てないつもりでした。しかし相手があまりに不当な仕打ちに及ぶようであれば、恋がかつて引き起こした、もっとも血なまぐさい、身の毛もよだつ場面をこのアメリカで演じてやろうと決心していました。そうした計画を思いめぐらせながら家に戻る途中、私の破滅を急がせようとする運命の力によって、私はシヌレに出くわしたのです。彼は私の目を見て、考えの一部を読みとりました。彼が勇敢な男であることは前にも申しました。彼は私に近寄ってきました。

「おれを探していたんじゃないのか?」彼はいいました。「おれの計画に腹を立てていることは知っている。いずれ、あんたと喉の切りあいをしなきゃならんと覚悟はしていた。さあ、どちらがより幸運かやってみようじゃないか」

私はそのとおりだ、ぼくが死ぬのでなければこの争いに決着はつかないと答えました。私たちは町から百歩ほど離れたところまで行き、剣をまじえました。私は彼に傷を負わせ、ほぼ同時に彼の剣を叩き落としました。彼は自分の不運に猛り狂って、命乞いをするのも、マノンをあきらめるのも拒みました。おそらく私には即座にその両方を奪う権利があったはずです。しかし血筋のよさは隠せないものです。私は相手に剣を投げてやりました。

「もう一度だ」私はいいました。「今度こそ容赦しないからな」

彼は途方もない勢いで攻めかかってきました。打ち明けていえば、私はパリで三カ月道場にかよっただけで、武芸が得意ではありません。しかし恋が私の剣を導きました。シヌレは私の腕を突き刺しました。でも私はそのすきに彼をとらえ、強烈な一撃をおみまいしたので、彼は私の足元に倒れて動かなくなりました。

死を賭けた戦いに勝って喜びはしたものの、私はすぐさまこの死がもたらす結果について考えました。恩赦も、刑の猶予も望むことはできません。何しろ甥に対する総督の愛情はよくわかっていましたから、甥の死が知れたなら一時間もたたずして私にも死が訪れるだろうと思いました。その恐れは差し迫ったものでしたが、しかしそれが私の不安の最大の原因ではありませんでした。マノンのこと、マノンの利害や危険、そして彼女を失わなければならないことが、私をすっかり動転させ、目の前が真っ暗になって自分がどこにいるのかもわからなくなるほどでした。私はシヌレの運命をうらやましく思いました。自分もいますぐ死んでしまうことが私の苦悩の唯一の解決策であると思えました。しかし、そんなふうに考えたことで逆に私の気力は激しく呼びさまされ、ある決心をすることができたのです。

「何だって！　苦しみを終わらせるために死にたいだと！」私は叫びました。「それならぼくには、愛するものを失うより恐ろしい苦しみがあるとでもいうのか？　ああ！　恋人を助けるためならば、どれほどむごい苦難でも辛抱しよう。死ぬのは、辛抱してもむだだったとわかってからにしよう」

私は町への道を引きかえし、わが家に入りました。するとマノンは恐怖と不安で半ば死んだようになっていました。私の顔を見て彼女はよみがえりました。いま起こったばかりの恐ろしい事件を隠しておくことはできませんでした。シヌレの死と私の負傷の話を聞くと、彼女は気を失って私の腕に倒れこみました。私は十五分以上もかけて彼女に意識を取り戻させました。

私自身も、半ば死んだようなものでした。マノンの身の安全のためにも、私自身の身の安全のためにも、解決策はまったく見出せませんでした。

「マノン、これからどうしよう?」私は彼女が少し力を回復すると尋ねました。「ああ! どうしたらいいんだろう? とにかくぼくは町を離れなければならない。きみは町に残りたいだろう? そう、きみは残ってくれ。きみはまだここで幸せに暮らしていける。でもぼくは行くよ。きみから遠く離れて、未開人のあいだで、それとも猛獣の爪にかかって死ぬさ」

彼女は弱っていたにもかかわらず立ち上がりました。そして私の手を取り、戸口まで引いていきました。

「一緒に逃げましょう」彼女はいいました。「一刻もむだにはできません。シヌレの死体が偶然、見つけられてしまうかもしれないわ。そうしたら遠くまで行く時間はなくなるでしょう」

「でも、いとしいマノン」私はすっかり取り乱していいました。「いったいどこに行くんだい？　何か策でもあるというのか？　きみはここで、ぼくなしで暮らしていくことにして、ぼくは総督に自首して出たほうがいいんじゃないのか？」

そう提案しても、出発しようという彼女の熱意をかきたてるばかりで、それに従うほかありませんでした。私は出際に機転をきかせて、部屋にあった強いリキュールを数本、そしてポケットにつめこめるかぎりの食糧をもって出ました。隣の部屋にいた使用人たちには、夕方の散歩に出かけてくるからといいました（毎日そうしていたのです）。そして私たちは、かよわいマノンには無理なほど足早に町から遠ざかったのです。

どこに逃げるべきか、あいかわらず決心がつかないままではありましたが、しかし私には二つの希望があったのです。それがなければ、私はマノンの身に何が起こるかわからない不確かさよりは死を選んだことでしょう。

アメリカに来て十カ月近くのあいだに、私はこの土地についてかなり知識を得ていましたから、人々が未開人たちをどうやって手なずけているのかも知っていました。また彼らのただなかに入っていくからといって、死を免れないわけではないのです。またさまざまな機会に彼らに会って、彼らの話す単語や彼らの風習について多少学んでさえいました。

こうしたみじめな方法のほかにもうひとつ、イギリス人のほうにも可能性がありました。彼らはわれわれ同様、新世界のこの地方に植民地をもっていたのです。ただ、私はその遠さを恐れていました。彼らの植民地に着くには、何日もかけて不毛の荒野を越えていかなければならず、さらには高く切り立った山々が待っていて、その道をたどるのはどんなに屈強な男でも難しいように思われたのです。それでも私は、これら二つの方法で何とか切り抜けられるだろうと期待していました。つまり未開人たちに道案内をさせ、イギリス人たちの居住地に迎え入れてもらうのです。

私たちはマノンの気力が彼女を支えられる限り、つまり約二里ほど歩きとおしました。この比類のない恋人は、立ち止まろうといってもたえず拒み続けたのです。とうとう疲れに負けて、彼女はもうこれ以上は進めないと打ち明けました。すでに夜になっていました。私たちは蔭にやどるための一本の樹木さえ見つけることができず、広大な原野のただなかに座りました。マノンの最初の心づかいは、出発前に彼女がみずから巻いてくれた私の傷の包帯を取り替えることでした。彼女の意志にさからおうとしてもむだでした。自分自身の体をいたわることを考える前に、私を楽にし、傷が大丈夫だと確認する喜びをマノンに拒んだならば、疲れ切った彼女を死ぬほどひどく傷つけたことでしょう。しばらくは好きなようにさせておくほかありませんでした。私は無言で、申しわけなく思いながら手当を受けました。

でも、彼女が自分の愛情を満足させると、今度は私の愛情がどれほど激しく燃え上がったことでしょう！ 私は衣服をすべて脱ぎ、その上に彼女を座らせて地面が固く感じられないようにしてやりました。そして彼女の不快を和らげるために思いつく限りの手段を用いることを、彼女に無理やり承知させました。燃えるような口づけと熱い吐息で手を温めてやりました。夜どおしそばで番をし、彼女に心地よく穏やかな眠りをもたらしてくれるよう天に祈りました。ああ、神よ！ 私の祈りは何と激しく、真心のこもったものだったでしょう！ ところがあなたは何と過酷な裁きによって、それをかなえることを拒んだのでしょう！

私の命を縮めるような物語を、手短にすませることをお許しください。これから、かつて例のないような不幸をお話しします。私は生涯それを嘆き悲しむさだめなのです。それはつねに私の記憶のうちにあるとはいえ、言葉で表現しようとするたびに、私の魂はおびえて後ずさるのです。

私たちは夜のひとときを穏やかに過ごしました。いとしい恋人は眠りに落ちたように思えたので、そのじゃまにならないよう、自分ではかすかな息の音も立てないようにしました。夜が明けるとすぐ、私は彼女の手が冷たくふるえていることに気づきました。両手を温めてやろうと、胸元にもっていきました。彼女はその動作に気づき、自分でも私の両手を握ろうとしながら、かよわい声で、最期のときがきた気がするといいました。最初、私はそれを逆境にあるときに口にしがちな言葉とばかり思い、愛のやさしい慰めで応じただけでした。ところが、彼女がしきりにため息をもらし、こちらの問いかけに答えようとせず、相変わらず私の手を握ったままのその手がかたく握りしめられているのを感じて、私はマノンの不幸が終わりを迎えようとしていることを知ったのです。

そのときの気持ちを聞かせてくれとか、マノンの最期の様子を教えてくれなどとは、どうかおっしゃらないでください。私はマノンを失いました。彼女が息を引き取ろうとするまさにそのときにも、私は彼女の愛のしるしを受け取りました。この宿命的な痛ましいできごとについて、これ以上は到底お話しできません。

私の魂は彼女の魂のあとを追いませんでした。天はこれだけ厳しく罰してもまだ足りないと思ったのでしょう。私がしおれきったみじめな人生に耐えていくことを望んだのです。私もまた、より幸せな人生を送ろうなどという気持はきっぱりと捨てています。

それから二十四時間以上、いとしいマノンの顔と手に唇を押しあてたままでいました。そのまま自分も死ぬつもりでした。しかし二日目が訪れたとき、これでは自分が死んだあと、彼女の遺体が野獣に食い荒らされてしまうと考えました。そこで遺体を土に埋めよう、その墓の上で死を待とうと決心しました。絶食と絶望による衰弱とで、私はほとんど死にかかっていましたから、そこに立っているだけでも非常な努力が必要でした。もってきてあったリキュールに頼らなければなりませんでした。そのおかげでこれから果たさなければならない悲しい義務に必要なだけの力がよみがえりました。そのときいた場所では、穴を掘るのはむずかしくありませんでした。それは砂に覆われた原野でした。剣を使って穴を掘っていると剣が折れてしまいましたが、手で掘ったほうがましなくらいでした。それでも幅の広い穴を掘りました。遺体に砂が触れないよう、私の衣服をすべて使って包んでから、わが心の偶像をそこに安置しました。もっとも完全な愛のあらゆる熱情をこめて、遺体に千度も接吻してから、ようやく安置したのです。そしてなおも、かたわらに腰を下ろして、長いあいだ見つめていました。墓穴を閉じる決心がつかなかったのです。とうとう、ふたたび力が衰え始め、仕事を終えないうちに力が尽きてしまうのを恐れて、私はかつて大地が生みだしたもっとも完全でもっとも愛すべきものを永遠に大地の胸に埋めたのです。それから私は穴の上に横たわり、顔を砂につけました。そして二度と開かないつもりで目をつむり、天の助けを祈り、いまかいまかと死を待ちました。

信じがたいことでしょうが、こうした悲痛な任務を果たしているあいだじゅう、私の目からは一滴の涙もこぼれず、口からはため息一つもれなかったのです。あまりに深い悲嘆に沈み、死ぬ覚悟を決めていたせいで、絶望と苦悩のあらゆる表現が堰《せ》き止められていました。そうして私は、墓穴の上に横たわった姿勢のまま、自分に残ったわずかな意識と感情もやがて失ってしまったのです。

ここまで聞いていただいたあとでは、私の物語の結末はほとんど取るに足らぬもので、わざわざお聞きいただくには及ばないくらいです。シヌレの体は町に運ばれ、丁寧に傷が調べられた結果、彼がまだ死んでいないばかりか、深手を負ってさえいなかったことがわかりました。シヌレは叔父に、私たちのあいだにどのようないきさつがあったのかを話し、心の広い男ではあったので、私の高邁《こうまい》なふるまいをすぐさま人々に知らせたのです。人々は私を捜し、マノンと一緒にいなくなっていることから、逃亡したのではないかと推測しました。追手を出すには遅すぎましたが、翌日と翌々日は私の捜索に費やされました。そして私がマノンの墓の上で、死んだようになっているのが発見されました。その状態で私を見つけた人々は、はだか同然で傷から血を流しているのを見て、追剝《おいはぎ》にやられ殺されたものと思い込みました。彼らは私を町に運びました。そうやって動かされたために私の感覚は目覚めました。目を開き、自分がまだ生きた人間たちのただなかにいるのを知った嘆きからため息をついたので、まだ助かる見込みがあるとわかったのです。人々は手厚すぎるほどの看護をしてくれました。

とはいえ、私は狭い監獄に閉じ込められました。裁判が行われました。マノンが姿を現さないので、怒りと嫉妬に駆られて私が彼女を殺したのだと訴えられました。私は聞くも哀れなできごとをありのままに物語りました。シヌレはそれを聞いて苦悩にさいなまれましたが、度量を示して私の恩赦を願い出ました。恩赦が認められました。

私は非常に衰弱していたので、監獄から家のベッドまで運んでもらわなければなりませんでした。私は重い病気で三カ月間、床に臥しました。

人生への嫌悪はなくなりはしませんでした。たえず死を願い、あらゆる薬を頑として拒み続けました。しかし神は、私をあれほど厳しく罰したのちに、私の不幸と天罰を私にとって有益なものとするおつもりだったのです。神の光明が私を照らし、私は自分の生まれと受けた教育にふさわしい考えを取り戻しました。私の魂にはいくらか平穏がよみがえり始め、その変化に続いて病気も回復しました。私はもっぱら名誉を重んじる心のみに従って、自分のささやかな仕事を果たしながら、アメリカのこの地方に毎年一度やってくるフランスからの船を待ちました。祖国に帰って、自分の行動が引き起こしたスキャンダルを、思慮ぶかく節度ある暮らしによって償う決心をしていました。シヌレは私のいとしい恋人の遺体をまっとうな場所に移すために世話を焼いてくれました。

健康を取り戻してから六週間ほどたったころ、ある日一人で浜辺を散歩していると、商用でヌーヴェル＝オルレアンにやってきた船が到着するところでした。私は船から降りてくる人々に注意を向けていました。すると何とも驚いたことには、町に向かってくる人たちのなかにティベルジュの姿があるではありませんか。この誠実な友は、悲しみのために私が面変《おもが》わりしていたにもかかわらず、遠くから私に気づきました。きみに会って、フランスへの帰国をうながすだけのために旅をしてきたのだと彼はいいました。きみがル・アーヴルから出した手紙を受け取って、きみの頼んできた援助の金を届けるためにル・アーヴルまで出向いた。ところがきみがすでに出発したと知って、激しい苦しみを覚えた。もしすぐに出帆する船が見つかったなら、即座にきみのあとを追って出発していただろう。何カ月ものあいだ、ほうぼうの港で船を探したあげく、サン゠マロで、マルチニーク島に向かって錨《いかり》を上げようとしている船が見つかったので、マルチニークからヌーヴェル゠オルレアンに渡るのは簡単だろうと期待してそれに乗り込んだ。ところがそのサン゠マロの船は途中でスペインの海賊につかまって、連中の支配する島に連れていかれた。自分は機転をはたらかせて逃げ出した。それからいろいろと奔走したのち、さっき着いたあの小さな船に乗ることができて、さいわいにもきみのところまでたどりついたというのでした。

私はこれほど寛大で変わらぬ友情を捧げてくれる友に、いくら感謝してもたりませんでした。私は彼を自宅に連れていき、自分のもっているものはすべて提供しました。

フランスを出て以来、自分の身に起こったことを何もかも話したうえで、彼が予想しなかった喜びを味わわせてやるために、きみがかつてぼくの心にまいてくれた美徳の種がようやく実を結ぼうとしている、だからきみも満足してくれるだろうといいました。彼はそんな嬉しい言葉を聞くと、旅の疲れもすべて報われるといいました。

私たちはフランスからの船を待って、ヌーヴェル＝オルレアンで二カ月間ともに過ごしました。そしてとうとう海に出て、二週間前、ル・アーヴル＝ド＝グラースに上陸したのです。私は到着するとすぐ家族に手紙を書きました。兄からの返事によって、父の死という悲しい事実を知りました。自分の過ちがその一因になったのではないかと思うと、当然のことながら胸が痛みます。カレへ向かうのにいい風が吹いていたので、私はすぐ船に乗りました。ここから数里の親戚の貴族宅に行くつもりです。兄の手紙によれば、そこで兄が私の到着を待ってくれているはずなのです。

第二部および全巻の終わり

解説

野崎歓

修道士から小説家へ

アベ・プレヴォ、つまり「プレヴォ神父《アベ》」の名で知られるアントワーヌ＝フランソワ・プレヴォは、十七世紀末、北フランスのエダンで生まれました。エダンは中世から交易で栄えた小都市です。プレヴォ一家は貴族の家柄ではありませんでしたが、父リエヴァンは裁判所で要職にあり、子どもたちには一流の教育を受けさせました。プレヴォがパリに出て兄と通ったアルクール学院は、ラシーヌやモンテスキューも学んだ由緒ある学校です。やがてプレヴォは十五歳でイエズス会の修道院に入り、聖職者への道を歩み始めました。しかし一年程で修道院を飛び出し、スペイン継承戦争に志願兵として加わろうとします。聖職者か、軍人かという葛藤、相克が若いプレヴォの胸中には巣食っていたようです。修道院に戻ったものの二十一歳でふたたび逃亡し、カタルーニャ戦役に加わっています。

戦役から戻ったプレヴォは、イエズス会を離れてベネディクト会の修道院に入り直します。これは若者の人生にとって重大な意味をもつ選択でした。なぜならイエズス会では修道誓願、つまり修道士になるという誓いを正式に立てるまでの猶予期間が長く、俗世との縁を保っていることもできたのに対し、ベネディクト会では一年後には誓願の時期が訪れ、その時点で俗世との縁を絶って修道士になることが求められたからです。後年のプレヴォの書簡からは、当時彼が何らかの深刻な問題を抱えており、「隠れ家」を求めるようにしてベネディクト会修道院に逃げ込んだことがうかがえます（一七三一年、シャルル・ド・ラ・リュ師宛書簡）。つまり真摯な信仰心に突き動かされての選択ではなかったのでしょう。それにもかかわらず一七二一年、二十四歳のプレヴォは正式に修道士の誓願を立ててしまいました。ベネディクト会では、誓願の取り消しは認められません。しかも実のところ、彼にとって修道院は監獄のような、おのれの自由を奪う場所であると感じられるようになっていたのでした。

修道士となって以降、プレヴォの文学活動は俄然、活発化していきます。聖職に身を捧げたはずのそのとき、おのれの天職がそれとは相容れない文学であることがはっきりしたかのような展開です。まず一七二四年、彼はキリスト教への揶揄や皮肉を含む空想冒険小説『ポンポニウスの冒険』を匿名で刊行します。続いて意欲的な長編小説『ある貴族の回想』（正式な題名は『隠遁したある貴族の回想と冒険』）の執筆に取り組む中で、プレヴォはとうとうベネディクト会の修道院から脱走します。それに怒った修道院側からの要請で、彼に対して直ちに逮捕命令が出されるという最悪の事態となってしまったのです。

追手を振り切って、彼はオランダ、さらにはイギリスへと逃げていきました。亡命先で完成された『ある貴族の回想』が、小説家プレヴォにとって最初の成功をもたらしました。とりわけ同書最終巻に、物語内物語という体裁のもとに収められた小説『マノン・レスコー』（正式な題名は『シュヴァリエ・デ・グリュとマノン・レスコーの物語』）は、以後、今日まで途切れることなく読まれ続ける世界文学の古典となったのです。

悪と善のはざまで

こうして『マノン・レスコー』の作者となるまでのプレヴォの半生をざっと辿ってみるだけで、聖と俗のあいだを激しく揺れ動き、唐突な心変わりと遁走にしるしづけられた、波乱に満ちた軌跡に驚かされます。読者はそこに、『マノン・レスコー』の世界と相通じる要素が見出されることに気づかれたでしょう。

作者プレヴォと主人公デ・グリュのいずれも、フランス北部の町に次男として生まれ、母親を早くに亡くしています。そしてパリの神学校で教育を受けたのち、修道院から脱走し、いわば日陰の身をかこつことになるのです。もちろん、デ・グリュが貴族の息子と設定されていることから始まって、相違点もあります。肝心のヒロイン、マノンにあたる人物は、実際に存在したのでしょうか？　その浪費癖によってプレヴォの人生に破壊的な役割を演じた、エレーヌ・エックハルト、通称レンキという女がいたことが知られています。レンキは〝愛人たちの財産を次々に蕩尽した女〟として悪名をとどろかせた娼婦でした。彼女がマノンのモデルに違いないと考える研究者もいたのですが、どうやらその説は成り立ちそうにありません。プレヴォがレンキと出会ったのは一七三一年春であり、同年六月に刊行される『マノン・レスコー』はその時点ですでに完成していたはずだからです。『マノン・レスコー』は一七三〇年から三一年にかけての冬、数週間で書き上げられたと考えられます。つまりレンキはマノンのモデルではありえません。

プレヴォの人生のさまざまな経験が投影されていることは確かだとしても、デ・グリュとマノンの恋が作者の経験を再現したものだという証拠は何も見つかっていないのです。また、自伝的な小説を書こうという意識がプレヴォになかったことは確かでしょう。何しろ当時、「自伝」という言葉も概念もまだ存在していなかったからです。

ではプレヴォが目指した小説とはいかなるものだったのでしょうか。『マノン・レスコー』の序文では道徳的な意図が強調されています。いわく、作品の狙いは「品行の教化」、すなわち読者を「楽しませながら教育する」ことにある。「道徳の掟はすべて漠とした一般的原理にすぎない」ため、それを実人生でどのように実践したらいいのか、人はしばしば判断に苦しむ。経験があればそれに即して判断できるが、個人の経験は限られている。それゆえ「実例」に学ぶことが大切だ。小説の有用さはまさにそこにある。小説に描かれた事件を実例として、人は自らの経験不足を補い、道徳の掟にかなった人生を送るためのよすがとすることができる。つまり小説とは実践的道徳論なのだというのが序文の骨子であり、それが「情熱の力の恐るべき実例」として『マノン・レスコー』を読者に供することの正当化にもなっています。

道徳に奉仕する文学、有益な小説という考え方は、「立派な感情は駄作を生む」「教化の意図は芸術をだめにしてしまう」（アンドレ・ジッド『日記』）といった文学観を当然のように受け入れているわれわれすれっからしの読者には、うさんくさく思えてしまうかもしれません。しかしプレヴォにとってそれは遁辞ではありませんでした。プレヴォの時代、小説（ロマン）は文学のジャンルとして低俗とみなされており、その有害さが為政者や聖職者たちの厳しい糾弾を浴びていました。年譜をご覧いただければわかるとおり、自身が道徳的に指弾されるべき弱みを抱えつつも、ロマンのもつ可能性の大きさをいち早く意識し、その探求者たらんとしたプレヴォとしては、小説は有害ではなく有益であると主張することは必須の戦術だったばかりか、そこには生涯変わらぬ信念が込められてもいたはずです。晩年の作品『精神世界、あるいは人間の心の歴史にとって有益な回想』で彼は、自分の追求してきた「人の心の奥底にまで分け入る」仕事ほどためになるものはないと誇らしげに語っています。

しかしながら、悪を示しその害を説くことで読者を善に導くという図式はそれ自体、危うさをはらむものです。悪があまりに魅力的に描かれすぎたなら、そのとき教化の意図は忘れられかねません。それがまさしく『マノン・レスコー』において起こった事態でした。十七歳のうぶな少年が恋に狂い、転落していくさまを鮮烈に描く作品の面白さ——作中で用いられている表現によるならば「このうえなく魅力的に語って」みせるその語り口——は、たちまち読者を夢中にさせたのです。一七三一年にまずオランダ、続いてイギリスでもフランス語で刊行された本作品はたちまち評判を呼び、翌年にはドイツ語訳が出ました。ようやく一七三三年六月、フランスでも刊行され、当時の法曹関係者マチュー・マレの証言によれば人々は「火事現場に駆けつけるごとく」この本に群がったのでした。火事現場の比喩は、マレが「こんな本は燃やしてしまうべきだ」と考えていたことと関連しています。彼によれば「マノン・レスコーの物語なるおぞましい本」を書いたプレヴォは「元ベネディクト会士の狂人」にほかなりませんでした。こうしてプレヴォの小説の人気ぶりは、たちまち官憲の注意を引き寄せることになりました。同年十月には書籍監督官によってパリ市内の書店の『マノン・レスコー』が押収され、発禁処分が下されたのです。

「この本の中では、高い地位にある人々が彼らにふさわしくない役割を演じさせられているし、それればかりか悪徳と放蕩が十分に恐怖をかきたてるように描かれてはいない」。当時出た書評はことの核心をついていました。『マノン・レスコー』には同時代の読者にモデルへの興味をかきたてるような人物が何人も登場していたのです。たとえばマノンを誘惑する富豪の貴族B氏やG・M氏は、すぐさま実在の有力人物を思い起こさせずにはいませんでした（いずれも原文ではM. de B...、M. de G... M... と貴族を示すdeが姓に入っています）。それはこの小説がきわめてリアリズム的な、現実に直結する側面をもっていたということです。同時にまた、未成年の二人が身を投じる悪徳や放蕩の描写が大いに興味をそそるのに対し、それに対する道徳的非難が必ずしも十分ではないとも読者には感じられたのです。つまり「品行の教化」という本来の目的を逸脱する過剰な何かが、この作品には横溢していたということでしょう。

その過剰な何かに反応した同時代人の言葉を二つ、紹介しておきましょう。一つは小説が販売禁止になった翌年にこれを入手して読んだ、当代きっての知性というべき思想家モンテスキューが手帳に書きつけた感想です。

「一七三四年六月、アベ・プレヴォが書いた小説『マノン・レスコー』を読了。小説の主人公は詐欺師、ヒロインは女性用監獄送り《サルペトリエール》になる娼婦だが、これが読者に好まれるのは理解できる。なぜなら主人公シュヴァリエ・デ・グリュのあらゆる行いは恋愛がその動機となっているからであり、たとえ振る舞いは低劣であろうとも、これは常に気高い動機であるからだ。マノンもまた愛している。それゆえ彼女の性格の他の部分は許されるのである」

モンテスキューによるこの端的な分析には、マノンの人物像――いったい彼女はデ・グリュを愛していたのかどうか――をめぐって、その後の議論につながる重要な点が含まれています。

もう一つ紹介しておきたいのは、その後思想・文学界の巨人となるヴォルテールの言葉です。一七三三年七月の友人宛ての書簡で、彼は「『マノン・レスコー』の優しく情熱的な作者」プレヴォに触れ、彼のおかげで「感受性《サンシビリテ》を刺激された」と記しています。この「感受性」が以後、プレヴォの小説を考える際に重要な要素と目されることになります。デ・グリュとマノンのたどる破滅的な運命は、理性の枠をはみ出す情念のありようを告げるとともに、作中のデ・グリュの言葉によれば「五感以上」の感覚をも読者に経験させるのです。そこにはルソーを経て次の世紀のロマン主義につながっていくような、「感じること」の大切さへの意識が明らかに見て取れます。

マノン崇拝

モンテスキューもヴォルテールも、作品の正式な題名を用いず、そろって『マノン・レスコー』と書いています。すでにしてこの小説をマノン中心に読む傾向が表れていました。ただし十八世紀においては、この小説がプレヴォの代表作と目されていたわけではなかったようです。プレヴォ後半生における、イギリスの小説家リチャードソンの翻訳紹介や、旅をめぐる百科全書的企図というべき浩瀚な『紀行総覧』の刊行が彼の主たる業績とみなされたのです。状況が一変するのは十九世紀、ロマン主義の到来によってでした。情熱の礼賛、恋愛への希求、個人の自由の拡大といった、まさしくロマン主義的な特徴のすべてを完璧なまで備えた傑作として、『マノン・レスコー』は再評価の対象となったのです。とりわけそのヒロインに対する崇拝ともいうべき熱烈な賛辞が作家や詩人たちによって表明されました。ロマン派の人気詩人ミュッセはこんな風にオマージュを捧げています。

「マノン・レスコーは最初の場面から／なぜあんなにも潑剌として本物の人間らしく思えるのだろう、／前に会ったことがある女《ひと》の、生き写しの肖像画だと思えるほどに？（……）／マノンよ！　驚くべきスフィンクス、真のセイレーンよ、／ほかの女の三倍も女らしい心、護送車に乗せられたクレオパトラよ！／たとえ人が何といおうと、どうしようとも、そしてセント・ヘレナでは／きみの本は門番向けだなどといわれたとしても、／それでもきみは真実そのもので、破廉恥で、クレオメネス［ギリシアの彫刻家。「メディチ家のウェヌス」の作者とされる］といえども／ぼくにいわせればきみの足に接吻する資格もないくらいだ」

詩集『ナムーナ』（一八三二年）所収の詩の一節です。ご覧のとおり、ミュッセはマノンに呼びかけて、その「真実そのもの」の魅力を讃えるとともに、スフィンクスやクレオパトラまで持ち出し、ナポレオンにあらがってマノンを擁護しています（「門番向け」云々とは、セント・ヘレナ島に流されたナポレオンがつれづれの日々、『マノン・レスコー』を読んで否定的な感想を洩らしたという、『セント・ヘレナ覚書』に記されている事柄に対する反論でしょう）。ロマン派においてマノン像がいかに神格化され、絶対的な崇拝の対象となっていたかがわかります。

さらに一八四八年には、デュマ・フィスがプレヴォの影響もあらわな小説『椿姫』を発表し、マノン的な「宿命の女《ファム・ファタル》」像を純愛のヒロインとして生まれ変わらせました。その他、ゲーテやスタンダール、ヴィニーやゴンクール兄弟といった十九世紀の代表的作家たちから、ジッドやコクトーら二十世紀の重要作家に至るまでが、賛仰の言葉を途切れることなく発し続け、マノンの死後の栄光に寄与したのです。

そうした作家たちの多くに共通する姿勢は、作品の語り手デ・グリュとの同一化です。つまり、デ・グリュと同じようにマノン相手に情熱を高ぶらせ、恋情を募らせたのです。その典型的な例としてモーパッサンを上げることができます。マノンを楽園追放をもたらした原初の女イヴにたとえながら、モーパッサンは「彼女こそが女というもの、かつてもいまも、そしてこれからもずっと女がそうであるところのすべて」だと断言します。そしてデ・グリュに深い同情を示し、「我々もデ・グリュのようにマノンの心とろかす魅力に負けて、彼のようにマノンを愛し、ひょっとすると彼のように詐欺だって働いたことだろう！」と連帯を表明します。さらには「デ・グリュとその不実な愛人の恥ずべき行いに対して、読者が完全に寛大でありうるということこそは、特筆に値する驚くべき点だ」と述べるのです（『マノン・レスコー』序文、一八八五年）。かくして、道徳的問題はもはやすっかり棚上げされます。マノン像は「女」そのものというところまで拡大され、デ・グリュとともに読者もまたその魅惑をひたすら甘受するのみとされるのです。

そんな読み方に、いかにも男の幻想を放恣に投影する男性中心主義が隠されていることは否定できません。同時に、一人称で押しとおす作品の説話上の構造が、読者のデ・グリュへの一体化を促進する部分も大きいでしょう。落魄した美青年デ・グリュの身の上話に、老貴族である「私」はすっかり心奪われ、第一部終わりの記述によればまず「一時間以上」、そして夕食をはさんでおそらくはまた一時間を超えるあいだ、じっと耳を傾け続けます（この本を実際に朗読するならば、その数倍はかかる分量になっているのですが）。そして「彼の口から出た言葉以外には何ひとつまじえることなく転写されたその物語を、読者である私たちは、狂おしいパッションの力に引きずられるがまま、いつしか善悪の判断も停止したような精神状態になってむさぼり読むのです。「私」の連鎖による情念の伝達のメカニズムによって、マノン崇拝は支えられています。

文学史的意義

ロマン主義以来の、いわば主観的かつ情熱的な「経験」としての『マノン・レスコー』読解に対して、より客観的な立場からこの作品の文学史における意義を明らかにしたのが、ドイツの文学研究者エーリッヒ・アウエルバッハでした。

彼の著作『ミメーシス』は、アリストテレスの『詩学』にさかのぼるミメーシス

（模倣、再現）をキー概念として、古代ギリシアのホメロスから、ルネサンス期フランスのラブレーを経由して二十世紀のヴァージニア・ウルフに至るまで、西欧の文芸において現実がいかに描き出されてきたかを検討する壮大な論考です。「中断された晩餐」と題されたその第十六章でアウエルバッハは、マノンの最初の裏切りの場面を子細に分析しつつ、そこに小説史上、重要な変化が表れていると説いています。

帰宅してノックしたとき、すぐに小間使いが出てこなかったことに不審を抱きながら、とにかく夕餉の卓についたデ・グリュは、マノンが押し黙ったまま目に涙をためているのを見て動転します。次の瞬間、彼は部屋に乱入してきた男たちによって拉致されてしまうのです。この場面のいきいきとした劇的な展開、涙のエロティスムや、「室内画」風のみやびな雰囲気といった要素を指摘したのち、アウエルバッハが強調するのは、そこでは「リアリスティックなものが深刻なものと混合」し、「リアリズムと深刻な悲劇性」が一つに溶けあった状態が出現しているということです。アウエルバッハの読解を敷衍して述べるならば、それまでの古典主義的な文学においては「崇高なもの」と「現実的・日常的なもの」は明確に区別されるのが当然と考えられていました。崇高さの表現は何といっても、古代ギリシアに範を取った悲劇のジャンルの専有物でした。そこで描かれるのは古代の王族や貴族たちを登場人物とするドラマであって、同時代のなまな現実は遠ざけられました。それは芸術表現の素材としてはあまりに卑近、凡俗で価値がないと考えられたからです。逆にいえば、同時代の現実が表現されるやいなや、作品は荘重さを失い、お笑いやパロディ、さらにはグロテスクな表現へと転じざるを得ませんでした。特に古典主義の伝統が強く支配したフランスの文学界においては、「リアリズム」的な要素は必ずや「不真面目」という印象をもたらすものだったのです。

ところが、アウエルバッハは「リアリズムと真面目さとは、ルイ十四世時代に厳密に分たれた後、十八世紀初頭以来（……）たがいに接近し始めた」、それがまさにプレヴォの作品で起こっている事態だと指摘します。同時代パリのまっただなかで、まだティーンエイジャーでしかない一介の少年の身の上に、何か得体の知れない出来事が降りかかろうとしている。すべてはリアルであって、かつ緊迫した真剣な悲劇性を帯びています。深刻な悲劇と、不真面目なリアリズムという二分法を突破した、新たな小説の領域がそこに切り拓かれているのです。

今日の読者にとってはもはや、悲劇性とリアリズムは共存し得ないなどという考え方のほうが理解しがたいことでしょう。だがそういうわれわれの現代的小説観の源泉の一つがプレヴォの作品であることは確かなのです。冒頭の場面を思い返してみてください。田舎町の「みすぼらしい宿屋」の前に物見高い庶民がむらがる中、宿の老女がかきくどく言葉が「私」をこの物語へと引き込んでいきます。そこにあるのはまさに卑俗きわまる日常の光景です。さらには十八世紀初頭、実際に行われていた植民地ヌーヴェル＝オルレアンへの娼婦たちの輸送という、いささかおぞましい現実が描き出されていきます。しかし素材の低俗さにもかかわらず、すべては戦慄的なまでの悲痛味を帯びて、ドラマチックな美さえ宿すかのようです。プレヴォが生み出したこの「リアリズムと真面目さ」の混淆は、まぎれもなく現代的なスリルをはらんでいます。

マノンの肉体

ロマン派以降のマノン崇拝を核とするアプローチには、二十世紀後半、徐々に変化が生じていきます。一方では構造主義的なテクスト読解の影響のもと、この作品を支える一人称の特異さが改めてクローズアップされ、マノン像を見直す視点が提起されました。十八世紀文学研究の泰斗ジャック・プルーストの刺激的論文「マノンの肉体」（一九七一年）がその代表格です。他方、これまで男の評者によって論じられるのが常だったところに、ようやく女性の論者が加わり、フェミニズム的・ジェンダー論的な視点から作品に新たな照明が当てられることとなりました。シモーヌ・ドルサールの論文「ある傑作の読解――『マノン・レスコー』」（一九七一年）はその先駆的かつ興味深い例です。

まずジャック・プルーストの論文について簡単にご紹介しましょう。デ・グリュを惑わし続けるマノンの魅力は、デ・グリュ自身の語りの中でことあるごとに強調されています。しかしそこに具体的な情報はほとんど含まれておらず、読者にはマノンの髪や目の色もわからなければ、彼女がどのような体つきをし、出で立ちをしているのかも伝わってきません。要するに「作者はマノンの肉体を見せようとしない」のです。そこでプルーストが強調するのは、デ・グリュの語りがすべてが終わったあとの時点からの再構成であり、根本的な前提としてマノンの死があるという点です。マノンが息を引きとってから彼女を埋葬するまで、デ・グリュはたった一人で死体とともにまる一日以上をすごしました。そこにこそ小説の根源的な光景があり、実はデ・グリュにとってマノンの肉体は「恐怖と嫌悪の対象でしかありえ」ない。マノンをめぐる美辞麗句はそのことを隠蔽する表現にほかならず、マノンの姿かたちがいっこうに見えてこないのは、テクスト全体が「マノンの死と埋葬を物語る場面が落とす影の中にすっぽりとおさまってしまう」からだというのです。

そうした説を、プルーストは周到なテクスト分析にもとづいて主張しています。しかし全体としてプルーストの論は、いささか極端な仮説という印象が否めません。ヒロインが死んでいることが、はたして描写の欠如に直結するのでしょうか？　そもそも、禁じられた恋の相手が死に、男が生き残るという筋立ては、プレヴォの独創ではありません。とりわけ彼が参照し手本にしたとみなされる、ロベール・シャールの小説集『フランス名婦伝』（一七一三年）を見てみましょう。作中に「マノン」という娘が登場するなど（ちなみにこれはマリアンヌを縮めた形で、当時一般化した名前でした）、『マノン・レスコー』との関係を示す要素が多々含まれています。直接的な影響がうかがわれるのは「デ・プレ氏とド・レピーヌ嬢の物語」および「デ・フラン氏とシルヴィの物語」の二編です。タイトルのつけ方からして『シュヴァリエ・デ・グリュとマノン・レスコーの物語』がそれらを踏襲していることは明らかで、恋人に先立たれた不幸を嘆く男の語りという形式も共通しています。ところがシャールの主人公たちの物語においては、亡き恋人の生前の姿は、髪や目の色から口元、顔の輪郭、体つきや肉づきにいたるまで、なまなましく描写されているのです。さいわい昨年、同書の完訳が刊行されています。ぜひ翻訳をひもといて、シャールの外見描写の鮮烈さを味わうとともに、プレヴォがその先例をしりぞけ、外見描写を拒んでいる事実を確認してみてください（さらに、プレヴォの他の作品においてこうした「描写拒否」が見られるかどうかをめぐっては、植田祐次編『十八世紀フランス文学を学ぶ人のために』の序章で詳細な分析がなされていますのでご参照ください）。

それにしても、なぜプレヴォはヒロインの身体的外見を描こうとしなかったのでしょうか。それが意識的な選択だったことは確かです。というのも、『マノン・レスコー』の外枠をなす長編『ある貴族の回想』には、こんな一節があるからです。

「もしその種の描写が、真面目な物語にふさわしいというよりも小説向けのものでなかったならば、私はここに彼女の顔や体や精神の魅力の数々をやすやすと描き出すところなのだが」

「真面目な物語」とは、プレヴォの作品が実体験の真摯な告白という形を取っているがゆえの表現だと思われます。つまりそれは「小説」として読者に差し出されているわけではないのです。だから、いかにも小説らしいテクニックである外見描写などは避けたいというのでしょう。かくして『マノン・レスコー』のみならず、プレヴォの他の小説——多くは回想記形式による——においても、人物の外見描写は省かれがちになります。そこには従来の小説的なやり口を排した、真実の物語としての性格を自作に与えようとする意図が込められているのではないでしょうか。

同時に、それは十九世紀の歴史家ミシュレがつとに指摘したとおり、読者の想像力に訴えようとする手法でもあったでしょう。ミシュレは『フランス史』の十八世紀摂政時代編で『マノン・レスコー』を取り上げ、内容にはかなり批判的な姿勢を示しながらも、「マノンの肖像を描かなかったことは実に巧みなやり方」であるとして、読者がそれぞれ自由にマノンを思い描けるような書き方を賞賛しました。世代も国境も超えて熱心な読者が絶え間なく現れたことは、その手法がみごとに成功したあかしでしょう。

ファム・ファタル像を超えて

とはいえ、熱心な読者——そして論者——の多くは長らく、男性が中心だったのではないでしょうか。女性による論の嚆矢となった、シモーヌ・ドルサールの「ある傑作の読解」は、先駆をなすにふさわしい戦闘性を秘めた論文です。歴史学の牙城「アナール」誌に掲載されたその論文において、ドルサールは親の援助も財産もない状態で世に出てしまったマノンの境遇が、当時いかに困難な、危険をはらむものだったかを論証しています。彼女によれば「十八世紀の社会的な文脈においては、『平民』に生まれた娘にとって修道院と売春とのあいだで選択の道は決して広くなかった」のであり、身を売ることを辞さないマノンの貞淑観念の薄弱さを道徳心の欠如と短絡的にとらえるべきではないのです。マノンは自分の意志も存在も本当には認められないまま、男たちの欲望の対象としてのみ漂い続けることを余儀なくされた弱者なのです。そんな彼女の置かれた状況を、貴族の御曹司であるデ・グリュに理解できるはずもありません。そう分析してドルサールは、作品がマノンの死によって終わるのではなく、デ・グリュの帰国によって終わる点に注意を喚起します。貴族社会は蕩児の帰還を受け入れ、しばし攪乱されていた上流一家の秩序は、父親こそ逝去したものの、旧に復します。結末部分にいささかもマノンへの言及がないのは象徴的で、要するに異分子としてのマノンは排除され、忘れられるのです。そこにこの作品の真の悲劇性があるとドルサールは主張します。

作品が貴族中心にして男性中心の視点に貫かれていることをあぶりだすドルサールの分析は、随所で切れ味の鋭さを発揮しています。ただし平民であるとはいえ、マノンの社会的身分がはたしてデ・グリュとそこまで隔絶したものだったかどうかには、留保の余地があるかもしれません。冒頭でマノンについて、「別の状況で出会ったなら上流の令嬢だと思ったにちがいない」と書かれています。初版ではプレヴォは「上流の令嬢」ではなく「どこかの姫君《プランセス》」とまで書いていました。また初版には「貴族ではなくともかなりの名家の生まれ」とも書かれていたのです。いずれの表現も一七五三年の改訂版では削除されていますが、マノンが読書好きなことや、ラシーヌの古典悲劇をもじって気の利いた詩句をひねり出してみせることは、彼女の育った環境がかなりの知的・経済的水準にあったことをうかがわせます。

さらに、ドルサールは犠牲者としてのマノン像を強調するあまり、マノンの「悪」、あるいは少なくとも彼女の態度の曖昧さや気まぐれ、それらがはらむ危険を捨象しています。その結果、デ・グリュおよび男性社会ばかりが糾弾されているという印象も否定できません。結末の数行にマノンの名が出ていないからといって、それこそが悲劇だとまでいえるものでしょうか。

この作品は『ある貴族の回想』の最終巻をなすわけですが、そうした枠組みに戻して考えてみるだけで、マノンの死が『マノン・レスコー』という作品をさらに超えて、『回想』の全体に痛ましく残響をこだまさせていることがわかるはずです。『回想』のルノンクール侯爵はかつて、捕虜となった先のオスマントルコでトルコ人女性セリマと恋に落ち、フランスに彼女を連れて戻り、苦労のあげく親の許しを得て結婚にこぎつけました。ところがそのときセリマは病魔に襲われ死んでしまいます。傷心のルノンクールは以後、世捨て人となって修道院に入ります。年を経てようやく心の平穏に達したかに見えるルノンクールなのですが、デ・グリュの物語を聞かされたことで、おそらく彼の胸のうちには過去の傷がふたたび口を開けてしまったのではないでしょうか。またそんなルノンクールの姿は、まだ若いデ・グリュが今後生きていくかぎりマノンの死から癒されることはないと予告するかのようでもあります。そういえば、この小説の後日談として創作されたオペラ『マノンの肖像』（ジョルジュ・ボワイエ脚本、ジュール・マスネ作曲、一八九四年）では、デ・グリュはマノンの面影を忘れられない初老の独身男として描かれていたのでした。

ともあれ、ドルサールの批評の示す作品の相対化や、とりわけ男女のポジションの非対称性を踏まえた読解は、大いになされてしかるべきでしょう。ジェンダー論的な発想が広く受け入れられている今日では、むしろそういう読み方が自然に出てくるはずです。わが国での例として、青柳いづみこのエッセイ集『無邪気と悪魔は紙一重』(二〇一〇年)に含まれたマノン論を紹介しておきましょう。いや、マノン論というよりもこれは一種痛快なデ・グリュ論です。「マノンが幸福をつかみそうになると、いつもこの男の影がさして、おいしい話がおじゃんになる。迷惑しているのはマノンのほうなのに、いつのまにか、純情な貴公子にありとあらゆる破廉恥な罪を重ねさせたひどい女というレッテルがはられている」。

青柳は、マノンが「ファム・ファタル」つまり男を破滅させる「宿命の女」「魔性の女」だなどとはとんでもない、「やることなすことピントはずれ」なデ・グリュこそマノンの人生をめちゃくちゃにした魔性の男、「オム・ファタル」ではないかと主張しています。小説全体をとおして間断なく響く「マノンの悲痛な叫び」が青柳の耳に届いたのです。ひょっとするとそんな批判がありうることを、デ・グリュ自身うすうす感じていたのかもしれません。マノンがデ・グリュとの約束の場所に現れず、身代わりの少女を派遣するという、デ・グリュにとっておそらくもっとも残酷で屈辱的な仕打ちののち、デ・グリュはマノンに対し、あてつけがましい調子ではあれ、こう口走っていたのです。

「きみの最大の不幸とはまちがいなく、このぼくがいることだ。いつもきみの楽しみの邪魔ばかりしているのだから」

だが同時に、マノンをファム・ファタル呼ばわりするのをやめるのはいいとして、デ・グリュにオム・ファタルの看板を背負わせるとしたらやはり逆方向での行き過ぎにならないかとも思うのです。男女の一方のみを性急に断罪すれば、作品の読みが平板なものになりかねません。青柳のいうとおり「この男、マノンにとってみればほとんどストーカー」だとしても、ではマノンがB氏の囲われ者となったのち、もはや用のないはずのデ・グリュの公開審査を聞きにソルボンヌにやってきて、面会まで申し入れたのはなぜなのか。あるいはまた、例の「中断された晩餐」の場面で、デ・グリュが拉致されようとする直前にマノンが涙をこぼしたのはなぜなのでしょう。ここでふたたび、同時代の読者モンテスキューの感想が思い出されます。「マノンもまた愛している。それゆえ彼女の性格の他の部分は許される」。彼の意見にくみしたくなる側面が、この小説には確かにあるのではないでしょうか？
といったような解釈をめぐる応酬をいまだに、いやいまこそ活発に呼びさますがゆえに、『マノン・レスコー』はいきいきとした生命を保ち続けているといえるでしょう。さまざまな視点から新たな議論の対象となりながら、デ・グリュとマノンは分析の手をまぬがれ、礼讃も指弾もくぐりぬけて「この世の果てまでも」逃げ続けようとします。そのあとを追いかけることには、二人の物語が世に現れてから三百年近くの時間を経てもなお、人を夢中にさせる何かがあるのです。

主要参考文献

Jean Starobinski, *Montesquieu par lui-même*, Seuil, «Écrivains de toujours», 1953.
Henri Coulet, *Le Roman jusqu'à la Révolution*, Armand Colin, «Collection U», 2 vol., 1967-1968.
Simone Delesalle, «Lecture d'un chef-d'œuvre:*Manon Lescaut*», *Annales. Économies, Sociétés, Civilisations*, vol.26, n.3-4, mai-août 1971.
Françoise Barguillet, *Le Roman au XVIIIe siècle*, PUF, 1981.

Œuvres de Prévost, sous la direction de Jean Sgard, 8 vol., Presses Universitaires de Grenoble, 1984.

Romanciers du XVIIIe siècle, t.I（Hamilton, Le Sage, Prévost）, textes établis, préfacés et annotés par Etiemble, nouvelle édition révisée et corrigée, Gallimard, «Pléiade», 1987.

Jean Sgard, *Prévost romancier*, José Corti, 2e édition, 1989.

Abbé Prévost, *Manon Lescaut*, édition de Frédéric Deloffre et Raymond Picard, nouvelle édition revue et augmentée par Frédéric Deloffre, Bordas, «Classiques Garnier», 1990.

Abbé Prévost, *Manon Lescaut*, présentation par Jean Sgard, GF-Flammarion, 1995.

Carole Dornier, *Manon Lescaut de l'abbé Prévost*, Gallimard, «Foliothèque», 1997.

Jean Sgard, *Vie de Prévost*（1697-1763）, Hermann, 2013.

エーリッヒ・アウエルバッハ『ミメーシス』上・下、篠田一士・川村二郎訳、ちくま学芸文庫、一九九四年

ジャック・プルースト「マノンの肉体」鷲見洋一訳・解説、「思想」一九八四年三月号

植田祐次編『十八世紀フランス文学を学ぶ人のために』世界思想社、二〇〇三年

青柳いづみこ『無邪気と悪魔は紙一重』文春文庫、二〇一〇年

ロベール・シャール『フランス名婦伝』松崎洋訳、水声社、二〇一六年

プレヴォ年譜

一六九七年
四月一日、フランス北部、アルトワ地方のエダンでアントワーヌ＝フランソワ・プレヴォ（将来のアベ・プレヴォ）誕生。父はエダン裁判所で主席検事官を務めたリエヴァン・プレヴォ、母はマリ・デュクレ。アントワーヌ＝フランソワは次男で、他に四人の兄弟と五人の妹がいた（妹はみな早逝）。八歳か九歳頃からコレージュ（学寮）に通い始める。

一七一一年　一四歳
八月に母が死去。おそらくこの年、兄とともにパリに出て、イエズス会系の名門アルクール学院の修辞学級で学ぶ。

一七一二年　一五歳
パリのイエズス会修道院寄宿生となり、修道誓願を立てるための修練期に入る。

一七一三年　一六歳
年頭に修道院を飛び出し、志願兵としてスペイン継承戦争に参加しようとするも、四月ユトレヒト講和条約により戦争は終結。
一七一四年から一五年にかけての足取

りはつかめないが、オランダに滞在したのち、一七一六年にフランスに戻った模様。

一七一七年　二〇歳
再びパリのイエズス会修道院で修練期に入る。一〇月から、かつてデカルトも学んだラ・フレーシュ学院哲学学級で学ぶ。

一七一八年　二一歳
修練期が終わる前にまたも修道院から逃亡。士官としてカタルーニャ戦役に加わる。

一七一九年　二二歳
おそらくオランダで過ごしたか。

一七二〇年　二三歳
フランスに戻り、ノルマンディ地方の由緒あるベネディクト会修道院、ジュミエージュ修道院に入る。

一七二一年　二四歳
一年間の修練を経て、一一月にジュミエージュ修道院で修道誓願を立てる。その後ルーアンのサン＝トゥアン修道院に派遣される。

一七二二年　二五歳
ノルマンディ地方のベック＝エルアンに移されて神学の研究を行う。二三年にフェカン、二四年にはセエの修道院とノルマンディ地方で移動を繰り返す。

一七二四年　二七歳
キリスト教に対する風刺を含む空想冒険小説『ポンポニウスの冒険』をアムステルダムで匿名で出版。

一七二六年　二九歳
叙階され、司祭になる。
一七二七年　三〇歳
パリに移され、ベネディクト会の信仰および知的活動の総本山サン＝ジェルマン＝デ＝プレ修道院で修道生活を送る。この頃から文芸誌「メルキュール」に詩を発表するなど文筆活動が活発化、修道院では危険視される。戒律が寛容なクリュニー会への移籍を願うようになる。
一七二八年　三一歳
教皇から移籍の許可を得たものの、フランス国内で正式に移籍が認められるのを待たず、一〇月一九日に置き手紙を残して修道院から逃亡。一一月に逮捕命令が下りる。この年、『隠遁したある貴族の回想と冒険』（全七巻）の第一巻から第四巻までが刊行される。オランダに逃れ、イギリスに渡る。英国国教会に改宗し、一一月に英国国教会の長、カンタベリ大司教と面会。
一七二九年　三二歳
ロンドンで南海会社の副支配人ジョン・アイルズの知遇を得て、その息子フランシスの家庭教師となる。
一七三〇年　三三歳
一一月（九月説もあり）、ロンドンを立ち去る。アイルズ家の娘メアリーと恋仲になりアイルズ家から追い出されたためか。オランダに渡り、アムステルダムで出版業者ジャン・ノームと

『イギリスの哲学者、あるいはクロムウェルの私生児クリーヴランドの物語』（以下『クリーヴランド』）全四巻、およびラテン語による『ド・トゥー氏の歴史』全一〇巻仏訳の出版契約を結ぶ。

一七三一年　三四歳

三月、『クリーヴランド』英語版の第一巻および第二巻がイギリスで出版される。四月、『クリーヴランド』仏語版の第一巻・第二巻がユトレヒトで刊行される。五月から六月にかけて、『隠遁したある貴族の回想と冒険』の第五巻から第七巻までがアムステルダムで刊行される（第七巻が『マノン・レスコー』）。夏頃、『ド・トゥー氏の歴史』の翻訳の遅れを心配したノーム の勧めに従い、ハーグのノーム邸に移り住み、翻訳に取り組む。一〇月、『クリーヴランド』仏語版の第三巻および第四巻がユトレヒトで刊行される。この年の春、ハーグで娼婦エレーヌ・エックハルト（通称レンキ）と知り合う。長年にわたる関係の始まり。

一七三三年　三六歳

経済状況が悪化し（レンキの浪費癖が要因とされる）、一月に借金を抱えて破産。一月半ばにようやく刊行された『ド・トゥー氏の歴史』第一巻の原稿料を懐に、レンキとともにイギリスへ逃亡する。三月、パリの出版社と契約を結んで文芸新聞「弁護と反駁」の発行を始める（〜四〇年）。六月末、フランスで『マノン・レスコー』が単独で出版され、成功を収める。一〇月、同書が発禁処分を受ける。ロンドンでの教え子フランシス・アイルズの名で為替手形を贋造し、一二月一三日に逮捕される。当時、手形贋造は死刑に値する重罪だったものの、フランシスの厚意により五日後に釈放。

一七三四年　三七歳

年初、失意のうちにフランスへ戻る。教皇に赦免を請い、六月にクリュニー会への移籍が認められる。受け入れてくれる修道会を探すも『マノン・レスコー』の著者であることが知れ渡っていたこともあって難航。この頃、社交界に盛んに出入りする。

一七三五年　三八歳

七月、護教的性格の『キルリーヌの修道院長、あるいは道徳的物語』第一巻が刊行される。八月よりノルマンディのベネディクト派修道院、クロワ・サン・ルフロワ修道院で修練期の修道士として過ごす。

一七三六年　三九歳

コンチ公ルイ＝フランソワ・ド・ブルボン（ルイ一四世の曽孫、ルイ一五世の従弟）のお抱えの名誉司祭となる。純粋な名誉職であり、ミサを行う義務がない代わりに俸給もなかったが、コンチ公の邸宅に住むことを許された。

一七三八年　四一歳

この年から翌年にかけて、『クリーヴランド』の英語版の残りの二巻が地下出版される。

一七三九年　四二歳

九月に父親が死去。『キルリーヌの修道院長』の第二巻・第三巻が刊行される。

一七四〇年　四三歳

『アンジューのマルグリットの物語』『ある当世ギリシア娘の物語』を刊行。再び破産状態に陥る。二月には借金により身柄拘束の命令が出される。

一七四一年　四四歳

一月二六日に国外逃亡、ブリュッセルへ逃れる。フランクフルトへ移動。二月に『マルタ騎士団史』、四月に『哲学の戦場、あるいはモンカル氏の回想録』を刊行。この年、レンキが他の男と結婚。

一七四二年　四五歳

五月に『ウィリアム征服王物語』を刊行。九月二日、ひそかにフランスへ戻る。

一七四三年　四六歳

イギリスの聖職者ミドルトンによるキケロの伝記の仏訳を手がける。翌年に『キケロ伝』の補遺として『キケロ・ブルートゥス間往復書簡集』を刊行。

一七四五年　四八歳

『キケロ書簡集』の最初の三巻が出版される。

一七四六年　四九歳
ジョン・グリーンがイギリスで刊行した『紀行集成』にもとづく『紀行総覧』を刊行（全二〇巻、完結は没後）。同時代の人々から最も評価されたのはこの仕事であり、プレヴォの文人・翻訳者としての名声が高まった。

一七五〇年　五三歳
『フランス語語彙便覧、あるいは携帯用辞典』を刊行。

一七五一年　五四歳
イギリス近代小説の重要な作家であり書簡体小説の隆盛を築いたサミュエル・リチャードソンの小説を『イギリス書簡、あるいはクラリッサ・ハーロウ嬢の物語』（全六巻）として仏訳、刊行。

一七五二年　五五歳
このころ、パリ郊外パッシーに住む共通の知人宅で若きジャン゠ジャック・ルソーと知りあう。ルソーはのちに「非常に好感のもてる、ごく気さくな人物で、不朽の名声に値するその著作は、彼の心情によって命を吹き込まれたものである」（『告白』第八巻）と回想している。

一七五三年　五六歳
『マノン・レスコー』改訂版を刊行。初版に著者自身が八〇〇カ所以上の修正を加えた決定版。

一七五五年　五八歳
リチャードソンの小説の新たな仏訳

『新イギリス書簡、あるいはグランディソン騎士の物語』を刊行（完結は一七五八年）。

一七六〇年　六三歳

四月、プレヴォ本人によって執筆された最後の小説『精神世界、あるいは人間の心の歴史にとって有益な回想』の最初の二巻が刊行される。

一七六二年　六五歳

イギリスの作家フランセス・シェリダンの日記体小説『シドニー・ビダルフ嬢の回想』を『徳の歴史にとって有益な回想』として仏訳、刊行。

一七六三年　六六歳

一一月二五日午後五時頃、シャンチイの自宅にほど近いクルトゥイユの教会から帰る途中、動脈瘤破裂により死亡。翌日死体解剖され、二七日にサン＝ニコラ修道院の墓地に埋葬される。翌年『メントルから若い貴族への手紙』、『精神世界』の第三巻・第四巻が死後出版される。

訳者あとがき

足かけ三年間にわたり取り組んできた訳稿を旅立たせるときが訪れて、肩の荷が下りる気がすると同時に一抹の寂しさを味わっている。

それにしても、デ・グリュと同じくらいの年齢で『マノン・レスコー』に出会って以来、翻訳で親しみ、原文で読み、授業でも何度か取り上げて学生諸君と一緒に精読してきた。十分よく知っている昔なじみのつもりだったが、いざ翻訳に取りかかってみると何と異様で不思議な、謎に満ちた小説であることか。

プレヴォは序文で、デ・グリュが「性格のつかみにくい《アンビギュ》」人物であることを明言している。これはまさに曖昧さ（アンビギュイテ）の勝利というべき小説だ。善悪や聖俗のあいだにすっきりと線を引いてその一方に安住することを許そうとしない、そんな作品を生み落とすために、作者は修道院から脱走し、フランスから逃げ出す必要があったのか。

最大のアンビギュイテはマノンのふるまいのうちにあると、やはり多くの人は感じるのではないか。しかも彼女自身は行動に際しあまり思い悩まず、あっけらかんとして率直、純真であるようにさえ感じられる。解説では、ロマン派以降のマノン崇拝を強調したが、もちろん非難する論者もいた。たとえば偉大な歴史家ミシュレがその一人だった。マノン賛美の風潮の高まる中、彼は〝無垢と悪徳のとりあわせほど男心をそそるものはないのだと、十分承知のうえで手管を弄しているこの女を許してはならない〟と断固、糾弾していた。でも、そうなのだろうか。計算高さというより、マノンのどこか無神経なずぶとさが読者を戦慄させ、かつ惹きつけるのではないか。

デ・グリュのもとに身代わりの少女を送りつけておいて、マノンは別の男に与えられた邸宅でのんびり読書などしている。今夜はだれと過ごすつもりだったんだとデ・グリュに尋ねられて、マノンは答えにつまる。その一瞬のとまどいこそ、マノンの正直さをよく表しているように思える。要するにそんなことは彼女にとってどうでもいいことだったのである。マノンが生きているのは、「美徳《ヴェルチュ》」の語が女性においてはすなわち「貞節」を意味し、とりわけ結婚前の娘が純潔を守れなかったとしたらそれが人生上の破滅さえ招くような時代だった。ところがマノンはなぜか、そうした通念的な美徳にまったく縛られておらず、純潔や処女性に少しも意義を認めていない。不遇ゆえに心ならずもそんな態度を強いられているというわけでもなさそうだ。マノンはいわばまったくの自然体で、別段大それた考えもなしに平然と「美徳」を破壊しつつ、デ・グリュに「心の貞節」のみを求める。彼女にとって愛とは、独占欲や嫉妬心とは無縁のものなのだ。

十八世紀初頭、ルイ十四世が崩御し、ルイ十五世が五歳で即位したのちオルレアン公フィリップ二世による摂政政治が始まる。『マノン・レスコー』は名うての放蕩者にして不信心者だったオルレアン公の治世における風俗の乱れを反映した作品だといわれる。そんな時代だからこそ花開いた、従来の常識では考えられないようなパッションのありさまは、読者をいまだに驚かせ、魅了し、あるいは呆れさせるだろう。享楽と自由と愛を同時に求めるマノンのふるまいは、社会を相手取ったラディカルな戦いの様相を帯びずにはすまない。現在活躍しているフランスのある女性作家が、もし今日この物語を書き直すとしたらどんな風に書き直すかと尋ねられて、すべてこのとおりに書くと答えていたのが印象に残っている。マノンの遠い子孫たちはいまも、マノンの戦いを継続中なのかもしれない。

この翻訳は、プレヴォが一七五三年に刊行した改訂版のテクストにもとづく（解説の主要参考文献にあげたGF版を底本とし、他の諸版も随時参照した）。従来この改訂版がもっとも広く読まれてきたし、翻訳もこれにもとづく場合が多いだろう。初版と改訂版の最大の違いは、改訂版で、マノンが自分に横恋慕するイタリア人貴族にデ・グリュの美貌を見せつけてあざ笑う場面が付け加えられたことだ（本書でいえば一七六ページの「こうして最初の数週間」から、一八七ページの「何もかもを許しました」までにあたる）。さてこの追加を、みなさんはどうお考えになるだろうか？

邦訳に関しては、現在入手できるものに限っても、青柳瑞穂訳（新潮文庫）および石井洋二郎・石井啓子訳（新書館）という新旧を代表するすぐれた訳業がある。その他、広津和郎や久米正雄から始まって、錚々たる人々が本書の訳を手がけてきた。しかし二十一世紀になってからはまだ新しい訳が世に問われていない。そう考えて勇気をふるい起こし、拙訳を試みた次第である。

なおプレヴォは現在、一般には『マノン・レスコー』でのみ知られる存在だが、ルソーが夢中になって読んだアメリカ大陸を舞台とする『クリーヴランド』など、長編小説をいくつも執筆すると同時に、『紀行総覧』全二十巻のような大著をものしてもいる。逃亡や破産を繰り返したわりにはまったく驚くべき仕事ぶりで、到底その全貌をとらえる力のない訳者は、解説の任を果たすためにフランスの碩学たちの業績に依存したことをお断りしておく。

このたびもまた、光文社古典新訳文庫編集部のみなさんには大変お世話になった。とりわけ、『マノン・レスコー』をやってみませんかと誘ってくださった今野哲男さん、最後まで伴走してくださった小都一郎さん、そして年譜の作成にご協力いただいた新進のルソー研究者、安田百合絵さんに心から御礼を申し上げます。

二〇一七年十月

野崎歓

本書には、北アメリカの先住民を指して「野蛮」「未開人」など差別的な表現が用いられている箇所があります。これらは本作が発表された一七三一年当時のフランスにおける植民地への見方に基づくものですが、編集部では本作の歴史的価値および文学的価値を尊重し、原文に忠実に翻訳することを心がけました。差別の助長を意図するものではないということをご理解ください。

編集部

kobunsha classics
光文社古典新訳文庫

マノン・レスコー

著者　プレヴォ
訳者　野崎 歓《のざきかん》

2017年12月20日　初版第1刷発行

発行者　田邉浩司
印刷　慶昌堂印刷
製本　ナショナル製本

発行所　株式会社光文社
〒112-8011東京都文京区音羽1-16-6
電話　03（5395）8162（編集部）
03（5395）8116（書籍販売部）
03（5395）8125（業務部）
www.kobunsha.com

落丁本・乱丁本は業務部へご連絡くだされば、お取り替えいたします。
ISBN978-4-334-75366-5 Printed in Japan

いま、息をしている言葉で、もういちど古典を

長い年月をかけて世界中で読み継がれてきたのが古典です。奥の深い味わいある作品ばかりがそろっており、この「古典の森」に分け入ることは人生のもっとも大きな喜びであることに異論のある人はいないはずです。しかしながら、こんなに豊饒で魅力に満ちた古典を、なぜわたしたちはこれほどまで疎んじてきたのでしょうか。

ひとつには古臭い教養主義からの逃走だったのかもしれません。真面目に文学や思想を論じることは、ある種の権威化であるという思いから、その呪縛から逃れるために、教養そのものを否定しすぎてしまったのではないでしょうか。

いま、時代は大きな転換期を迎えています。まれに見るスピードで歴史が動いていくのを多くの人々が実感していると思います。

こんな時わたしたちを支え、導いてくれるものが古典なのです。「いま、息をしている言葉で」――光文社の古典新訳文庫は、さまよえる現代人の心の奥底まで届くような言葉で、古典を現代に蘇らせることを意図して創刊されました。気取らず、自由に、心の赴くままに、気軽に手に取って楽しめる古典作品を、新訳という光のもとに読者に届けていくこと。それがこの文庫の使命だとわたしたちは考えています。

このシリーズについてのご意見、ご感想、ご要望をハガキ、手紙、メール等で翻訳編集部までお寄せください。今後の企画の参考にさせていただきます。
メール　info@kotensinyaku.jp